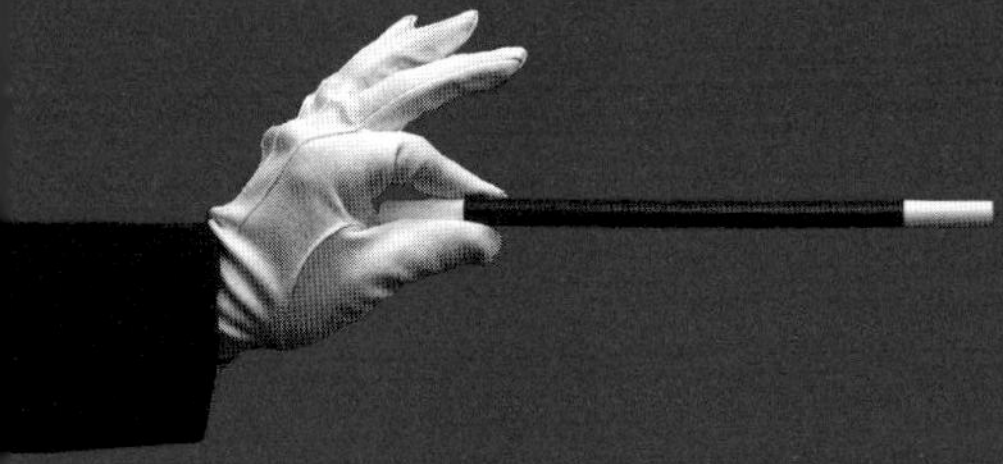

ブラック・ショーマンと覚醒する女たち

東野圭吾

Black Showman and the Awakening Women

光文社

ブラック・ショーマンと覚醒する女たち

目次

装幀
高柳雅人

写真
amana images／E+／Moment／Moment Open／ゲッティイメージズ提供
plainpicture／Alamy／アフロ

トラップハンド

ハワイの別荘をどうするか迷っている、と清川《きよかわ》がいいだしたのは、タクシーで二軒目の店に向かっている時だった。その店は恵比寿《えびす》にあり、最近見つけたらしい。東京都によるコロナ対策の時短要請に従っておらず、午後十時を過ぎても酒を飲ませてくれるという。

「ハワイに別荘をお持ちなんですか」美菜《みな》は訊《き》いた。先程までの食事の間には出なかった話題だ。清川の経済力や資産については、さりげなく探りを入れ、ある程度は把握したつもりだったが、大きな見落としがあったようだ。

「オアフのカハラにね。古い物件ですが、毎年何日かは滞在するんです」何でもないことのようにさらりといった後、清川は小さく肩をすくめた。「ところがコロナの影響で、とうとう今年は行けませんでした。来年だって、どうなるかわからない。何しろオリンピックが開催されるかどうかさえ、未《いま》だにわかりませんからね。ハワイへの渡航制限は徐々に解除されていくでしょうが、以前のようなわけにはいきません。となればせっかくの別荘も無用の長物です。とはいえ、手放すとなるとやっぱり心残りでね。海を眺めながらカクテルを飲む楽しみを失いたくないし、どうすればいいかと悩んでいるわけです」

「だったら残せばいいじゃないですか」

「そうしたいのはやまやまですが、別荘というのは、使わなくてもこっちがかかるものでしてね」清川は右手の人差し指と親指で輪を作った。「悩ましいところです」

その別荘の詳細を確かめなければ、と美菜は思った。清川がいうように、当分の間は行けないかもしれないが、コロナが終息すれば、ハワイに長期滞在するのも悪くない。

「運転手さん、このあたりで止めてください」

清川が運転手に指示をした。降りたのは幹線道路から少し外れた通りだった。

「こんなところにバーが？」周囲を見回して美菜は訊いた。店などありそうにない。

「すぐそこです」

清川はマンションとガソリンスタンドに挟まれた路地の前で足を止めた。ほら、と地面を指差す。

『TRAPHAND』と刻まれたブロックが無造作に置いてあった。

「『トラップハンド』……罠《わな》の手、ですか。隠れ家的なお店ですね」

「まさにその通りです」

奥に進むと木製の地味な扉があった。清川はそれを開け、中へ入っていく。美菜も後に続いた。店内は照明が絞られ、薄暗かった。

右側にカウンターがあり、その向こうにマスターと思《おぼ》しき長身の男性がいた。黒いシャツの上から黒いベストを羽織っている。おまけにマスクまで黒だった。いらっしゃいませ、と男性は美菜たちに挨拶してきた。

ほかに客はいなかった。奥にテーブル席があるが、そこも無人だ。

清川がカウンター席についたので、美菜も隣に腰を下ろした。

「さて、何になさいますか」マスターが尋ねてきた。

「お酒を決めるにあたり、さっきの話の続きをしてもいいですか」清川が美菜のほうを向いた。「別荘の話です」

「ええ、是非伺いたいです。でもお酒がどう関係しているんですか」

「あの別荘を思い出すと飲み物にこだわりたくなるんです。よろしければ僕に付き合っていただけませんか」

「それは構いませんけど、どういうお酒ですか」

「ほかでもありません。カクテルのブルーハワイです」清川は人差し指を立てた。「いかがでしょうか」

「ブルーハワイですか。知っていますけど、あまり飲んだことはありません。美味《おい》しいんでしょうか」

「それは御自分の舌で判断してください。――マスター、ブルーハワイを二つ」

かしこまりました、といってマスターは頷《うなず》いた。

美菜は清川のほうに上半身を捻《ひね》った。

「別荘といっても二種類あると聞きました。コンドミニアムと一軒家。清川さんがお持ちなのは、どちらでしょうか」

「一軒家です。コンドミニアムは管理費さえ払っておけば面倒がなくていいのですが、要するにリゾートマンション、ほかの住人と顔を合わせずに生活するのは不可能です。せっかくハワイまで行くのですから、プライベートな時間を存分に楽しみたいじゃないですか。それで思い切って一軒家を」

「お気持ちはよくわかります。でも贅沢《ぜいたく》ですね」

「自分への御褒美だと割りきっています。この歳《とし》まで、ずいぶんと働きましたから」清川は自嘲気味に笑った。四十五歳、結婚歴なし――プロフィールにはそう記されていた。

マスターがシェイカーを振り始めた。シャカシャカと心地よい音が店内に響く。

清川が上着の内ポケットからスマートフォンを出してきた。指先でいくつかの操作をした後、画面を美菜のほうに差し出してきた。

「適当に撮ったので、あまり上手《うま》い写真じゃないんですが、まあ、こんなところです」

そこに表示されているのは、道路に面した建物を斜め前から撮影した画像だった。長方形の白い二階建てで、通りから玄関へは階段を使うようだ。周囲の植え込みの緑色が鮮やかだった。

素敵、と美菜は呟《つぶや》いていた。「海は近いんですか?」

「徒歩だと十分ちょっとかかります。でも家の裏から眺められます」

清川は再びスマートフォンを操作した後、画面を美菜に見せた。

その画像は室内から外を撮影したものだった。なるほど遠くに青い海が広がっている。もちろんそれはそれで素晴らしいのだが、美菜が関心を抱いたのは室内の様子だ。ソファは欧州製の最高級品に違いない。そのほかの調度品も安物には見えなかった。

「こんなことをお訊きするのは失礼だと思うんですけど、こういう別荘って、おいくらぐらいするものなんでしょうか」

美菜の問いに清川が苦笑した。「それはまたストレートな質問ですね」

「ごめんなさい。品がなかったですね」美菜は両手を合わせた。「答えなくていいです。どうか忘れてください」

「謝ることはないですよ。うちの場合、まあこんな感じでしたね」清川はカウンターの下で指を二本出した。

「それって……」単位がわからず、美菜は戸惑った。

「二百ちょっと、というところです」

二百――どういうことか。美菜は考えを巡らせる。二百万円のわけがない。すると二百万ドルか。日本円にしていくらかと計算し、心臓が跳ねた。二億円以上ということだ。

こん、と小さな音が聞こえた。前を見ると、カウンターに二つのカクテルグラスが置かれていた。クラッシュアイスに、すみきった青い液体が注がれている。さらにパイナップルが添えられ、二本の細いストローが立てられていた。

「お待たせしました。ブルーハワイです」マスターが低い声でいった。

奇麗、と呟いてから美菜はグラスを手に取った。青い海を連想した後、ひと口含んでみた。ほろ苦さと甘さ、そして酸味が絶妙のバランスで口中に広がり、独特の香りが鼻から抜けた。

グラスを置き、目を見張った。「美味しいっ」

「ありがとうございます」マスターが頭を下げた。

清川の手が横から伸びてきて、美菜のグラスに刺さっているストローに触れた。

「なぜストローが二本入っているか、わかりますか」

美菜は首を横に振った。

「わかりません。お酒にストローなんて変だと思うんですけど、もしかしてカップルで同時に飲めるように、ですか」

清川は噴きだした。

「たまにそう思っている人もいますが、残念ながら違います。これはステアリング・ストローといって、クラッシュアイスをかき混ぜるものなんです。そうすることで氷が溶けても味が常に均等になるわけです」

「あっ、そうなんだ。やっぱり飲むためのものではないんですね」

「いえ、飲むのに使っても構いません。ただ、細いので飲みにくいです。その場合には二本を同時に使います」

「あ、だから二本……なるほど」

「すみません。蘊蓄《うんちく》を披露するのが好きなたちなもので」清川がストローから手を離した。

次の瞬間、突然美菜の視界が何かに遮られた。すぐ目の前でメニューが広げられているのだった。

「お話し中、申し訳ございません。何かおつまみはいかがかと思いまして」メニューを手にマスターが訊いてきた。

「あっ、私は特には何も……」

「さようですか。お客様はいかがでしょうか」マスターはメニューを清川の前に移動させた。「珍しいナッツやチーズなども御用意しておりますが」

「いや、僕も今は結構だ。ありがとう」

「わかりました」マスターはメニューを下げると、ぱたんぱたんと畳んでカウンターの下に戻した。

その手つきは流れるように滑《なめ》らかで、たったそれだけのことなのに美菜は何だか見入ってしまった。

「では改めて乾杯といきましょうか」清川がグラスを手にした。

「何に乾杯します?」

「それはもちろん、二人の出会いに、ということでいかがですか」

「いいですね」

かちんと空中でカクテルグラスを合わせた。

改めてブルーハワイを味わいながら、「別荘をお持ちなのはハワイだけですか?」と美菜は訊いた。

途端に清川は苦い顔を作った。

「国内では軽井沢《かるいざわ》に持っていたんですが、あまり利用する機会がなくて、数年前に手放してしまいました。でもあれは失敗でした。コロナ禍で東京を離れる人が増えて、かなり値上がりしているそうです。こうなるとわかっていたら、持っていたんですが」

「こんなことになるなんて、誰にも予想できませんものね」

「全くです」

別荘に関しての情報収集は、とりあえずこんなところだろう。

「御自宅は広尾《ひろお》だとおっしゃいましたよね。そちらはマンションですか」

「そうです」

「分譲ですか?」

清川は首を横に振った。

「賃貸です。同じ場所に長く住むのが性に合わなくて、数年ごとに引っ越すものですから、賃貸のほうが身軽なんです。買ってしまったら、売れなかった時に面倒でしょう? だからといって、値下げなどしたくはないし」

「それはそうですよね」

美菜は頷きつつ、とはいえもしこの人物と結婚するならば、早い段階で高級マンションを購入させねば、と思った。しかも、できれば一軒ではなく、複数買っておきたい。将来、未亡人になった時の収入源を確保しておく必要がある。

そんなことを話しているうちにブルーハワイのグラスが空《から》になった。「何かお作りしましょうか」とマスターが尋ねてきた。

「何がいいですか」清川が美菜に訊いてくる。

「どうしようかな。お酒は好きですけど、カクテルには詳しくないので」

「お任せいただけるなら、今夜のお薦《すす》めをお作りいたしますが」

マスターの言葉を聞き、清川は指をぱちんと鳴らした。

「そうしよう。お薦めがあるのなら、それを飲むのが一番だ」

「かしこまりました」

マスターはシェイカーを手にすると、カクテルを作り始めた。その動きのひとつひとつに無駄がなかった。しかも単に身体《からだ》を機械的に動かしているわけではなく、優雅な舞いを連想させる柔らかさがあった。じっと見ていても飽きない、不思議な手さばきといえた。

「ちなみにマスター、材料にはどんなものを使うのかな」清川が訊いた。

「ブランデーにホワイトラム、それからコアントローとレモンジュースです」

マスターは淀《よど》みなく答えたが、それを聞いただけではどんなものができるのか、美菜には想像がつかなかった。

シェイカーを振り終えたマスターが、できあがったものを二つのグラスに注ぎ、どうぞ、と美菜たちの前に置いた。

ブラウン色をした液体を眺めた後、美菜は口に含んだ。ふわりとしたオレンジの香りが鼻孔をくすぐった。

「おいしい」

美菜の感想に、清川は同意の首肯を示した。「うん、上品な味だ」

「御満足していただけたのならよかった」マスターは余裕の笑みを返してくる。自信があったのだろう。

「お酒が変わったところで、話題も変えていいでしょうか」美菜は清川を見た。

「構いませんよ。何の話がいいですか」

「お仕事のことをもう少し詳しく教えていただきたいです。ＩＴビジネスだとおっしゃいましたけど、具体的にはどのようなことを？」

「いろいろやっています。その一つは流行の予測です。ビッグデータとＡＩを組み合わせて、次にどんなブームがどういうタイミングで訪れるかを探るんです。顧客はファッション業界などだけでなく、生活用品のメーカーなんかも含まれます……」そこまで話したところで清川は突然欠伸《あくび》をした。「あっと、失礼しました。それで、ええと……ああそうそう、流行の話でした。流行に関する情報を求めている企業や組織は多いんです。ブームが来てから対応していたんじゃ、今の時代、遅すぎますからね。その点、我が社で扱っているシステムは画期的で……何しろビッグデータとＡＩを……」そこまで話した後、清川は目を瞬《しばたた》かせた。右手の指先で両目の瞼《まぶた》を揉《も》み、小さく頭を振った。

「どうかなさいました？」

「いえ、何でもありません。ええと、どこまで話しましたっけ」

「ブームの予測提供をビジネスにしておられるとか。ほかにはどんなビジネスを？」

「ほかには……ええと、エンタメにも手を広げています。ゲンラビ……美菜さんは『幻《げん》ラビ』を御存じですか」

『幻脳《げんのう》ラビリンス』ならよく知っています。人気アニメですよね」

だがなぜか返事がない。清川は額《ひたい》に手を当てている。

清川さん、と呼びかけた。「どうかなさいました？」

「えっ？　いや、何でもないです。ええと……」

「『幻ラビ』の話です」

「そうでした。あのアニメを使ったオンラインゲームを計画中で……すでに作者との交渉も終えて……」清川は手のひらで顔を擦《こす》り、何度か深呼吸を繰り返した。「おかしいな。――マスター、トイレはどこかな？」

「御案内します」

マスターがカウンターから出てきて、清川をトイレに案内した。入り口のすぐ近くにあるのだが、ドアがわかりにくいらしい。

マスターはカウンターの内側に戻ると、美菜に目で笑いかけてきた。

「婚活アプリですか。それとも婚活サイト？」

「えっ？」

「本人同士が直接お会いになったのは、どうやら今夜が初めてのようだ」

美菜は、くすりと笑みを漏らした。

「話を聞かれてたみたいですね。おっしゃる通りです。サイトで知り合って、今日が初めてのデートです」

「あの男性に対するあなたの評価は？」

「これまでのところでは、まずまずといったところです。まだなんともいえませんけど」

「あなたはかなり現実的な考え方をする女性のようだ。彼の資産状況を、事細かくチェックしておられた。しかも、さりげなくではなく、かなり大胆に。けなしてるわけじゃありません。いいことだと褒めているんです。一生の問題だから、遠慮は無用だ」

「結婚相手を決める際に、査定は大事です。二十年ほど前に、ドラマで松嶋菜々子《まつしまななこ》さんもいっていました」そういって美菜はカクテルを飲んだ。やっぱり美味しい。

「たしかに査定は大事ですが、それならば厳正にやらなくては」

意味ありげな台詞《せりふ》が引っ掛かった。「どういう意味でしょう？」

するとマスターは、いつの間にか手にしていたスマートフォンを操作し始めた。そして画面を美菜のほうに向けた。そこに表示されている画像を見て、はっとした。先程清川から見せられたハワイの別荘だ。

「どうしてその画像をあなたが……」そこまでいってから気づいた。「そのスマホ、あなたのものじゃないですよね。彼のスマホですよね？　トイレに案内するふりをして、取ったんですか」

「取ったのではなく、ちょっと借りたんです。あのまま眠り込まれたんじゃ、誰かに連絡しなきゃいけませんから」

何という早業《はやわざ》だ。全く気がつかなかった。

「ロックはどうやって解除を？」

「それは何とか」

「何とかって……」

「そんな些細《ささい》なことより、もっと大事な問題があります。この建物の写真を見て、何か気づくことはありませんか」

美菜は画像を見つめ、首を振った。

「特におかしいとは思いませんけど、何が問題なんですか」

「よく見てください。広角レンズで撮影されているでしょう。ところがこのスマホのカメラに広角レンズの機能は付いていません。室内の撮影にも広角レンズが使われている。これは一体どういうことでしょうか。私の推理はこうです。これらの画像は彼が撮影したものではなく、どこかの不動産会社の物件情報から拝借してきたもの。不動産業者なら物件を広角レンズカメラで撮影するのはふつうですから」

美菜は画面とマスターの顔を交互に見た。

「彼がハワイに別荘を持っているというのは嘘《うそ》ってことですか」

「本当に持っているのなら、実際に撮った写真を見せるでしょう」

「資産家を装うための嘘ってことですか」

「そうなりますね。ただ、別荘の場所をハワイにしたのには、別の理由があったと思いますが」

「どんな理由ですか」

「あの男性は、先週初めてこの店に来ました。注文したのは一品だけ。ブルーハワイです。それを飲み終えたら、すぐに帰りました。そして一週間後の今夜、女性を伴《ともな》って現れ、ブルーハワイを注文した。これは何かあるな、と考えるのが当然でしょう？　そこで彼の動きを注意深く観察していたら案の定でした」

「彼が何か？」

マスターはカウンターにグラスを置いて水を注ぎ、さらに細いストローを入れた。

「彼はステアリング・ストローについて語っていましたが、目的は蘊蓄を披露することではなく、ストローに触れながら、あなたのカクテルにあるものを混入させることでした。指の間から白い粉を落としているのを見ました」マスターはグラスの中でストローを動かし始めた。「それを混ぜると透明な液体はこうなります」

グラスの水を見て、美菜は驚いた。みるみるうちに奇麗なブルーに変わっていく。それはブルーハワイの色に酷似していた。

「あるものというのは薬です」マスターは再びカウンターから出てきて、トイレに向かった。そのドアを開け、中を示した。「その薬を迂闊《うかつ》に口にするとこうなります」

美菜はスツールから立ち上がり、マスターの後ろからトイレの中を覗《のぞ》き込んだ。清川が便器を抱えるようにして眠り込んでいた。

「あっ、もしかして睡眠薬……」

マスターは頷いた。

「不届き者がレイプなどに悪用するのを防ぐため、最近の睡眠導入剤は水に溶けると青く変色するように改良されています。ところが元々青い飲み物だと、混ぜても気づかれにくい。ブルーハワイは、その手の飲み物の代表だといえます。先週、この店に来たのは下見でしょう。予想外の色だったりしたら、計画が狂いますからね」

「計画……私に睡眠薬を飲ませようとしたってことですか」

「そうでしょうね。その目的には、おおよその察しがつきます」マスターは清川のスマートフォンを操作しながら、苦々しそうに眉間《みけん》に皺《しわ》を寄せた。「予想通りとはいえ、本当にたちが悪い。あなたに見せられそうな画像が一つもない」

「画像？」

「……ああ、これならまだましかな」マスターが画面を美菜のほうに向けた。

美菜は思わず顔をしかめた。映っているのは、うつ伏せになった女性の裸体だった。横を向いた顔は目を閉じている。眠っているのだろう。

「この状態での撮影を許可する女性がいるとは思えないので、無断で撮ったんでしょう。ついでにいえば、眠っているのではなく、眠らされている公算が高い」

「最低……」

美菜は呆《ほう》けた顔で眠り込んでいる清川を睨《にら》んだ。薬で眠らせた後は、どうするつもりだったのだろうか。近くのホテルかどこかに連れ込み、服を脱がせてその後は？　裸の写真を撮るだけで納得したとは到底思えない。

「あっ、でも」重要なことに気づき、美菜はマスターを見た。「その薬をどうして彼のほうが飲んだんですか。私じゃなくて」

マスターは小さく両手を広げた。

「簡単なことです。私がグラスをすり替えました」

「すり替えた？」美菜は記憶を辿《たど》り、すぐに思いついた。「あの時ですね。私たちにメニューを見せた時。たしかに一瞬、グラスが視界から消えました」

「ほかの場所ならともかく、この店で卑劣な犯罪が行われようとしているのを見て見ぬふりはできませんからね」

「そうだったんですか。全然気づきませんでした。それにしても――」美菜は正体なく眠り込んでいる清川を見ていった。「ずいぶんと強力な薬だったみたいですね。危なかったです」

マスターはカウンター内に戻り、下から一本の瓶を出してきた。

「グラスをすり替えると同時に、こいつも少々混ぜました」

美菜は瓶のラベルを見て、あっと声を漏らした。「テキーラ……」

「懲らしめるなら徹底的にやったほうがいいので」マスターの目は不敵に笑っている。

「すごいですね。でも、ありがとうございました。おかげで助かりました」

「彼には魂胆《こんたん》がばれていることを暗に警告したんですがね。どうやら気づかなかったみたいです。カクテルにはあまり詳しくなかったんでしょう」

「警告？」

「そのカクテルです」マスターは美菜の前にあるグラスを指した。「オリジナルカクテルではなく、定番です。名称はビトウィーン・ザ・シーツ――ベッドの中で、という意味があります。その警告に気づいていたなら、悪巧みはさっさと諦めて引き上げ、今頃はベッドの中で気持ちよく眠れていたと思うのですが」

美菜はマスターの顔を見つめた。この人物は一体何者なのか。

「あなたもそれを飲んだら、もう帰ったほうがいい。都から時短営業を要請されています。うちも今夜はここまでにしておきましょう。代金のことなら御心配なく。お連れさんからいただきます。おやすみなさい。この次は真に素敵な男性といらっしゃることを祈っております」

マスターは指をぱちんと鳴らした後、もう一方の手で入り口を示した。

美菜が見ると、いつの間にかドアが開いていた。

リノベの女

1

ダークブラウンの建物を見上げ、真世《まよ》は深呼吸をした。築二十年以上とはいえ場所は港区白金《しろかね》で、部屋の広さは百平米以上あるようだから、価格は二億円近くしたはずだ。うまくいけば久しぶりに思いきり腕をふるえる、と期待に胸が膨らんだ。

オートロックの共用玄関から305号室を呼びだした。インターホンのシステムは新しい。数年前に大規模修繕をしたそうだから、その際に取り替えたのだろう。

はい、と女性の声で返事があった。真世が名乗ると、そばのドアが開いた。

エレベータで三階に上がり、内廊下を通って305号室の前に立った。表札は出ていない。チャイムを鳴らした後、もう一度深呼吸をした。

ドアが開き、セミロング・ヘアの痩せた女性が顔を見せた。化粧が濃いめなのは、来客に備えてのことか。くっきりとした眉《まゆ》と目元には、特に力を入れているようだ。

「どうぞ」

「失礼します」真世は一礼してから部屋に入り、名刺を差し出した。「文光《ぶんこう》不動産リフォーム部の神《かみ》尾《お》と申します。このたびは御連絡いただきありがとうございます」

女性は名刺を見て、にっこりと微笑《ほほえ》んだ。

「神尾真世さん。お若いのね。建築士というから年配の男性を想像していたんだけど」

「あ……すみません」

「謝らないで。女性でよかったと思ってるんだから。ところで申し訳ないんだけど、私は名刺を持ってないの」

「大丈夫です。お名前は伺っております。上松《うえまつ》様ですね」

「そう、上松和美《かずみ》です。よろしく」

「こちらこそよろしくお願いいたします」

「上がってちょうだい。といっても、何もないんだけど」

「失礼します」真世はパンプスを脱ぎ、持参してきたスリッパに履き替えた。

中に通されたが、本当に何もなかった。三か月前に購入したが一度も住んでいない、ということだから当然だ。

真世は室内を一通り見て回った。事前に調べておいた間取りと同じだった。2LDKで、リビングとダイニングルームだけで二十畳以上ある。

上松和美の要望は、この部屋を1LDKに作り替えてほしい、というものだった。リフォームというよりリノベーションといったほうが適切だろう。

「独り暮らしだから部屋は二つもいらないの」

「そういうことですか」

上松和美の年齢は四十歳前後に見えた。化粧を落としても美人の部類に入るのではないかと思わせる顔立ちだから、この先、恋愛相手が現れる可能性はゼロではないはずだ。だが仮にそうなったとしても結婚するつもりはない、独身を通すということらしい。たしかにこれだけの物件を購入できる経済力があれば、結婚する必要性を感じなくても不思議ではない。

真世は、上松和美がどんな部屋を望んでいるのかを把握するため、いくつかの質問を投げた。日々の生活の中で優先することは何か、暮らしのサイクルはどんなふうか、来客は多いか、ペットは飼うか、等々。ところがそれらに対する答えの殆《ほと》んどが、これから考える、というものだった。

「まだ何もわからないし、決めてないの。新しい部屋が手に入ってから、と思ってる」

「では現在のお住まいを見せていただくことはできませんか。そうすれば上松様のライフスタイルが少しはわかるかもしれませんので」

上松和美は浮かない表情で首を傾《かし》げた。

「今は恵比寿《えびす》にあるワンルームマンションにいるけど、リフォームが終わるまでの単なる仮住まいだから参考にはならないと思う」

「ではその前はどちらに？」

「その前は……横浜だけど」なぜか口調が突然重たくなった。

「マンションでしょうか」

「ううん、古い一軒家」

「そうですか。あの、そのお宅を拝見させていただくことは可能でしょうか。以前の暮らしぶりがわかれば、新しい部屋の参考になるかもしれませんので」

真世の言葉に、上松和美はかぶりを振った。

「家は売りに出していて、荷物はすべて処分したから、見たところで何の足しにもならないと思う。そういう手続きがどうしても必要で、それができなければプランを出せないというのなら、残念だけどおたくとは縁がなかったものと思って諦めます。よそに頼みます」

それまでとは打って変わった冷淡な口調に真世は狼狽《ろうばい》した。

「もちろんそんなことはございません」あわてていった。「念のためにお伺いしただけです。では私のほうでアイデアをいくつか出させていただいて、それを基に話し合うということでいかがでしょうか」

上松和美は、満足そうに微笑んだ。「いいわね。そうしましょう」

「一週間ほどお時間をいただけますか」

「一週間ね。わかった。楽しみに待っている」

どうやら機嫌を直してくれたようだ。御期待に添えるようがんばります、といいながら真世は胸を撫《な》で下ろした。

翌週の同じ曜日、上松和美に連絡を取った。間取りに関して大まかなアイデアができあがったので見てもらおうと思ったのだ。

「恵比寿の御自宅に伺えばよろしいでしょうか」

真世の問いに、うーん、と唸《うな》り声が聞こえた。

「ここに来てもらってもねえ。前にいったでしょ。ワンルームなのよ。おまけに横浜から運び込んだ荷物がいっぱいで、図面を広げられるスペースなんてないの。とはいえ、喫茶店というのも落ち着かないわね。誰かに話を聞かれてるかもしれないし。どこかいいところないかな」

「かしこまりました。そういうことなら、当てがございます」

2

店を貸してほしいという真世の頼みに、武史《たけし》はグラスを磨く手を止め、眉をひそめた。

「こんな時間に何をしに来たのかと思ったらそういうことか。なぜ俺に断りもなく、勝手にそんなことを決めるんだ」

「だから今頼んでるんじゃない。営業時間前なんだから別にいいでしょ」

「準備中、という札が目に入らなかったのか。営業に備えて、いろいろと準備をしなきゃいけないんだ」

「すればいいじゃない。私たちはテーブルと椅子があればいいんだから。ていうか、一体何を準備するわけ？　グラスを磨く程度でしょ」

「そんなことはない。やるべきことはたくさんある。たとえば客からカクテルのお薦めを尋ねられた時のことを考えて、材料のストックを調べておくとかだ。なるべく余っているものを使いたいからな」

「何、それ。せこいなー」

「その客、何時に来るんだ」

「五時っていってある」

真世は傍《かたわ》らに置いたスマートフォンを見た。今は四時半を少し過ぎたところだ。

「ふん、今日だけだぞ」武史は再びグラスを磨き始めた。

「そんなこといわないで今後も協力してよ。久しぶりの大きな仕事になりそうなんだ。それに、わりと美人だよ。メイクは濃いめだけど、叔父《おじ》さんも気に入るんじゃないかな。しかもお金持ち」

武史は磨いたグラスを棚に置き、振り向いた。「本当か」

「その本当か、は、どっちを確かめたわけ？　美人？　それともお金持ちのほう？」

「無論、後者だ。金持ちなのか」

「たぶんね。だって白金の2ＬＤＫを買って、リノベーションしちゃうんだよ。予算は三千万円以内ってことだけど、気に入ったらもっと出せそうな感じだった」

三千万、と呟《つぶや》いて武史は企《たくら》み顔になった。「それは上客だな。仕事は何をしている？」

「投資とかしてるっていってたけど、詳しいことはよくわかんない」

「金のなる木でも持ってるのかな」

「そうかもね。叔父さん、興味が湧いてきたみたいだね」

「金持ちとお近づきになっておいて悪いことは何もないからな。なかなかいい客を捕まえたじゃないか」

「まだ捕まえたと決まったわけじゃないよ。こちらのプランを気に入ってもらえるかどうかが問題。きっとよその業者にも当たってるだろうし」

「なんだ、自信がないのか」

「だって上松さん、謎が多いんだもん」

真世は前回の上松和美とのやりとりを話した。

武史は腕を組み、唸った。「たしかに怪しげな女性のようだな」

「でしょう？　ライフスタイルがわからないものだから設計思想が決まらないんだ」

「わかった。俺に任せておけ」武史は胸をぱんと叩《たた》くと、奥のドアを開け、中へと消えた。そこには彼の居室があるらしいが、真世は入ったことがない。

耳をすませていると、ぼそぼそと武史の話している声が漏れ聞こえてきた。どこかに電話をかけているようだ。

ここは武史が経営しているバーで店名は『トラップハンド』という。カウンターと奥にテーブル席があるだけの小さな店だ。武史は真世の亡き父の弟で、血の繋《つな》がった数少ない身内だった。

しばらくすると入り口から物音がして、ドアが開いた。おずおずと顔を覗《のぞ》かせたのは、上松和美だった。

「あっ、上松様」真世はスツールから下りた。「わざわざ申し訳ございません」

「少し迷っちゃった。入り口がわかりにくいのね」

「そうなんです。どうもすみません」

「隠れ家的な店というわけね」上松和美は店内を見回している。「電話では叔父さんの店だといってたわね」

「そうなんです。——おじさーん」真世はカウンターの奥に向かって声をかけた。

ドアが開き、武史が出てきた。

「叔父さん、こちらがさっきお話しした上松様」

「やあ、どうも。姪《めい》がお世話になっているそうで——」そういいながら武史は上松和美の顔を見て、ああっ、と表情を輝かせた。「姪から上松という珍しい名字を聞いて、知っている人と同姓だなと思っていたんです。もしかするとあなたは、上松コウキチさんの奥様ではないですか」

上松和美は戸惑ったように瞬《まばた》きした。「主人を御存じなんですか」

「やっぱり。お住まいは、たしか横浜の本郷町《ほんごうちょう》でしたよね」

「いえ、本郷町ではなくて――」

「違いましたか。あれっ？　どこだったかな」

「山手町《やまてちょう》ですけど」

「山手町っ」武史は額に手を当てた。「そうでしたっけ。一度お邪魔したことがあるんです。赤い煉《れん》瓦《が》の門柱を覚えています。そして居間には暖炉がありました。お宅の周りにも大きな屋敷が並んでいて……いやあ、今の今まで本郷町だと思い込んでいました。だけど、いわれてみたらそうだ。あそこは山手町だった。すみません、勘違いしていました」

武史がぺらぺらとしゃべる内容に真世は混乱していた。誰なのだ、上松コウキチさんって。赤い煉瓦の門柱？　居間に暖炉？　どこからそんなネタを拾ってきたのか。しかも上松和美の態度を見るかぎり、武史は見当外れなことをいっているわけではなさそうだ。

「失礼ですけど、主人とはどういった御関係だったんでしょうか」上松和美が当然の質問を発した。

「御主人から神尾武史という名前を聞いたことはありませんか。趣味仲間ですよ」そういいながら武史は右手を意味ありげに動かした。「こっちのほうの」

「あっ、それ、もしかしてチェス……でしょうか」

その通り、といって武史は指をぱちんと鳴らした。

「今から七、八年前でしょうか。インターネットで見知らぬ相手とチェスをするサイトがあり、そこで知り合ったんです。何度か対戦するうちに意気投合し、個別に連絡を取り合うようになりました。で、一度直《じか》に会ってみようということになり、私がお宅へ訪ねていったというわけです。その時、奥様にも御挨拶させていただきましたが……」

「私にも？」

「御記憶にありませんか。あまり長くはお話しできませんでしたからね。あなたは外出されるところだったように思います」

「そうでしたっけ。そういえば、そんなことがあったような気もします。ごめんなさい。主人のところへは、いろいろなお客様がお見えになったので」

「一人一人の顔をいちいち覚えちゃいられませんよね。どうか、お気になさらず。それにしても真世の顧客が上松さんの奥様だったとは奇遇だ」武史は真世のほうを見てから、不意に首を傾げて上松和美に視線を移した。「あれ？　姪から聞いた話だと、独り暮らしをしておられるそうですが、御主人は？」

　上松和美は寂しげな笑みを浮かべた。「主人は三年前に他界いたしました」

　武史は大きくため息をついた。

「そうでしたか。御高齢ではありましたが、お元気そうに見えましたけどねえ。やはり糖尿病が原因で？」

「そうです。八十二歳でした」

「それは残念でした。チェスのサイトが閉鎖されたせいで疎遠になり、どうしておられるのかなと時々気にはなっていたのですが……。御冥福をお祈りいたします」

「ありがとうございます」

「するとこの三年間は、あのお宅でお一人だったんですね」

「そうです」

「それは寂しかったでしょう。で、今回思い切って引っ越しを決意されたというわけだ」

「本当は、ずっと住むつもりだったんです。主人との思い出が詰まっていますから。でも半年ほど前に空き巣に入られて、やっぱり一人では怖いと思いました」

「空き巣に？　それはいけませんね」

「たまたま留守だったのでよかったんですけど、下手《へた》に居合わせていたらと思うと、ぞっとします」

上松和美は身体《からだ》を包むように両手を胸の前で交差させた。

「本当にその通りだ。じゃあ真世、奥のテーブルを使っていいから、君の自信作を上松さんにしっかりと見てもらいなさい。俺にとっても大切な方だから、くれぐれも失礼のないようにな。――上松さん、姪は人間としては半人前ですが、建築士としてはまずまずの腕前だそうです。気に入らないところがあれば遠慮なくダメ出しして、どんどん注文をつけてやってください」

はい、と上松和美は微笑んで答えた。

「では上松様、奥にどうぞ」何が何だかわけがわからなかったが、真世は上松和美をテーブル席に案内した。

「ああいうの、やめてくれる？　ほんと、焦っちゃうから」上松和美が帰っていくのを見送った後、真世はカウンターの向こうにいる武史に抗議をした。

「何のことだ」

「決まってるでしょ。上松さんの旦那さんのこととか急にいいだしたじゃない。どうやって調べたの？」

「あんなものは朝飯前だ。知り合いの不動産屋に連絡して、横浜で売りに出ている一軒家を調べてもらった。すると上松という持ち主の物件が一つだけあった」

武史はタブレットを操作し、これだ、といって画面を真世のほうに向けた。映っているのは和洋折《せっ》衷《ちゅう》の邸宅で、赤い煉瓦の門柱が立っていた。隣に間取り図があり、居間に暖炉が付いていることが確認できた。持ち主の名前は『上松孝吉』となっている。とんでもない個人情報だ。武史の知り合いというだけあって、その不動産屋はモラルがかなり欠如しているようだ。

「上松氏が購入したのは八年前で、当時の価格は一億六千万円だったらしい。しかもローンなどを組まず、即金で払っている。これはただ者ではないと睨《にら》んだ。持ち主のフルネームが判明しているから、ネットで調べてみたところ、これじゃないかと思われる人物の情報が見つかった」

武史はタブレットを操作した。

「上松孝吉――知る人ぞ知る実業家で、若い頃から商社マンとして世界中を飛び回っていたそうだ。有名企業の取締役を兼務する一方で、自らもいくつかの会社を経営していたというから、相当なやり手だったようだ。しかし七十歳の時、夫人が亡くなったのを機に、第一線から退いた。夫人との間に子供はおらず、マイホームを処分した後は、横浜の高級老人用施設で過ごしていた。ところが七十七歳の春、電撃的に再婚。だが結局、八十二歳の時、糖尿病が悪化して永眠、とある。上松和美さんが働いているように見えないのは当然だ。実際、無職なんだ。亡き夫から莫大《ばくだい》な遺産を引き継いだから、働く必要はないというわけだ」

　再び真世のほうに向けられたタブレットの画面には、眼鏡をかけた白髪の老人が笑っている画像が映っている。

「たったそれだけの材料で、あんな話をしたわけ？」

「これだけあれば十分だ」

「チェスの話はどこから仕入れたの？」

「あれはどこからも仕入れていない。やり手の商社マンなら、人付き合いのためにいくつも趣味を持っていたはずだ。ゴルフは間違いなくやっていただろうが、晩年は足を悪くしていた可能性があるので、囲碁か将棋あるいは麻雀《マージャン》をイメージして右手を曖昧《あいまい》に動かしてみた。すると予想外だったチェスという答えが返ってきたので、即座に話を合わせたという次第だ」

「そうだったのか。よくそんないい加減なことができるね」

「いい加減どころか、匙《さじ》加減も考慮しているぞ。最初、横浜の本郷町といって、彼女に訂正させただろ？　あれも計算ずくだ。細かいところまで正確に覚えているより、多少記憶違いがあったほうがリアリティが出るんだ」

「あきれた。何のために、そこまでするわけ？」

「何のため？　真世の仕事をうまくいかせるために決まってるだろうが。部屋のリフォームなんていう重大なことを任せる以上、正体不明の相手より、少しでも繋がりのある人間のほうが安心できるだろうからな。ここで二人の話を聞いていたが、どうやら契約が成立しそうじゃないか」

「それは、まあね……」

「どうした、浮かない顔だな。何か気に食わないことでもあるのか」

「そういうわけじゃないんだけど」真世は傍らに置いた資料に目を向け、吐息を漏らした。

今日、真世は三つのリノベーション・プランを用意してきた。思いきりシンプルにしたもの、遊び心満載のもの、奇をてらわずにまとめた正統派のもの、という三つだ。

自信作は遊び心プランだった。独り暮らしを満喫できるよう、広いリビングルームをリラックスゾーンとワークゾーンに分け、素材やデザインのテイストをまるで違うものにした。どちらに身を置くかで、気分ががらりと変わるという仕掛けだ。二番目のお薦めであるシンプルプランも悪くないアイデアだ。壁一面を収納にするなどして、必要最低限の家具以外は置かなくていいように工夫した。残る正統派プランは、はっきりいって面白味はない。どんな建築士でもとりあえず思いつくもので、真世自身、設計していてもあまり楽しくはなかった。

ところが上松和美が選んだのは正統派プランだったのだ。遊び心プランやシンプルプランには、まるで興味がないようだった。

「それは仕方がない。好みの問題だからな。真世もそのことをわかっていたので三つのプランを用意したんだろ？　そのうちのひとつを気に入ってもらえたんだ。喜ばしいことじゃないか」

「それはそうなんだけど、本当に気に入ってくれたのかなあ」

「なぜそこに疑問を持つ？」

「何だか値段で決めたような気がするんだよね」

「一番安いのを選んだわけか」

「逆。見積価格は一番高い。平凡で退屈なデザインだから、材料とかを思いきり高級なものにしたんだ」

「そういう価値観なんだろ。物の優劣を価格で判断する人間はいる」

「そうかもしれないけど、それだけじゃないいんだよね」

「なんだ？」

「上松さん、どうやらほかの業者には当たってないみたいなんだ。ふつう、こんなことはあまりないよ。大抵のお客さんはいくつかの業者にプランと見積価格を出させて、自分の好みに近くて、しかも安いものを選ぼうとする」

「旦那から遺産をたっぷり相続して、カネが余ってるんだろう。けちけちする必要はないってことだ。全くうまくやったもんだ」

「うまくって？」

「彼女なら、若い頃からいい寄ってくる男は少なくなかっただろう。そんな連中は相手にせず、倍以上も歳《とし》の離れた、しかも糖尿病の爺《じい》さんをうまくたぶらかして結婚にこぎつけた。子供がいないから、旦那が死んだら全財産が自分のものだ。で、まんまとその通りになったというわけだ」

「最初から遺産目当てだったというの？」

「それ以外に、何が考えられる？　もしかすると、結婚後は糖尿病が悪化するような食事を意図的に出していたってこともあり得る」

「やめてよ。私のお客さんなんだよ。人殺し扱いしないで」不吉な想像に、真世は背筋が寒くなった。

「いいじゃないか、仮にそうだったとしても。いっておくが、俺は非難しているわけじゃない。むしろ賛辞を贈りたいぐらいだ。孤独な爺さんが莫大な財産を抱えたまま死んだって、誰も得をしない。せいぜい国が喜ぶだけだ。爺さんにしても、最後の何年間かは若い妻と一緒に過ごせたんだから本望だったんじゃないか。そして爺さんの死後、未亡人が遺産を湯水の如《ごと》く使ってくれたなら、周りのみんなが幸せになれるってわけだ。問題は、その余ったカネが、どうすれば俺のほうに回ってくるようにできるか、だけどな」後半は独り言のように呟いた。その口ぶりは冗談には聞こえなかった。

3

テーブルに広げた図面の上で、真世は指先を滑《すべ》らせるように動かした。

「寝室のコンセントの位置は二箇所を考えています。ドアの近くに一つと奥の壁に一つです。壁のほうはテレビアンテナや光ケーブルと一体化したものになります。なるべく邪魔にならない場所と思ってここにしましたけれど、後々ベッドの配置が変わるのであれば、もう少し位置をずらしたほうがいいかもしれません」

上松和美は図面を見ながら首を傾げた。

「ベッドの配置なんて、そんなに変えることはないと思うんだけど、何ともいえないわねえ。真世さんにお任せします」

「では、一応この位置ということにしておきましょう。まだ変更は可能ですから」

はい、と上松和美は頷《うなず》いた。

「ひと休みされたらいかがですか」武史がカウンターの向こうから声をかけてきた。「今日は上松さんに召《め》し上がっていただきたいものがあるんです」

「あら、何でしょう」

「上松さんは黒ビールは苦手ですか」

「そんなことはありません。たまにいただきます」

「だったら、是非味わってみてください」武史はグラスと皿をカウンターに並べると、黒ビールの缶を開け、グラスに注いだ。

上松和美は立ち上がり、カウンターに近づいた。真世も腰を上げた。

皿に載《の》っているのは、クッキーにクリームチーズを盛ったものだった。その上にかかっているのはブルーベリー・ソースのようだ。

上松和美はスツールに腰掛けると黒ビールを飲み、クッキーを手でつまんで口に入れた。間もなく、その目が輝いた。「美味《おい》しいっ」

「そうでしょう。黒ビールはスイーツにも合うんです」武史が満足げにいう。

「叔父さん、私には？」

武史は無言で黒ビールの缶を真世の前に置いた。グラスを使わせる気はないらしい。

「クッキーは？」

「ない」

「えーっ」

「真世さん、よかったらどうぞ」上松和美が皿を勧めてきた。

「いいんですか」

「もちろんよ」

真世は缶の黒ビールを飲んだ後、クッキーに手を伸ばした。咀嚼《そしやく》していると、程よい甘さが黒ビールの余韻と混ざり、口の中で広がった。たしかに美味しいが、あっさりと認めるのは悔しいので、まあまあだね、といっておいた。

「上松さんは、お酒は結構お飲みになりますか」武史が上松和美に訊《き》いた。

「人並みだと思います」

「だったら、一度どなたかとゆっくり飲みにいらしてください。好みに合うカクテルを作ります」

「わあ、それは楽しみですね。考えておきます」

二人のやりとりを聞きながら、海老《えび》で鯛《たい》を釣る気だな、と真世は思った。これをきっかけに上松和美を贔屓《ひいき》客にしようと武史は企んでいるのだ。

マンションのリノベーションは、めでたく真世の会社が請け負うことになった。そのため頻繁に打ち合わせをする必要が出てきたのだが、問題は場所だった。そこで、開店前の店を使わせてほしいと武史に改めて頼んでみたら意外にも快諾を得られたので、このところ毎週のように上松和美と店で会っている。武史に下心がないわけないので、いずれ何かいいだすだろうと思っていた。

「そのお言葉に甘えるようですが、マスターにひとつお願いがあるんですけど」上松和美が遠慮がちにきりだした。

「何でしょう？　私にできることであれば何なりと」

「難しいことではありません。近々、ここに人を呼んでもいいでしょうか。ただし客としてではなく、その相手とはこんなふうに営業時間前に会おうと思っているんですが」

「ここに人を？」

武史は真世のほうを向いた。この件について事前に聞かされているのか、と尋ねる顔つきなので、首を横に振った。

「どういう人でしょうか？　なぜここで？」武史は訊いた。

上松和美は気まずそうに眉根を寄せた後、唇を開いた。「その相手というのは……私の兄なんです」

「お兄さん？　実の？」

はい、と上松和美は小声で答えた。

武史は相好《そうごう》を崩した。

「だったら大歓迎です。どうして営業時間前なんですか。もしかして、お兄さんは下戸《げこ》ですか。それならそれで飲めるものなどいくらでも――」

いいえ、と少し強い口調で上松和美は武史の言葉を遮《さえぎ》った。

「そうではないんです。兄ではありますけど、もう何十年も会ってませんでした。会いたくないから避けてきたんです。一切連絡も取っておりませんでした」

武史は当惑したように黙り込んだ。思案する顔を見せた後、「何か複雑な事情がありそうですね」と慎重な口ぶりで尋ねた。

「すみません。身内の恥なので、あまりお聞かせしたくはないんですけど、最低限のことだけお話しします。じつはうちの家族は、私が子供の頃に空中分解したんです」

「空中分解？」武史が顔を曇《くも》らせた。

「父の浮気が原因で、両親が離婚したんです。私と兄は母のもとに残ったんですけど、その母が間もなく病気で亡くなり、私は施設に預けられることになりました。中学二年の時です。すでに高校卒業が決まっていた兄は就職した後、私に対して何らかの責任を負うのが嫌だったらしく、音信を途絶えさせました。それ以来私は、自分に家族はいないものと割り切って、これまで生きてきました。ところが先日、その兄が突然、恵比寿のマンションにやってきたんです。インターホンのモニターを見た時には、どこかで見たような気がしましたけど、誰だかはわかりませんでした。ところが向こうが名乗るのを聞き、心臓が飛び出すほどに驚きました。それは兄の名前にほかならなかったし、同時にモニターの顔と遠い記憶にある顔が一致したからです」その時の衝撃が蘇《よみがえ》ったのか、上松和美は自分の胸を押さえた。

「お兄さんは何と?」武史が訊いた。

「話があるので会ってくれといわれました。だけど私は決心がつかず、オートロックを解除する気になれませんでした。すると、会ってくれないなら何度でも来るし、近くで待ち伏せするといわれました。私は根負けし、後日会うということで仕方なく電話番号を教えたんです」

隣で話を聞いていて、真世にもおおよその事情が呑《の》み込めてきた。「お兄さんの用件には心当たりがおありなんですか」

「兄は、親父《おやじ》のことで話がある、といっていました」

「お父様は御存命なんですか」

「さあ……。でも亡くなったという知らせはどこからもこないので、まだ生きているのかもしれません」上松和美は暗い顔でいった後、すがるような目で武史を見た。「いかがでしょうか。その兄と、ここで会うことを許可していただけませんか。自宅には入れたくないし、かといって喫茶店というわけにもいかず、困っているんです」

武史は椅子に腰掛けて考え込んでいたが、やがて顔を上げた。

「お兄さんの今のお仕事は？」

「知りません。全く会っていなかったので」

「モニターに映った時、服装はどんなものでしたか。ネクタイはしていましたか」

「よく覚えてないですけど、ネクタイはしていませんでした」

ふん、と武史は小さく鼻を鳴らし、耳の後ろを掻《か》いた。

「何がいいたいわけ？」焦《じ》れったくなって真世は訊いた。

「二十数年ぶりに妹の部屋を訪ねていくとなれば、ふつうは身なりを整え、手土産の一つも持っていくだろう。ところが上松さんの話を聞いたかぎりだと、どうもそんな余裕はなさそうに感じられる。先方の用件は金銭絡みの可能性が高い」

「私もそうだと思います」上松和美が即座に同調した。

「あなたが上松孝吉さんと結婚したことを、お兄さんには知らせたのですか」

「知らせるわけがありません。でも最近になって、何らかのきっかけで気づいたのかも」上松和美は憂鬱《ゆううつ》そうな顔で唇を噛《か》んだ。

「お兄さん、今の住所はどうやって知ったんでしょう？」真世は疑問を口にした。

「それがわからないの。住民票だって、まだ移してないのに」

「郵便局に転居届は出しましたか」武史が訊いた。

はい、と上松和美は答えた。「郵便物が届かないのはまずいので」

「結婚する前、あなたの本籍はどこにありましたか。亡くなったお母さんの籍に入っていたんじゃないですか」

「そうですけど……」

「それなら、今のあなたの住処《すみか》を突き止めるのは難しくないでしょう」

「えっ、どうするの？」真世が尋ねた。

「まず、お母さんの戸籍の写しを取る。亡くなっていても戸籍は存在するからな。息子ならば役所は拒否しない。するとそこには上松和美さんが結婚して除籍した記録が載っている。籍が移った先や、そこの筆頭者が上松孝吉さんであることも記されているだろうから、横浜山手町の住所が判明する」

武史は上松和美に視線を移した。「お兄さんは、まずあの家を訪ねたんじゃないでしょうか。そうしてあなたが引っ越したことを知った」

「でも私、近所の人にも引っ越し先を教えてないんですけど」

武史は頭をゆらゆらと揺らし、「いろいろと手口はあるんです」といった。

「たとえば、超小型GPS発信器をゆうパックかレターパックで山手町の住所に送る。転居届が出されているので、勝手に転送されていきます。自動的に新しい住所がわかるというわけです」

「そんなもの、送られてきた覚えはありませんけど」

「よく思い出してください。心当たりのない郵便物が送られてこなかったですか。それほど大きくはないかもしれません。厚みはせいぜい二センチほどです」

上松和美はしばらく考え込んだ後、はっとしたように顔を上げた。

「そういえば二週間程前に、知らない会社からサプリの試供品が送られてきました。メーカーのチラシも入ってましたけど、そんなところで何かを買った覚えなんかないので変だなあと思っていたんです」

「サプリは発泡スチロールのケースに入っていたのではないですか」

「そうだったように思います」

「おそらくそれですね。発泡スチロールの中に発信器が仕込まれていたんでしょう。郵便受けに名前は書いていますか」

「はい、名字だけですけど……」

「それならマンションに行けば部屋は特定できる」

ああ、と上松和美は絶望したような声を漏らした。

武史は無言で何度か頷いた後、彼女に向かって笑いかけた。

「あなたの不安な気持ちはよくわかりました。どうぞ、この店を使ってください。お兄さんとの二十数年ぶりの再会シーンに、私も立ち会うとしましょう」

4

カウンターに置いたスマートフォンの時計が、あと十分ほどで四時になることを示していた。隣にいる上松和美が身体を硬くしたように感じられた。関係がないはずの真世でさえ落ち着かないのだから、当事者が緊張していないはずがなかった。

前回の打ち合わせから四日が経《た》っている。今日、この店にいるのは打ち合わせが目的ではない。上松和美の実兄から電話があり、ここで会うことになったらしいのだ。真世がいるのは、同席してほしいと上松和美から頼まれたからだ。

実兄の名前は竹内祐作《たけうちゆうさく》というらしい。竹内は上松和美の旧姓でもあるわけだ。年齢は自分より四つ上だから今年四十七だろう、と彼女はいった。つまり彼女は四十三歳ということになる。想像していたよりも年上だったので、真世は少し驚いた。濃いめのメイクが効果を発揮しているのかもしれない。

武史は相変わらずカウンターの中でグラスを磨いていたが、「ああ、そうだ」といって手を止めた。

「見つけましたよ、御主人との写真を」

「写真？」上松和美が首を傾げた。

武史は自分のスマートフォンを手に取り、指先で操作をしてから上松和美の前に置いた。画面を見た彼女は、あっと小さな声を漏らした。

真世も横から覗き込んだ。映し出されているのは、家の前で笑っている三人の姿だ。温厚な顔つきの老人を挟んで、向かって右側に武史が、左側に上松和美がいる。彼女は真っ赤なジャケット姿で、髪は短めだ。今よりも顔が少しふっくらしているからか、印象がずいぶんと違う。

「あの日に記念写真を撮ったことを思い出したんです」武史がいった。「古いケータイのデータを調べていたら見つかりました。画質が粗いのは、当時のカメラ機能のせいです」

「何となく覚えています。すごく懐かしい」

「素敵なジャケットを着ておられますね」

「お気に入りの服だったんです。この画像、コピーさせていただけます？」

「もちろんです」

二人が画像データのやりとりをしているのを見ながら、真世は内心呆《あき》れていた。武史が上松孝吉のチェス仲間だったという話自体が嘘《うそ》なのだから、こんな画像が存在するわけないのだ。上松和美の昔の写真を入手できたとは思えないので、こっそりと隠し撮りした画像を巧妙に加工したに違いない。そんなものを嬉しそうに受け取っている上松和美を見て、心の底から気の毒になった。たぶん今後、このインチキ画像を大切な思い出の一枚として、ずっと保存し続けるのだろう。

そんなことを考えていたら、不意に入り口のドアが開いた。入ってきたのは、短髪で無精髭《ぶしょうひげ》を生やした、やや小太りの男性だった。茶色のブルゾンを羽織っている。

上松和美がスツールから下り、男性の前に歩み出た。「お久しぶり」冷淡な口調で、その横顔に表情はなかった。

竹内は彼女の顔をしげしげと眺めた後、真世たちをちらりと見てから、「二人だけで話したいんだけどな」といった。

「場所を提供してくださったのよ。出ていってくださいなんて、そんな失礼なことをいえるわけないでしょ」

「だったら外で話そう」

「どうして？　人に聞かれたらまずい話でもする気？」

竹内は眉間に皺《しわ》を寄せ、上松和美を睨みつけた。だが彼女は臆する素振りは見せず、堂々と視線を受け止めている。

「我々のことなら気になさらず」武史がいった。「聞き耳を立てたりはしません。気になるようなら音楽を流しましょう」

「おたくは？」竹内が訊いた。

「亡くなった主人のお友達よ」上松和美がいった。「うちにも一度、来ていただいたことがあるの」

「神尾といいます。どうぞ奥のテーブルをお使いください」そういってから武史は棚のオーディオ機器を操作した。店内にジャズ・ミュージックが流れ始めた。

上松和美がテーブルに向かった。竹内も不承不承といった感じでついていく。二人はテーブルを挟んで椅子に腰を下ろした。

ずっと目で追っているわけにもいかず真世が前を向くと、武史が右手で白い小さなものを差し出してきた。ワイヤレスのイヤフォンだった。武史を見ると、彼の左耳にイヤフォンが入っていた。

真世は受け取ったイヤフォンを右耳に入れた。途端に、男の声が聞こえてきた。

(おまえ今、何をしてるんだ？)

ぎくりとしてテーブルを見た。竹内の声だった。

(何をしていようと関係ないでしょ。早く用件をいってください)上松和美が答えている。

真世は武史を見上げた。彼は澄《す》ました顔で小さく頷いた。

そういうことか、と納得した。上松和美たちがいるテーブルのどこかに盗聴器を仕掛けてあるのだ。

この叔父がそうした小道具をたくさん所有していることは知っている。

何という男だと思いつつ、真世は耳に神経を集中させた。

(話というのはほかでもない。俺たちの親父のことだ。親父は今、茨城の老人ホームにいる。最近になって会ったんだが、孤独な爺さんに成り下がってたよ。俺たちを捨てて、ほかの女と再婚したけど、結局その相手とも別れたようだ。御丁寧に財産の大半を取られてやがった)

（ふうん、そうですか。でも私にとってはどうでもいいこと。縁を切った相手ですから）

（そういうだろうと思ったよ。だけど法律上は、そんなわけにはいかない。親が離婚していようが、籍から抜けていようが、親子関係は未来永劫《えいごう》変わらない。俺が何をいいたいのかっていうと扶養義務のことだ。親が貧乏で困ってたら、子供が面倒をみなくちゃいけない。親父は今、貧乏だ。生活保護と年金で凌《しの》いできたらしいが、もう限界だ。おまけに認知症が進んで、人とまともに会話ができない。手を焼いた施設の人間が、役人たちと手を組んで俺に連絡してきたというわけだ）

（だったらあなたが面倒みたら？　息子なんだから）

（そうしたくてもできない。俺も自分のことで精一杯なもんでね。そこで娘の出番というわけだ。おまえ、金を持ってるんだろう？　横浜の家を見たぜ。どんな生活をしてたのかも知っている。金持ちの爺さんをたぶらかして、たんまりと遺産をせしめたらしいじゃないか。近所でも噂《うわさ》になってたぜ）

（まさか兄だと名乗ったんじゃないでしょうね）

（そんなことはしない。近所の連中から本音を聞き出せないからな）

（よかった。下品で胡散《うさん》臭い兄貴がいるっていう噂が付け足されずにすんで）

ばんっ、とテーブルを叩く音が耳に飛び込んできた。真世は二人の様子を窺《うかが》った。向こう側にいる上松和美の顔はよく見える。彼女が動じている様子はない。

（話を戻そうじゃないか）竹内が抑えた口調でいった。（そういうわけで俺たちには親父を扶養する義務がある。俺は身の回りの世話という形で果たしている。おまえは親父には会いたくもないだろうから、金で解決するってことでどうだ。月に五十万で手を打とう。お互い、悪い話じゃないと思うがね）

（ははん、本気でいってるの？　そんなお金、払うわけないでしょ）

（法律に逆らうというのか）

（逆らう必要なんかない。法律は私の味方をしてくれるはずだから。私の生物学上の父親である人物は、妻と離婚後は養育費をろくに支払わなかった。私が施設に入った後も、扶養義務を一切果たさなかった。そんな父親に対して、私が扶養義務を負わされるわけないでしょう？）

（出るところに出てもいいということか。おまえがそういう態度なら、俺は本気で家庭裁判所に訴えるぞ）

（お好きにどうぞ）

（本当にいいのか？　内心、焦ってるんじゃないのか。裁判沙汰になったらまずいと思ってないか？）

（どうしてまずいのよ。何もまずくない）

（そうか。そこまで突っ張るのなら、俺も本音を出させてもらう。あんたの立場を考えて穏便に済ませようと思っていたが、そうはいってられないようだ）

（何のことだかさっぱりわからないんですけど）

あんた、と竹内が声を一層低くした。（本当に和美か？）

真世は、ぎくりとした。再び二人のほうを見た。竹内は背中を丸め、身を乗り出している。上松和美は当惑したような表情だ。

（それ、どういう意味でしょう？）

（そのまんまだ。あんた、和美じゃないだろ。一体、どこの誰なんだ？）

（はあ？　何いってるの？　上松和美ですけど）

（いや、違う。もしかしたらあんたは、今の和美と顔が似ているのかもしれない。人違いされる程度にはさ。だけど俺の目はごまかせない。三十年近く経とうが兄妹は兄妹だからな。あんたは偽者だ）

（それ、本気でいってるの？　それとも何かの駆け引き？　意味がわからないんですけど）

（もちろん本気でいっている。直接会うのは今日が初めてだが、ずっと前からあんたのことは観察してたんだ。最初は和美だと思っていたが、だんだんと違うような気がしてきた。こうして会ってみて確信した。あんたは俺の妹じゃない）

上松和美は一旦黙り込んだが、間もなく冷笑のようなものを浮かべた。

（そう。つまりあなたと私とは赤の他人、何の関係もないということね。わかった、それでいい。だったら、もうお会いする必要もありませんね）

（ふざけるな。和美はどこにいる？　あんた、知ってるはずだ）

（ええ、よく知ってる。本当の和美は死にました）

竹内が、ゆらゆらと頭を縦に揺らした。

（やっぱりそうか。いつ、どこで死んだ？）

（いつ？　どこで？　何いってるの。それはあなたが誰よりもよく知ってるはずでしょ）

（何の話だ）

（和美が死んだのは十三歳、中学一年生の時。四歳上の兄に殺された。それ以後、生きているのは偽者の和美。あなたのいったことは当たっている。ここにいる私は偽者）

衝撃的な告白に、真世は横目で覗き見せずにはいられなかった。上松和美は能面のように無表情だった。竹内は背中を向けているので顔はわからない。

上松和美がスマートフォンを手にした。

（でも私が上松孝吉の妻だったのは事実。ここに証拠があります。主人と一緒に箱根《はこね》に行った時の写真よ。よく見てちょうだい）

（ふん、そんな画像、いくらだって捏造《ねつぞう》できるさ）

（だったら、これはどう？　ついさっき神尾さんからいただいたものよ。神尾さんが捏造したというの？　何のために？）

先程の自宅前での写真を見せているらしい。

（たしかに、そこに映っている女はあんたによく似ているようだな。本物の和美か。だけど画質だってよくないし、証拠とまではいえないな）

（私が初めてここに来た時、神尾さんのほうから声をかけてきてくださったの。上松孝吉さんの奥さんじゃないですかって。疑うなら、神尾さんに確かめたらいい。それとも神尾さんが、たまたま都合よく人違いしてくださったってことかしら？）

竹内が、ちらりと斜め後ろに首を回した。武史を見たのだろう。その武史は素知らぬ顔で棚のボトルを並べているが、左耳にはイヤフォンが入ったままだ。

（あんたが和美だというなら病気はどうした？）竹内が訊いた。

（病気？　何のこと？）

（横浜にいた頃、病院に通ってたはずだ）

（……どうして知ってるの？）上松和美の声に緊張感が滲《にじ》んだ。

（調べたからだ。情報源はいえない）

（私だって病気ぐらいはします。今はもう大丈夫です）

（情報によれば、かなり重い病気だということだった）

（だったらガセネタね。お気の毒様）

竹内が大きなため息をつくのが聞こえた。（俺は信じない）

（あなたが信じようと信じなかろうと私には関係がありません。話はここまで。お引き取りください）上松和美はスマートフォンを引き寄せると、胸を反らせるように背筋を伸ばした。

（いいのか、後悔するぞ）

（お引き取りください）上松和美は淡泊な声で繰り返した。

二人はしばらく睨み合っているようだったが、やがて竹内が両手でテーブルを叩き、立ち上がった。くるりと踵《きびす》を返すと大股で歩きだし、真世たちのほうには目もくれず、乱暴にドアを開け閉めして店を出ていった。

上松和美が立ち上がった。真世は右耳からイヤフォンを外し、カウンターの端に置いた。

「用件は終わりました？」

「私はそのつもりだけど、向こうはそうじゃないかもしれないわね」上松和美は苦笑して真世の隣に腰掛けた。「私たちの話、聞こえてた？」

「いいえ。でも険悪な雰囲気は伝わってきました」

「おかしな難癖をつけられちゃった。私のことを上松和美になりすましている偽者だというのよ。どう思う？」

「それは……たしかにおかしな難癖ですね」

「神尾さんから昔の写真を貰《もら》っておいてよかったです。早速、役に立ちました」上松和美は武史に向かっていった。

「それはよかった」武史は笑みを返した。

上松和美は腕時計を見て、スツールから下りた。

「じゃあ、今日はこれで失礼します。真世さん、また連絡をちょうだい」

はい、と真世も立った。「次はバス関係のショールームに御案内する予定です」

「お風呂場ね。楽しみにしてる」上松和美はドアに向かいかけたが、何かを思いついたように足を止め、振り返った。「あなたに頼みたいことがあるんだけど」

「何でしょうか」

「あの男には恵比寿のマンションを知られてるので、いつまた押しかけられるかわからない。尾行とか待ち伏せとかされるのも嫌だから、いっそのこと引っ越そうと思うの。白金のリフォームが終わるまでの間だけ借りられるような部屋、どこかにないかな」

「たぶん何とかできると思います。でも、それまではどうされますか」

「問題はそこよね。気味が悪いから、今夜からどこかのホテルに泊まる。で、もう一つお願いなんだけど、引っ越しの当日、私の代わりに立ち会ってもらえないかな。全部お任せパックにするから、部屋にいてくれるだけでいいの」

「勝手に入ってもいいんですか」

「平気。見られて困るようなものはないから。それにどれだけの荷物があるかを確認しておいたほうが、次の部屋を探しやすいんじゃないの？」

「それはおっしゃる通りです。わかりました。お引き受けいたします」

よかった、といって上松和美はバッグからキーホルダーを取り出し、そこから一本の鍵を外した。

「先に渡しておく」

はい、と答えて真世は差し出された鍵を受け取った。

「ではよろしくね。──神尾さん、どうもありがとうございました」

「またどうぞ」武史が応じた。

ドアが閉まるのを見て、真世は吐息をついた。何だかひどく疲れてしまった。

「叔父さん、元気の出る飲み物をちょうだい」そういってスツールに腰掛けた。

武史は冷蔵庫を開けて小さな瓶を出し、カウンターに置いた。栄養ドリンクだった。

「何、これ？　バーで飲み物っていったら、ふつうお酒でしょう？」

「まずは先にそれを飲め。顔色が良くないぞ」

「えっ、そうかな」真世は両手で頰《ほお》を擦《こす》った。「たぶん二人の話を聞いて、びっくりしすぎたからだ」

栄養ドリンクの瓶を手にし、蓋を回した。「叔父さんも驚いたでしょ？」

「思いがけない発言はいくつかあったな。中学一年の時に兄に殺された、とか。おそらく何かの比喩だと思うが」

「その前に竹内氏の衝撃的な台詞《せりふ》があったじゃない。聞いてなかったの？　和美さんのことを偽者だといったよね。なんであんなことをいったのかな」

「そう思ったからだろう」

「でも三十年近く会ってないんだよ。ちょっとぐらいイメージが違ってるからって、偽者だと決めつけるかなあ」真世は栄養ドリンクを一気飲みした。薬臭さが口の中に広がり、思わず顔をしかめた。

「叔父さん、お水ちょうだい」

「真世に話しておきたいことがある。上松和美さんに関することだ」水の入ったグラスを真世の前に置きながら武史がいった。

「何？」訊いてから真世はグラスを傾けた。

彼女は、といって武史は続けた。「偽者だ」

真世は飲みかけていた水を吐き出しそうになり、あわてて胸を叩いて堪《こら》えた。

「今、何ていった？」

「偽者だといったんだ。彼女は上松和美さんじゃない」

「それ、冗談でいってるんだよね？」

武史は真顔でスマートフォンを操作し、画面を真世のほうに向けた。例の横浜の家の前に立っている武史と上松夫妻の写真だ。

「その画像がインチキだってことはわかってる。一体、どうやって作ったの？」

「それぞれの顔写真を揃《そろ》えれば、こんなものを作るのは朝飯前だ。上松孝吉氏の写真はネット上にいくらでもあるしな」

「上松和美さんの写真は？」

「この店に来た時に撮影した画像を転用した」

「いつ撮ったの？」

「いつというより、高性能の防犯カメラを仕掛けてあって、二十四時間撮影している」

「えっ、マジで？　どこにあるの？」真世はカウンターの内側を見回した。

「簡単に見つかるようじゃ、防犯カメラの意味がない」

「すると今も撮ってるわけ？　何それ。気持ち悪い。ほぼ盗撮じゃん」

「これぐらいの防犯意識がないと、ひとりで酔っ払いたちの相手はできないんだ。それはともかく、その画像を加工して記念写真を作ったわけだが、和美さんの首から下は別人だ。ところが彼女は赤いジャケットについて、お気に入りの服だったといった」

「当時、たまたま上松さんも似たような服を持ってたんじゃないの？」

「こんな真っ赤なジャケットをか？　いっておくが、この服は今年の新作だ。仮に赤いジャケットを持っていたとしても、デザインの違いに気づくんじゃないか」

武史の指摘は妥当だった。真世は反論できなかった。だがスマートフォンの画像を見ているうちに、別の疑問が浮かんできた。

「叔父さん、もし上松さんから指摘されたらどうする気だったの？　こんな赤いジャケットは持ってませんでした、とかいわれたら」

「その場合は悪戯《いたずら》ってことでごまかすつもりだった。それでも俺の目的は十分に果たせたわけだしな」

「目的って？」

「彼女が上松和美さん本人か、それとも偽者かっていう確認だ」

真世は目を見開いて武史を見た。「叔父さんも、それを疑ってたの？　どうして？」

武史はスマートフォンの画面を指した。

「これはフェイク画像だが、ひとつだけ本物がある。背景の家だ。先日俺は横浜の山手町にある、上松夫妻が住んでいた家を見てきた。その時に撮影したんだ。それだけじゃなく、近所を回って、いろいろな話を聞いてきた」

「えー、わざわざそんなことを？」

「かわいい姪の仕事が少しでもうまくいくように、と思ってな」

「それ、絶対に嘘。叔父さんが私のために、そんな面倒臭いことをしてくれるはずない」

ははは、と武史は乾いた笑い声をあげた。

「さすがに見え透いていたか。上松さんは兄貴と会うのを嫌がってただろ？　だから何とか力になりたいと思った。早い話、金持ちに恩を売っておこうと考えたわけだ」

「だろうね。それなら信用する」

「なぜ彼女の兄が今頃になって妹に会おうとするのか、それを突き止めるのが先決だと思った。おそらくその男は、上松夫妻が住んでいた家の周辺であれこれ嗅ぎ回っただろうから、その内容を探ることにした」

「探るって、どうやって？」

「刑事のふりをして近所の家を当たった。最近、上松さんのことを調べている怪しい男がいるという通報があったのですが、お宅には来ませんでしたか、とね」

「刑事のふり、ねえ」

この叔父の得意技だ。いつか本物の刑事にばれて、捕まるんじゃないかと真世は気が気でない。それにしてもこの怪しげな風体を見て、どうしてみんな信じ込むのか。

「案の定、何人かの住民から有益な回答を得られた。スズキという自称フリーライターの男が動いていた。名だたる実業家だった上松孝吉氏の立志伝を執筆中なので協力してほしい、とかいってたそうだ。孝吉氏の人柄なんかについていくつか質問した後、夫妻の暮らしぶりや、若い妻との結婚生活について尋ねてきたらしい。その話を聞き、スズキというのは上松和美さんの兄貴で、彼女がどれだけの遺産を引き継いだかを調べているんじゃないか、と俺は睨んだ」

「かなりの資産だと思ったから、たかろうと考えたわけだ」

「ところが話はこれで終わらない。スズキは上松和美さんの引っ越し先も尋ねている。知らないと答えると、では最後に見かけたのはいつ頃かと訊いている。奇妙なのは、ここからだ。三か月ぐらい前に会ったと答えた相手に対し、それは本当に上松和美さんでしたか、よく似た別人の可能性はありませんか、とスズキは訊いてきたそうだ」

「何、その質問」

「おかしいだろ？　だけど同様の質問をされたのは一人や二人じゃない。そこで俺は、上松和美さんの兄貴は、どうやら彼女のことを偽者あるいは替え玉だと疑っているらしいと気づいた。ではなぜそんな疑いを抱くのか。それを考えるうえでヒントになったのは、スズキが近所の住民たちに投げていた、もう一つの奇妙な質問だ。最近の和美さんの体調はどんなふうに見えたかとか、病院に通っているという話を聞いたことはないかとか、やたら彼女の健康状態を気にしていたそうなんだ。それで閃《ひらめ》いた。和美さんの兄貴は、何らかの理由で彼女が不治の病に冒されていると知った。ところがその後、健康を取り戻したようなので不審に思い、もしや偽者ではと疑い始めた、というわけだ」

立て板に水でしゃべり終えた武史の顔を、真世はしげしげと眺めた。

「俺の顔に何かついているか」

「いやあ、それだけで、よくそこまで推理を働かせられるものだと感心しちゃって」

「大した推理じゃない。少し頭を使えば、誰でも思いつく。自分を基準にするな」

「頭の使い方が下手で悪かったわね。それで、その健康状態に関する質問に対して、近所の人たちはどう答えてたの？」

「何とも答えていない」武史は素っ気《そけ》なくいった。「元々、顔を合わせれば挨拶を交わす程度の付き合いだったから、そんな個人的なことは知らない、というのが大半の答えだった。最も付き合いがあった隣の奥さんでさえ、この一年は話もしていないそうだ。姿を見ることもあまりなかったといっている。少し見ないうちに雰囲気が変わったと感じたことはあったが、病気だとは思わなかったそうだ」

「近所の人間が病気かどうかなんて、本人から聞かされないかぎり、ふつうは知らないよねえ」

「とりあえず俺は、これを彼等に見せてみた」武史はスマートフォンを操作してから真世の前に置いた。「そして、和美さんに間違いないかどうかを訊いてみた」

画面に映っているのは、このカウンターにいる上松和美の姿だった。服装から、前回ここへ来た時に隠し撮りしたものだとわかった。カメラは武史の背後にある酒の棚に隠されているらしい。

「みんなの答えは？」

「たぶん間違いない、というものだった。ただし、あまり自信があるようではなかった。それぐらい、ふだんの付き合いは少なかったんだろう」

「よく似た別人の可能性もあるってこと?」

「大いにあり得る。だから確かめることにした。それがさっきの記念写真だ。本人なら、覚えがないときっぱり否定するだろう。ところが彼女は、何となく覚えていて懐かしいとまでいった。その瞬間、偽者だと確信した」

「どうしてそんなことになっているんだろう」

「事情を突き止めたほうがいい。今のままだと、真世にまで火の粉が飛んでくるおそれがある」

「そういわれても、どうすればいいかわかんないよ」

「まずは彼女のことを調べよう。身の回りだとか、どんな生活を送っているかとか」

「どうやって? 私に刑事のふりなんて無理だよ」

「誰がそんなことをしろといった。さっき真世は最強の武器を預かったじゃないか」武史は真世のバッグを指した。

5

上松和美が現在仮住まいにしているマンションは、恵比寿駅から徒歩五分の場所にあった。一階と二階にテナントが入っているビルの六階だ。

共用玄関を通り、エレベータで上がった。一つのフロアには、三つか四つの部屋がある。真世が事前に調べたところでは、間取りは違うようだが、いずれも単身者用でワンルームか1DKらしい。

上松和美の603号室はエレベータから一番遠いところにあった。後ろめたさを感じつつ、鍵を外し、ドアを開けた。すぐに人感センサーが働き、明かりが点《とも》った。

狭い靴脱ぎでスニーカーを脱ぎ、部屋に上がった。壁のスイッチを入れ、室内灯をつけた。いきなり目に入ったのは、壁際に積み上げられた段ボール箱だ。二段三段と積み重ねられていて、箱の横には中身を記したラベルが貼ってある。『孝吉（書斎）』という文字が目についた。横浜の家から持ってきたものだろう。

ほかにはベッドとコンパクトなダイニングセットがあるだけで、生活感を漂わせるものは少ない。仮住まいだから当然といえば当然だが、片付いているというより殺風景という印象だ。

「悪くない部屋だな」武史が後ろからいった。「駅からも近いし、家賃はどれぐらいだ？」

真世は室内を改めて見回した。

「広さは三十平米、築二十年として、十七万ってところかな」

「悪くない」同じ台詞を繰り返し、武史は奥に進んでカーテンを開けた。ベランダの向こうでは商業ビルの華やかな光が輝いていた。

時刻は七時を過ぎている。本来ならバーの営業を始めている時間だが、武史は急遽《きゅうきょ》臨時休業にし、上松和美のマンションを探ろうと提案したのだった。

「で、何をすればいいわけ？」真世は訊いた。

武史は積み上げられた段ボール箱に目を向けた。

「たぶんこの中にヒントが隠されている。それを見つけだすんだ」

「えっ、勝手に見るわけ？」

「当たり前だ。何のために来たと思っている？」

「だって、プライバシーの侵害だよ。訴えられたらどうすんの？」

「見たことがなぜばれる？　元に戻しておけば大丈夫だ。それに、たぶん上松さんは段ボール箱の中を調べられることを予想している」

「まさか。どうしてそんなことがいえるわけ？」

「引っ越しの立ち会いを頼むだけなら、直前に鍵を渡せば済む話だ。荷物の量がわかれば部屋選びの参考になる、というのもこじつけ臭い。似た面積と間取りの部屋を探せばいいだけのことだからな。彼女は、真世がこの部屋の荷物を調べ、上松和美本人に間違いないと確信してくれることを期待しているんだと思う。それは逆にいうと、彼女は本人ではなく別人、じつは偽者であることを示している」武史は箱に貼られたラベルを確認し、「まずは、これを開けてみよう」といって一つの箱を指した。ラベルには、『証券・証明書類』とある。

武史は段ボール箱を床に下ろした。ガムテープを剝《は》がして箱を開けると、中にはファイルや透明の書類ケースが入っていた。

彼は書類ケースの小さな抽斗《ひきだし》の中を調べていたが、「おっ、早速いいものが見つかったぞ」といってパスポートを取り出した。「発行されたのは八年前だ。行き先は香港《ホンコン》か。老いた夫との新婚旅行だったのかもしれないな」開いたページを真世のほうに向けた。「どう思う？」

真世は、貼られている顔写真を凝視した。思わず、うーん、と唸ってしまった。

どうだ、と武史がさらに訊いてきた。「彼女と同一人物だと思うか」

うーん、と真世は再び唸り声を漏らした。

「同一人物だといわれたら、特に疑わないかも」

「別人だといわれたら？」

「へえ、そうなんだ、よく似てるねってところかな。写真だと、そういうこともあるし」

武史は頷いた。

「冷静で客観的な意見だ。写真なんか、いくら見比べたって意味がない。たとえば最新のスマートフォンの顔認証システムだと、顔写真を使っても認証しない。情報として不十分だからだ。むしろ、もっと正しい情報が顔写真の横にある」武史は、『上松和美』と手書きしてあるサインの欄を指した。

「リフォーム関連で、彼女からもサインを貰ってるだろ？　今、持ってないのか」

「あっ、あると思う」

真世はショルダーバッグからファイルを取り出した。今日は打ち合わせの予定はなかったが、万一のことを考えて持ってきたのだ。

水回りの工事に関する確認書をファイルから抜き取った。そこに彼女のサインがあった。

書類とパスポートをテーブルの上に並べた。二つの筆跡を見比べてみたが、大きな違いはなかった。同一人物が書いたものだといわれれば納得してしまうだろう。真世がそういうと武史も頷いた。

「たしかによく似ている。プロの鑑定人が見れば違いに気づくのかもしれんが、素人《しろうと》には無理だろう。彼女が署名をする時、何か不自然なことはなかったか。えらく丁寧で時間をかけている、とか」

真世は首を横に振った。

「そんなことはない。いつもさらさらっと書いている」

「そうか。俺も偽筆は得意だからわかるが、自然に書いてここまで似せられるのは、かなり手先が器用なんだろう。しかも相当練習したに違いない」

「練習……したのかな」

「学習もしているんだろう」

「学習って？」

「段ボール箱をよく見ろ。一番上に載っている箱のラベルには、『証券・証明書類』、『交友関係』、『思い出の品』とある。いずれもプライバシーに関するものだ。しかもよく見ると、段ボールは新品なのにガムテープを一度剝がした形跡がある。彼女は上松和美になりきるため、個人情報を徹底的に頭に叩き込もうとしているんじゃないか。暇さえあれば中の資料に目を通し、学習しているのだと思う。いつどこで誰と会い、何を訊かれても困らないようにだ」

真世は段ボール箱と小さなテーブルを交互に眺めた。上松和美と名乗っている彼女が夜遅くまで様々な個人情報を覚えようとしている姿を想像すると鳥肌が立った。

「じゃあ訊くけど、本物の上松和美さんはどこにいるの？」

「問題はそこだ」武史は腕組みをした。「真世は、どう思う？」

「どうって？」

「生きてると思うか」

ストレートな問いかけに、真世はのけぞった。「いきなり、そう来る？」

「だけど、最大のポイントはそこだろ。どうなんだ」

「生きてない……のかな」

「その可能性は否定できない」

不吉な想像が真世の頭によぎった。「もしかして……」

「どうした?」

ううん、と首を振る。「何でもない」

「いいかけてやめるな。気になっていることがあるのなら、はっきりといえ」

「気になっているというか、ちょっとした想像というか、たぶんそんなことはないと思うんだけど……」そこまでいってから、「やっぱりやめておく」と口を閉じた。

武史は顔をしかめた。

「途中でやめるのなら、最初から黙ってろ。こういいたいんだろ。偽者が本物の上松さんを殺したんじゃないかって。そして本人になりすまし、莫大な遺産を奪った」

図星だった。真世は顎《あご》を引き、上目遣いに武史を見た。「あり得ないよね?」

「わからん。そうかもしれない」

「えーっ」

「ミステリ小説としてはB級だが、十分に考えられることだ」

「嘘……ショック」真世はパスポートの写真を改めて見た。自分の知っている上松和美の顔を思い出し、比べようとした。だがその前に別の感情が湧いてきた。「だめだ。私はやっぱり信じられない」

「彼女が偽者だということがか?」

「それもだけど、それ以上にあの人がそんなことをするなんて、とても想像できない。何度も会ってるけど、すごくいい人だと思うから」そこまで話したところで、武史が冷めた目をしていることに気づいた。「私に人を見る目がないのかもしれないけど……」

「自分のことをよくわかってるじゃないか」

真世は、むっとして武史の顔を睨みつけた。

「だけど、まだあの人が偽者だと決まったわけじゃないよ。何も証拠を見つけてない」

「その通りだ。だから作業を続けるぞ」武史は段ボール箱に向き直った。

「でもさ、叔父さんの説によれば、彼女は荷物を調べられることを承知しているわけでしょう？　だったら、もし偽者だとしても、その証拠になるようなものは置いてないいんじゃないの？　さっきのパスポートなんか、いい例だよ。絶対に怪しまれないっていう自信があるから、わざとすぐに見つかるところに入れてあったのかもしれない」

武史は片方の眉を上げ、ほう、と感心したようにいった。

「なかなか真っ当なことをいうじゃないか。その意見には俺も同感だ。しかしどんなに慎重な人間でも、必ずミスは犯す。徹底的に調べれば、何か見つかるはずだ」そういい終えると武史は別の段ボール箱を抱え、床に下ろした。『交友関係』と書かれたラベルが貼ってある箱だ。だが箱を開ける前に、真世のほうを振り返った。「何をぼさっとしている。少しは手伝え。ほかの箱の中身を調べるんだ」

「どの箱？」

「どれでもいい。それぐらい自分で考えろ」

そんなことをいわれても、何を調べたらいいのかがわからない。真世は積まれた段ボール箱を眺めた後、『思い出の品』というラベルの箱に手をかけた。抱えてみると、ずしりと重い。

ガムテープを剝がして開けてみると、中にはスクラップブックやファイルなどが入っていた。特に目を引いたのはアルバムだった。

取り出してみると、かなり古いものだった。

最初のページに貼られていた写真は何十年も前のものと思われた。布団に寝かされている白い肌着姿の赤ん坊は、おそらく上松和美だろう。

真世はページを進めた。赤ん坊から幼女へと成長していく過程がよくわかる。着物姿でポーズを取っているのは七五三だろう。自転車に乗ろうとしている少女、公園で遊んでいる少女――同じような写真が続いている。

そうした写真の中に不自然なものが混じっていることに真世は気づいた。たとえば少女が動物園の檻《おり》の前で立っている写真は縦に細長く、明らかに横の部分が切り取られていると思われた。同様の写真が何枚かある。

真世が首を捻《ひね》ったことに気づいたらしく、どうした、と武史が訊いてきた。

「これ、どう思う?」アルバムを見せ、不審点を説明した。

武史はそれらの写真を見つめると、しばらく考えた後、合点したように頭を上下に揺らした。「なるほど、そういうことか」

「どういうこと?」

だが武史は答えない。黙ったまま、再び何やら考え込んでいる様子だ。

「ねえ、叔父さん」

「話しかけるな」

武史は顎に手をやり、『思い出の品』の段ボール箱の中を覗き込んだ。手を突っ込み、何かを出してきた。写真立てだった。写真には、上松和美らしき少女が母親と思われる女性の膝に乗っている姿が写っていた。母親は若く、奇麗な人だった。

「その写真がどうかした?」

しかしここでも武史は無言だ。やがて何を思ったか、写真立てを裏返した。さらに裏蓋を留めている金具を外し始めた。すべて外すと裏蓋を取った。

真世は横から武史の手元を見つめた。「叔父さん……」

「あの女性の正体は不明だが……」ようやく武史が口を開いた。「少なくとも、俺たちがあの竹内という兄貴に協力してやる必要はなさそうだな」

6

上松和美を浴室関連のショールームに案内したのは、竹内と会ってから五日目のことだった。真世は、急いで新しい部屋を探しているので、もう二、三日待ってほしいといった。

「大丈夫、ホテルライフを満喫してるから」上松和美は微笑んで答えた。「それより、恵比寿の部屋は見てくれた?」

「はい、一度だけですけど……」

「荷物が片付いてなくて呆れたでしょう? 何でもかんでも段ボール箱に入れっぱなしで」

「仮住まいだから仕方ないですよ」

「見られて困るものはないんだけど、整理下手だと思われないかと心配」

上松和美は軽い口調でいうが、真世が箱の中のものを見たかどうかを気にしているように感じられた。武史がいうように、見られることは覚悟しているのかもしれない。見ていないから大丈夫です、と真世は応じた。

ショールームを出た後、いつものように『トラップハンド』で打ち合わせをすることになった。店に行くと武史が拭き掃除をしていた。

「毎回、すみません」上松和美が詫《わ》びた。

「とんでもない。大歓迎です」武史は愛想笑いをする。「奥のテーブル席の掃除と消毒は済ませておきました。さあさあ、どうぞ御遠慮なく」

ところが真世たちが、その清掃済みのテーブル席につこうとした直後、入り口のドアが勢いよく開いた。真世は振り返り、入ってきた人物を見て、はっとした。竹内だった。

「ようやく捕まえたぞ。おまえ、どこに雲隠れしてた？」竹内は上松和美を睨んできた。

「失礼ですが、まだ開店前です」カウンターの中から武史がいった。

「客じゃないことはわかってるだろ。俺はこの女に用がある。そろそろ現れる頃じゃないかと思って、店の前で見張ってたんだ」竹内は上松和美を指差した。

「まるでストーカーね。せっかくだけど私のほうには用などありません」上松和美がいった。「この前、話は全部終わったはずでしょ」

「いいや、終わっちゃいない。ただし、喧嘩《けんか》しようってわけでもない」竹内は口調を緩めるとカウンターのスツールに腰掛けた。「じつは、あんたに取引を提案しに来た」

「取引？　どんな？」

「まあ、そうつんけんしないで座ったらどうだ。そっちが立ったままじゃ、落ち着いて話ができない」

上松和美は、ふっと強く息を吐き出してカウンターに近づき、竹内から二席挟んだスツールに座った。

竹内は上着の内側に手を入れると平たい箱を出し、カウンターに置いた。

「何それ?」上松和美が訊いた。

「自分で見てみろよ」竹内は、にやにやしている。

上松和美は箱を手にし、すぐに眉をひそめた。「親子鑑定キット?」

「便利な時代になったもんだよな。自分でDNAを採取して鑑定会社に郵送すれば、親子かどうかの判定をしてくれるそうだ」

「これをどうしようっていうの?」上松和美は箱をカウンターに置き、竹内のほうに押し戻した。

「説明するまでもないだろう。これを使ってあんたと親父の親子関係を調べようと提案してるんだ。いっておくがこれは俺じゃなくて親父の意思だ」

「あの人は認知症だといってなかった?」

「たまにまともになることがあるんだよ。その時にあんたの話をしたら、それは本物の和美じゃないといいだしてね。そこで俺が親父から委任状を貰って、代理で話を持ってきたってわけだ。不愉快かもしれないが、お互いのためだ。その代わり鑑定の結果、あんたが親父の子だと判定されたら、俺は金輪際あんたの前には姿を見せないと約束しよう。どうだ、悪い話じゃないだろ?」

「断ったら?」

「なんで断るんだ。あんたが本物の和美なら断る理由なんかないはずだ。心配しなくてもインチキなんかはしない。親父のサンプルを採る時には、あんたも立ち会ったらいい。その後、あんたのサンプルを採って、その場で郵送しようじゃないか」

「お断りします」上松和美は、きっぱりといい放った。「私には何のメリットもない」

「俺の話を聞いてなかったのか。親子関係が証明されたら姿を見せないといっただろ。逆にいうと、それまでは何度でもつきまとうってことだ」

「仕方がないわね。好きにすれば？」

「前にいっただろ。いざとなったら家庭裁判所に訴えるって。親子関係不存在確認訴訟ってやつを提起するぞ。そうすりゃあんたは逃げも隠れもできない」

「だから好きにすればいいといってるでしょ」

「本当か？　俺は脅しでいってるんじゃないぞ」

「失礼だが、ちょっといいかな」武史が口を挟んだ。

竹内は眉間に皺を寄せてカウンターのほうに身体を捻った。

「何だ？　あんたには関係がない。まだ営業前なんだろ。黙っててくれ」

「そうはいかない。和美さんは亡き友人の奥さんだ。おかしないいがかりをつけられているのを黙って見過ごすわけにはいかない」

「どこがいいがかりだ」竹内は凄《すご》んだ声を出した。

「さっきから聞いていると、おたくのいっていることは明らかにおかしい。何のためにおたくの親父さんと和美さんの親子関係を調べるんだ？」

「そんなのは決まっている。もし親子じゃないと判明したら、この女は和美じゃない、偽者だってことになるからだ」

武史は大きく頭を振った。

「それがわからない。なぜそうなるのかな」

「はあ？　あんたこそ、何をいっている？」

武史が上松和美のほうを向いた。

「和美さん、なぜこの人に本当のことをいってやらないのですか。もう気遣う必要はないと思うんですが」

上松和美は戸惑ったように武史を見返した。すると、すみません、と彼は謝った。

「先日、真世があなたの部屋に行った際、私も同行したんです。その時、これを見つけまして」そういって武史は下から何やら出してきて、カウンターに置いた。

それは例の写真立てだった。中の写真には、少女時代の上松和美と彼女の母親らしき女性が写っている。

「いい写真だなと思って眺めていたら、たまたま裏蓋が外れてしまったんです。決して、わざと外したんじゃありません。ただ、気になったので読んでしまいましたが……」

上松和美は、じっと写真立てを見つめた後、ゆっくりと手を伸ばした。全員が見守る中、裏蓋を外した。

真世は後ろから覗き見た。写真の裏には、青いインクで書かれた文字が並んでいる。

上松和美は動かない。特別な思いを嚙みしめているように見えた。

和美さん、と武史が呼びかけた。

「あなたの気持ちはわかります。お母さんのやったことを隠したいんでしょう。だけど、この際だから仕方がないと思います。この人を納得させるためにも、教えたほうがいいと思います」

「何だ、おい」竹内が苛立《いらだ》った声を発した。「どういうことだ。何をいってるんだ」

上松和美は肩から力を抜くように、はっと吐息をついた。写真立てから写真を取り出すと、黙って親子鑑定キットのそばに置いた。

竹内は険《けわ》しい顔つきで写真を手に取った。表を一瞥《いちべつ》した後、裏返した。

その目が文字を追ううちに、みるみる顔つきが変わっていった。頬が引きつっていくのがわかった。

無理もない、と真世は思った。写真の裏に書かれた文面は次のようなものだった。

『和美ちゃんへ　あなたにだけ大切なことを教えておきます。

祐作は私の子ではありません。お父さんがほかの女の人に産ませた子です。

だから私はほかの男の人の子を産みました。それが和美ちゃんです。そのことをお父さんは知りません。

どうか幸せになってください。母より』

竹内は唸り声をあげた後、嘘だ、と呻《うめ》くようにいった。

「そんなわけがない。戸籍には、俺はちゃんと長男となっている」

「少しもおかしくない。悪徳医師に金を払って出生証明書を書かせるとかすれば、別の女性が産んだ子を自分たちの子として届けるのは可能だ」武史が冷めた声でいった。「それでわかっただろ？　おたくの親父さんと和美さんの間に親子関係がなくても何も不思議じゃない。むしろ、それが当然なんだ。彼女が偽者だという証拠にはならない」

嘘だ、と竹内は喚《わめ》いた。

「俺は信じない。こんなもの、でたらめだ」そういうなり写真を破り始めた。細かく千切った後、投げ捨てた。細かい紙片が舞い、床に落ちた。

さらに竹内は懐からスマートフォンを取り出し、操作を始めた。その手が小刻みに震えているのを真世は見た。

「これでどうだ」竹内はスマートフォンの画面を上松和美のほうに向けた。書類のようなものが映っている。「診断書だ。これによれば、一年以上前にあんたは膵臓癌《すいぞうがん》だと宣告されている。そんな人間が、どうしてそんなにぴんぴんしていられるんだ?」

上松和美は唇を舐《な》めてからいった。「膵臓癌は全員が死ぬとでも?」

「知り合いの医者から聞いた。治療をしていたとしても、今のあんたの状態はおかしいってことだった」

「昔から何も変わってないわね」上松和美は哀れむようにいった。「馬鹿で短絡的。物事を深く考えるってことができない」

「何だとっ」竹内が腰を浮かせ、右腕を彼女のほうに伸ばそうとした。だがその手首を武史が素早く摑《つか》んだ。はなせっ、と竹内が怒鳴った。

「この店内には防犯カメラを設置してある」武史はいった。「これまでの行動はすべて撮影されているはずだ。おたくがさっき写真を破った行為は、私用文書等毀棄《きき》罪にあたる。有罪ならば五年以下の懲役に処される。通報しようか?」

「……ふん、勝手にしろ」だが竹内の声には狼狽の気配があった。

武史は竹内の手首を放した。

「そのついでに、半年前、和美さんの家に空き巣が入ったことも警察に進言したらいいかもしれないな。当時の捜査で採取された指紋との照合とか、いろいろと調べてくれるだろう。おたくが大好きなDNA鑑定もやってもらえるんじゃないか。さっき大威張りで見せびらかしていた診断書の画像なんかも、もしかしたら格好の証拠になるかもしれないな」

竹内の顔から、さっと血の気が引いた。「何のことだ」

「心当たりがないなら気にしなくてもいいだろう。とりあえず俺は警察を呼ぶ。ただし、今すぐに立ち去るというのなら大目に見てやってもいい」

竹内は悔しげに顔を歪《ゆが》めていたが、上松和美に目をやった後、大きな音を立てて舌打ちし、立ち上がった。そのままドアに向かおうとしたが、「忘れ物だ」といって武史が親子鑑定キットを差し出した。

竹内は奪い返すように箱を摑むと、大股で入り口に向かった。

ドアが閉まった後、武史はカウンターから出て、入り口に鍵をかけた。

上松和美はスツールから下り、床に散った紙片を拾い集めている。

「思い出の品が散々なことになりましたね」武史が声をかけた。

「セロハンテープで繋いでみます」

武史は上松和美の手にある紙片をじっと見つめた。

「そのお母さんからの大切なメッセージは、やはり時々読むんですか」

「時々というか、ごくたまに……ですね」

「そうですか」武史はカウンターの内側に戻った。「和美さん」

「何でしょうか」

「その写真はカラーコピーです」

えっ、と上松和美が顔を上げた。

「本物はこっちです」そういって武史が一枚の写真を掲げた。少女と母親の写真――写真立てに入っていたものと同じものだった。

そして、といって武史は写真を裏返した。「本物の裏には何も書かれていません」

何が起きたかわからないといったように上松和美は身体を固まらせている。声も出せない様子だ。

「そのメッセージを書いたのは私です」武史は、さらりといった。「竹内があなたのお母さんの子ではないというのも、あなたが父親以外の男性の子だというのも私の創作です。つまり、でたらめなんです。それなのにあなたは、そのメッセージをたまに読む、とおっしゃった」

上松和美の胸が大きく上下している。息が荒くなっているのだろう。

「どうしてそんなことを……」

「それを説明する前に謝らなくてはならないことがあります。じつは私が旦那さんのチェス仲間だというのは真っ赤な嘘です。面識など一度もなく、当然、お宅にお邪魔したこともありません」

「まさか、そんな……」

「すみません。姪のため、少しでも印象をよくしたほうがいいと思い、軽はずみなことをしてしまいました」

武史は呆然《ぼうぜん》としている上松和美に、初めて会った時の会話はすべてブラフであったことや、横浜の家の前で撮ったという記念写真は捏造したものだったことを明かした。

「すると私が本物の上松和美じゃないってことには気づいておられたんですか」

「そういうことになります」

「あなたも？」偽者の上松和美が真世のほうを振り返った。

ごめんなさい、と真世は頭を下げた。

「それなのに、どうして今日まで何もいわなかったの？」

「我々には関係のないことだからですよ」武史が真世の代わりに答えた。「お互いの同意の下で行われたことなら、他人が口出しすべきではないと判断しました」

「お互いのって……」

「いうまでもないのですが、あなたと上松和美さんのことです。これほど巧妙なすり替わりは、本人と替え玉の双方が協力し合わなければ不可能です。私の想像では、提案したのは上松さん。その話にあなたが乗った。違いますか」

替え玉の女性は、少し沈黙した後、諦めたように首を縦に揺らした。

「いえ、おっしゃる通りです」

「さらに想像を広げれば、上松さんは竹内がいっていたように重い疾患を患っていた。余命を知った彼女には、何よりも気がかりなことがあった。夫から受け継いだ莫大な財産の行方《ゆくえ》です。今のままでは父親と兄のものになってしまう。全財産を慈善団体などに寄付すると遺言書を残しても、父親には遺留分がある。全体の三分の一で、決して少なくない。しかもそれらは結局、実質的には兄のものになる。上松和美さんは、それだけはどうしても我慢ならなかった。なぜなら兄は、彼女にとってこの世で最も憎むべき人間だったから」

替え玉の女性が目を見開いた。「どうしてそこまでわかるんですか」

「これを見たからです」

武史が少し腰を屈《かが》め、新たに下から取り出してきたものは古いアルバムだった。

「ここに残されているのは、いずれも上松和美さんが子供の頃の写真です。ところがいくつか、不自然にトリミングされたものがある。切り落とされた部分には、たぶん四歳上の兄、つまり竹内が写っていたと推察します。元々は兄妹の姿を撮影したものだったのでしょう。ところがそんな記念写真が、上松和美さんにとっては忌《い》まわしいものになったのです。先日、あなたは竹内にこういいましたよね。上松和美は中学一年の時、兄に殺されたって。具体的なことはわかりませんが、おそらく何らかの虐待があったのだろうと想像します。それをきっかけに上松和美さんは兄との繋がりを一切断ち切ろうとした。これらの写真は、その証拠です」

替え玉の女性は、やや躊躇《ためら》いがちに唇を開いた。

「上松さんは中学一年の冬、兄の同級生数人から悪戯されたんです。同級生たちは彼女にいったそうです。おまえの兄貴に金を払ったから、いう通りにしろ、と」

吐き気を催《もよお》しそうなエピソードを聞き、最低、と真世は呟いた。

「それ以来、男性が怖くなり、誰とも交際できなかったと彼女はいっていました。結婚も考えられなかったと。ところが老人用施設で働いていた時、孝吉さんと出会い、運命を感じたそうです。親子以上に歳が離れていたせいか、それまでに会ってきた男性とは違った存在に見えた、と彼女はいいました」

「そんな愛する夫の財産が、すべてではないにしろ憎い兄貴のものになるなんて、彼女としてはどうしても許せなかったわけだ。だから替え玉を作り、自分が生きているように見せかけようとした」

「その通りです。素晴らしい推理力ですね」

「お褒めにあずかり恐縮です」武史は白分の胸に片手を当て、お辞儀をした。「その推理に自信があったので、及ばずながら何か力になれないかと考えました。そこで思いついたのが、写真の裏にお母さんからのメッセージが記されていた、という仕掛けです。いずれ竹内がDNA鑑定をいいだすことは予想していたので、それへの対抗策です。あの男は生涯自分の出自について疑い続けるでしょうが、その程度の罰は受けて当然だと判断しました」

「写真の裏にメッセージが書かれていることなど和美さんから聞いてなかったので、さっきは狼狽《うろた》えました。でも偽造されたものだとは夢にも思いませんでした」

「咄嗟《とっさ》に対応したあなたの演技は見事でしたよ。それで教えていただきたいのですが」武史は真顔になって彼女を見つめた。「あなたは一体どこの誰なんですか?」

「お答えしないわけにはいきませんよね、やっぱり」

先程まで上松和美と名乗っていた女性は、諦めたような薄い笑みを浮かべてから自分の本名を口にした。

彼女は末永奈々恵《すえながななえ》といった。

7

末永奈々恵は、川崎《かわさき》にある大型書店で働いていた。

ある日、書棚をチェックしていたら、ひとりの女性客がじっと自分を見つめていることに気づいた。マスクを付けて黒縁の眼鏡をかけた、ほっそりとした女性だった。豊かな栗色の髪が印象的だ。

何だろうと思っていたら女性が近づいてきて、チェーホフはどこにありますか、と尋ねてきた。

「チェーホフの何でしょうか。タイトルはわかりますか」

すると女性は首を傾げた後、「お薦めを教えてもらえると助かるんですけど」といった。

わかりましたと答え、女性客を海外文学のコーナーに案内した。

「私は『桜の園』が好きですけど、『ワーニャ伯父さん』も人気があります。あとは『かもめ』や『三人姉妹』でしょうか。出版社によって、組み合わせが違っています」

本を見せながら説明したが、女性客はそれらを一瞥しただけで、奈々恵の顔ばかりを見つめてくる。顔に何かついているのだろうか。

「いかがでしょうか」

奈々恵が訊くと女性客は目を細めて頷いた。

「ありがとう。では、全部いただきます」

「全部……ですか。でもいくつか同じ作品が重なっていますけど」

「いいんです。人にプレゼントするつもりなので」

「あ、なるほど。それはいいですね」

女性客は本を受け取ると、レジカウンターに向かった。その後ろ姿を見送りながら、変わったお客さんだな、と奈々恵は思った。

それからちょうど二週間後、書棚の整理をしていたら、末永さん、と後ろから呼ばれた。振り返ると女性が立っていた。ペーズリー柄のワンピース姿で、眼鏡をかけ、マスクを付けていた。

「私のこと、覚えてます？」

「チェーホフの……」

「よかった」女性が微笑んだのが、目の動きでわかった。「この間はありがとうございました。あのプレゼントは大好評でした」

「そうなんですか。だったら何よりです」奈々恵は心からいった。薦めた本に満足してもらえるのは、書店員にとって大きな歓《よろこ》びだ。

「それでね、末永さんにお礼をさせてほしいんです。仕事の後、御予定はあるのかしら」

「そんなお礼だなんて」奈々恵は両手を横に振った。「当然のことをしただけです。そのお気持ちだけで十分です」

「そういわないで付き合ってくれない？　じつをいうとね、末永さんにお願いしたいことがあるの。一時間でいいから話を聞いてちょうだい」口調がくだけたものに変わった。

彼女は上松和美と名乗った。さらに偽名じゃないことを証明するため、クレジットカードを掲示した。

奈々恵は当惑した。相手の狙いがわからなかった。彼女が末永という名字を知っているのは、胸に付けた名札を見たからだろうが、ふつうそんなものは覚えようとしないだろう。つまり前回すでに、彼女は奈々恵に対して特別な思いを抱いていたわけだ。

お願い、といって上松和美は両手を合わせた。その目には真剣な光が宿っていた。悪事を企んでいるようには見えなかった。お願いしたいこととは何なのかも気になった。

わかりました、と奈々恵は答えた。「午後八時半には出られると思います」

「ありがとう。じゃあ、クルマに乗って待っているから、駐車場に来てもらえる？」

上松和美は車種とナンバーをいった。奈々恵はクルマに詳しくないので、手の甲にボールペンで四桁の数字を書き込んだ。

午後八時二十分頃、奈々恵は駐車場に行った。閉店時刻を過ぎているので、駐《と》まっているクルマは一台だけだった。その中で上松和美は待っていた。

奈々恵が助手席に乗り込むと上松和美はクルマを出した。行き先を尋ねると、そんなに遠くないところ、という答えが返ってきた。

到着した先はシティホテルの一室だった。部屋に入ると上松和美は立ったままで奈々恵のほうを向いた。

「おたくの店で初めてあなたを見た時、信じられなかった。奇跡だと思った。だから申し訳ないんだけど、あなたのことをいろいろと調べさせてもらった。そうしてとても信用できる人だと確信したから、こうして誘ったの」

何がいいたいのか、奈々恵にはさっぱりわからなかった。

ふふ、と上松和美が含み笑いを漏らした。

「戸惑うのも無理ないわね。でも、こうすればあなたにも意味がわかるはず」上松和美は眼鏡を外し、そばのテーブルに置いた。さらにマスクを取り、髪をかきあげてから奈々恵のほうに顔を向けた。

状況を理解するのに、何秒かかっただろうか。一秒や二秒ではない。ぼんやりと相手の顔を眺めている時間がたしかに流れた。それが過ぎた時、あっと声を発していた。目も見開いていた。

「私のいっている意味がわかったようね」

「似ています……よね」

「似ているどころか、そっくりだと思わない？」

奈々恵は相手の顔を見つめたまま、黙って唾を呑み込んだ。言葉が見つからなかった。目の前にいる女性の顔は、奈々恵に酷似していた。もちろん、細かい違いはいくつもあるだろう。だが一見したところでは、上松和美がいうようにそっくりだった。

「種明かしをすると、少し修正を加えているの。私のほうに」上松和美は自分の頰を両手で覆う素振りをした。「あなたの顔に合わせて、メークを変えた。眉の形なんかもね。でも、その程度よ。美容整形なんかはしていない。本当は髪型も合わせたかったけれど、ちょうどいいものが見つからなかった。だからあなたのほうに、これを被《かぶ》ってもらえたらと思って」

上松和美は椅子に置いてあった紙袋に手を突っ込んだ。出してきたのはウィッグだった。栗色の髪は、彼女のものと同一に見えた。

上松和美は奈々恵に近づくとウィッグを頭に載せてきた。さらに形を整えた後、「自分で見てちょうだい」といって奈々恵に鏡のほうを向かせた。

奈々恵は息を吞んだ。鏡に映っている二人は双子に見えた。他人にそういっても疑う者はいないだろう。

どう、と上松和美が訊いてきた。

「似てますね。私のほうが太ってますけど」

「それほどじゃないわよ。以前は私もあなたぐらいだった。歳はおいくつ？」

「三十九です」

「じゃあ私より三つ下ね。メイクを落としたら、肌に差が出るだろうな」

「あの上松さん、この後どうすれば？　写真を撮るんでしょうか」

ＳＮＳなどにアップするつもりなのだろうと思って訊いたのだが、上松和美は首を横に振った。

「撮りたいけど我慢する。おかしな証拠を残したくないから」

「証拠……」

不可解な言葉だった。写真を撮らないのなら、何のためにこんなことをするのか。

「説明するから、そこに座って。ウィッグ、もう外していいわよ」

奈々恵は椅子に腰を下ろし、ウィッグを外した。上松和美が向かい側に座った。

「妙な気分だと思わない？　自分と向き合っているみたい」

「そう……ですね」

たしかにその通りなのだが、奈々恵は上松和美の目的がわからず、緊張感のほうが強かった。

「あなたにお願いしたいことというのはほかでもない。私の代わりを務めてほしいの」上松和美がいった。「私は今、横浜の一軒家で独り暮らしをしている。でも事情があって、そのまま住み続けるわけにはいかないの。だけど世間的には、住んでいるように思われる必要がある。だから私の代わりに、あなたに住んでほしいわけ。毎日じゃなくていい。週に一度、それが無理ならひと月に一度でもいい。住んでいるところを近所の人に見せられたら、それで十分。もちろん、ただでとはいわない。それなりの報酬は出します」

奇妙な依頼だった。狙いがわからず、奈々恵の胸で広がるのは猜疑《さいぎ》心だけだった。するとそれを察したらしく、「こんな話、怪しいだけよねえ」と上松和美が肩をすくめた。

「私はあなたのことをよく知っているけれど、あなたは私のことを何も知らないんだものね。だからこうしない？　一度、私の家に来てほしいの。そうすればすべてを話せるし、納得してもらえると思う」

「私のこと、よく知っているんですか」

「知ってる。いったでしょ、調べさせてもらったって」

上松和美は小さな手帳を取り出すと、奈々恵が住んでいるマンション、携帯電話の番号、行きつけのカフェ、買い物に利用するコンビニなどを挙げていった。それらはことごとく事実で、奈々恵は背筋が寒くなった。

「気味が悪いだろうけど、それぐらい真剣だってこと」上松和美の顔には悲壮感が漂っていた。「私の家に来てくれる？」

好奇心と面倒なことに関わりたくないという警戒心が心の天秤《てんびん》に載った。それは少し揺れたが、やがて一方に大きく傾いた。奈々恵は頷いていた。

二日後、教えられた住所を頼りに、横浜の山手町にある上松和美の家を目指した。近所の人間に顔を見られないように用心してほしいといわれていたので、マスクを付けていた。新型コロナが流行《はや》って以来、マスク姿でも目立つことはない。

辿《たど》り着いたところに建っていたのは、邸宅と呼べるほど大きくはないが、和洋折衷の品のいい家だった。赤い煉瓦の門柱が印象的だ。

上松和美は二日前と同じメイクをして待っていた。今後は、ずっとこのままで通すつもりだといった。

「今まで、家ではスッピンだったの。でもあなたに替え玉を演じてもらうためには、まずこの顔を近所の人に見慣れさせておかなきゃならないから」

「あの、上松さん、私、まだ引き受けるとはお答えしていませんけど」

「わかってる。だからここへ来てもらったんだものね」

上松和美は紅茶を淹《い》れてくれた。庭を眺められるリビングルームで、時折それを飲みながら彼女は話し始めた。

まずは亡くなった夫のことだ。高級老人用施設で知り合った上松孝吉は、二年前に他界したらしい。莫大な遺産は、すべて上松和美が相続することとなった。

だが優雅な若き未亡人生活を送れた期間は長くなかった。間もなく身体に異変を感じた。検査の結果、膵臓癌だと判明した。

「治療を続けてきたけど、たぶん無理。自分のことだからわかる。あと何年も生きられるとは思ってない」さらりとした口調で上松和美はいった。諦めているというより、人生を達観しているように見えた。

下手な慰めはいわないほうがいいと判断し、奈々恵は話の続きを待った。

「むしろ気になっているのは、私が死んだ後のこと。はっきりいってしまえば財産の行方。というのは、法定相続人がいないわけではないから」

父親と兄がいる、と彼女は続けた。どちらにも財産を渡したくないのだといった。さらにその理由を詳しく話した。

それらを聞き、奈々恵は納得した。ひどい父親だし、最低の兄だ。特に兄のほうは、今からでも何らかの方法で罰せられないものかと思った。

「だから私は死ねないのよ」上松和美は力のない笑みを浮かべた。「もし死んだとしても、そのことを世間には知られたくない。少なくとも父が死ぬまでは。遺言を残せば兄は相続人から外せるけれど、父には遺留分というものがあるから」

「それで私が代わりにこの家に……」

「わかってもらえたみたいね。その通りよ。だけどあなたにもメリットがある。私が死ねば、全財産はあなたのもの。当然よね。あなたは私なんだから。それにね、その日が来るのはたぶんそんなに遠い先じゃない。長くても一年後」

「そんなの、わからないじゃないですか。治療を続けていれば――」

奈々恵の言葉を遮るように上松和美は激しく首を振った。

「そういうことではないの。私自身が、一年以内にこの世からおさらばしちゃおうと思っているわけ。もう、そのつもりなのよ」

この言葉に奈々恵は愕然《がくぜん》とした。この女性は自殺する気なのだ。

「それは……よくないんじゃないですか」

「どうして?」上松和美は首を傾げた。

「どうしてって……だって、それはよくないですよ」

「いったでしょ。どうせ何年も生きられない。最後は苦しみながら息を引き取ることになる。それならば自分が納得できるタイミングで死にたい。心配しないで。身元は絶対にわからない方法を選ぶつもりだから。どこか遠いところに行って身投げする、とかね」

他人事《ひとごと》のように淡々と話す口調は、彼女の決意の固さを示しているようだった。奈々恵はもう何もいえなくなった。

「どうかな。引き受けてくれると嬉しいんだけど」

事情は理解したが、すぐには結論を出せなかった。少し時間がほしいといって、その日は辞去した。ひとりになって、じっくりと考えた。そんなことをして大丈夫なのか、という不安はあった。犯罪ではないのか。

とはいえ上松和美には同情すべき点がたくさんあった。莫大な財産が手に入るという話も魅力的だ。だが奈々恵を決心させたのは、全く別の理由だった。

替え玉を引き受けるという奈々恵の答えを聞き、上松和美は胸の前で両手の指を組み、よかった、といって吐息を漏らした。

「断られたらどうしようと、心配で眠れなかったのよ」

「何とか力になれるようがんばってみます。ただ、ひとつだけ条件があります」

「何？　お金？」

「違います。上松さんはおっしゃいましたよね。どこか遠いところに行って身投げ……と」

「自殺のことね。そう、そのつもりだけど」

「それを変更していただきたいんです」

「変更？　どういうこと？」

「人生の最後を迎える場所は……私の部屋にしていただけませんか」

上松和美は大きく息を吸い込んだ後、それを吐き出してから訊いた。「どうして？」

「私が……末永奈々恵が死んだことにしたいからです」

上松和美は何度か目を瞬かせた後、「あなたのほうにも何か事情があるみたいね」と抑揚を抑えた声で訊いた。

「今日は、私が自分について話す番みたいですね」奈々恵はいった。「聞いていただけますか、私の話を。正しくは私と母の話ですけど」

「もちろん、聞かせてもらう。聞かせてちょうだい」

はい、と答えて奈々恵は話し始めた。それは少々長くなった。

奈々恵は日本海側の地方都市にある家で生まれ育った。そんな末永家の頂点に君臨していたのは奈々恵の母だった。彼女の意見だけで、家族に関するすべてのことが決まっていった。娘をどこの学校に通わせるかも、車を買い換えるかどうかも、貰い物のメロンを食べるタイミングも。

いつからそうなったのか、奈々恵にははっきりとした記憶がない。物心が付く頃には、すでにそうなっていた。

小学生になって間もなく、まだ新しかった家の門扉の柄を、近所の友達が奇麗だといって褒めてくれた。帰宅してからそのことを母に話すと、彼女は鼻先を少し上げ、胸を反らしていった。

「そうでしょ。だって、お母さんが選んだんだから。壁の色だって、生け垣だって、きっとみんな素敵だと思ってるはずよ。今度、訊いてみなさい」

後で知ったのだが、家を建てること自体、母がいいだしたことだった。それだけでなく、祖父母との同居を条件に費用の三分の一を彼等に出させたのも彼女の発案だった。いくつかあった建築候補地から最終的に選んだのも彼女だし、白を基調にした家になったのも彼女の希望だった。

だが、そのことをおかしいとは思わなかった。なぜなら、この家では母が一番強く、偉いと思っていたからだ。そしてそれは事実だった。

奈々恵が五年生の時、祖父が脳卒中で倒れた。それをきっかけに寝たきり同然になった。介護は祖母の役割だが、ひとりでは大変だ。おまけに祖母は要領が悪く、無駄なことばかりをする。見かねた母が手伝い始めたが、次第に主導権を握るようになった。介護にまつわる細かい手続きや役所との交渉も、すべて母がこなした。彼女はよく、「おばあちゃんは世間知らずのグズだから困る」と奈々恵にこぼした。さらに、こう付け加えるのだ。「この家は、私がいないと何にも始まらない」

そんな母の強権は、いうまでもなく一人娘にも及んだ。奈々恵は、日常生活のあらゆることに干渉された。母が気に入った服しか着させてもらえず、髪型も自由にはできなかった。好きでもないことを習わされ、逆にやりたいことはやらせてもらえなかった。一日のスケジュールを机の前に貼られ、その通りにしないと嘆かれた。叱られるのではない。嘆かれるのだ。

「奈々恵のためを思って、いろいろと考えてあげてるのよ。それなのに、どうしていうことがきけないの？　お母さんのいう通りにしていれば全部うまくいくから余計なことは考えないで、いった通りにしてちょうだい。ねえ、お願いだから」

母は奈々恵の人間関係についても目を光らせていた。それは管理というより監視だった。どういう友達と付き合っているのか、彼女は完璧に把握しようとした。何人かの友達について、「その子、奈々恵には合わないから、もう一緒に遊ばないでね」といわれた。母がどういう基準で友達を選別していたのかは不明だ。

「私はお母さんのロボットじゃないっ」そう叫んだのは高校に入って間もなくの頃だ。友人から届いた手紙を勝手に開けられたのが理由だった。

だが母は詫びてくれない。それどころか、あなたのためを思ってやったこと、といい張った。私ほど奈々恵のことを愛している人間はいない、ともいった。それに対して、そんなのは愛じゃない、と反論した。

それまでの末永家にはなかった家族での口論が飛び交う日が、とうとう訪れるようになった。それからしばしば母娘《おやこ》喧嘩が起きた。そのうちに母が途中からヒステリックに泣きわめくようになった。

この問題に、父は一切関与しようとしなかった。仕事で毎日帰りが遅く、土日も休日出勤だとか接待ゴルフだとかいって、出かけていくことが多かった。家族の変化に気づいていないわけがなかったが、要するに逃げていたのだ。親を介護してもらっているという負い目もあっただろう。

やがて母娘喧嘩はなくなった。逆らうことに奈々恵のほうが疲れてしまったのだ。いい娘を演じていればこの家は平和なんだ、と割りきることにした。

母にいわれるまま勉強し、指示された通りに地元の大学に進学した。だが大学生活は少しも楽しくなかった。監視されることには変わりがなく、恋人もできなかった。どうせ反対されるだろうと思ったから、出会いを求めたりもしなかったのだ。

就職先は父の知人が経営する会社だった。まるで興味のない業種だったが、女性にとって職場なんて結婚相手を見つけるためだけの場だから、という母の言葉を聞き、反発する気力を失った。

だが結局、結婚相手は母が見つけてきた。知り合いの息子だった。見た目も中身も悪くなかったが、奈々恵のタイプとは違った。それでも付き合う気になったのは、勤務先が東京だったからだ。結婚すれば母の束縛から逃げだせると思った。

その思惑が外れたと知るのは、結婚してから一か月もしない頃だ。東京の新居を母は頻繁に訪ねてきた。しかも予告なしにだ。どんな結婚生活を送っているのか、事細かく問われ、室内も仔細《しさい》に調べられた。最後に必ず訊かれるのが子作り計画だ。どうなってるの、と責めるように問うてきた。

それなりに夫婦関係はあったが、妊娠しなかった。そのことには誰よりも奈々恵が焦っていた。子供でも作らないと耐えられないと思うほど、大して思い入れのない相手との結婚生活は退屈で味気なかった。しかしどうやらお互い様だったようだ。間もなく夫の浮気が発覚した。愛情を感じられない生活に嫌気がさした、と彼はいった。それを聞き、正直な気持ちなんだろうと奈々恵は思った。

離婚後も東京に留《とど》まり、独り暮らしを始めた。幸い仕事は見つかった。学生時代の友人の紹介で働けることになったのが、現在の職場だった。

母からは地元に帰ってこいとうるさくいわれたが、仕事がないといってかわした。私だってできるならそうしたいけど、この歳になって親に迷惑はかけられない、ある程度の貯《たくわ》えができたら前向きに考える、と本心とはまるで違うことをいった。

そんなふうにして十年近くが経った。母は老いた父の世話をしながら、娘の帰りを待っている。彼女の夢は老後の面倒を娘にみてもらうことだ。本人が堂々と口にしているのだから、間違いない。

自分の人生は何なのだろう、と奈々恵は思い続けてきた。母のために生きているのか。これから自分のために何かを求めてはいけないのか。

そんな中、上松和美と出会った。そして、とんでもない計画、もしかすると人生をリセットできるギャンブルを持ちかけられたのだった。

奈々恵の話を聞いた上松和美は、気持ちはわかるような気がする、といった。

「親に見捨てられるのも辛《つら》いけど、束縛されるのも苦しいんだね」

「ごめんなさい。上松さんの苦労に比べたら、大したことがないと思われるでしょうけど」

「そんなふうには思わない。わかった。その条件、受け入れる。人生の最後の場所は、あなたの部屋にする。そうして末永奈々恵として死んでいく」

ありがとうございます、と奈々恵は礼をいった。

その日以来、二人だけで頻繁に会った。場所は新たに借りた恵比寿のワンルームだ。横浜の家は引き払うと上松和美はいった。今後、奈々恵が上松和美として人生を送るのならば、そのほうがいいだろうと配慮してくれたのだ。

「私が死んだ後、もっと広い部屋に移ればいいよ。買ってもいいいんじゃない」上松和美は楽しそうにいった。

その部屋で奈々恵は上松和美になりきるための訓練をした。彼女の生い立ちや経歴を詳しく聞き、徹底的に頭に叩き込んだ。また趣味や嗜好《しこう》、好みの服装なども学んだ。幸いだったのは、彼女に深い繋がりのある人間が殆どいなかったことだ。その理由について、老いた夫と二人きりの生活が人生のすべてだったから、と上松和美は説明した。

少しでも体形を近づけるため、奈々恵はダイエットに取り組んだ。数か月で十キロ近くも落とした。職場では、どこか悪いのではないかと心配された。

髪型も変えた。上松和美の栗色の髪はウィッグで、外すと短い黒髪だった。治療の影響で一度髪が抜け、ようやく生えそろったところだったのだ。そこで奈々恵もショートヘアにした。

そんなふうにして一年近くが経ち、いよいよXデーが近づいてきた。

「思い残すことは何もない。こんなことをいうのは変かもしれないけど、奈々恵さんといる時間は楽しかった。自分の人生を振り返れたし、胸の内を包み隠さず打ち明けられる相手がいるって幸せだなと思った」

奈々恵は涙が出た。全く同じ思いだったからだ。彼女に対して友情とは違う何かを感じていた。すでに上松和美の人生を引き継ぎ始めていたのかもしれない。

一方で末永奈々恵という人間が、この世からいなくなるという事実に奇妙な感慨を覚えた。これまでの人間関係は、すべて消えてなくなる。あの職場には近づくこともできない。友人や知人とも会えない。しかし不思議なぐらい惜しくないし、悲しくもなかった。これまでのことを振り返ると、別人として生きられる将来に比べれば、何と魅力のない半生だったのかと思った。

上松和美が選んだのは服毒自殺だった。奈々恵の部屋で、奈々恵の服を着て、指紋をたくさん残してから毒を飲んだ。遺体のそばには、『疲れました。ごめんなさい。末永奈々恵』と記された遺書があったはずだ。奈々恵自身が書いたものだから、筆跡で怪しまれる心配はなかった。

二日後、奈々恵は自分が死んだことを小さなネットニュースで知った。

8

「上松和美として最初にしたことはマンションの購入でした」末永奈々恵はいった。「彼女の人生を引き継ぐ以上、彼女にふさわしい生き方をしなければと思いました。お金はあるんだから、広い部屋のほうがいい。でも奇抜すぎてもよくない。神尾さんは魅力的なデザインを提案してこられたけれど、どれが上松和美という女性にふさわしいのかよくわからなくて、結局一番オーソドックスなものを選びました」

そういうことだったのか、と真世は合点した。

「竹内が会いに来ることは予想していたんですか」武史が訊いた。

「いつか来るかもしれないと和美さんはいっていました。でも何十年も会っていないから、偽者だとは絶対に気づかないだろうとも。だけどあの人、和美さんの病気について知っていましたよね。どこでどうやって知ったのか不思議だったんですけど……」

「さっき本人にもいいましたが、半年前の空き巣はあの男の仕業《しわざ》だと思います。その時、診断書を見つけたんでしょう。それで難病だと知り、計画を変更したんじゃないかと睨んでいます」

「計画って？」真世が訊いた。

「家に忍び込んだ目的が単なる空き巣だったとは思えない。和美さんの命を奪うつもりだったんじゃないか、というのが俺の推理だ」

「まさか……」真世は末永奈々恵と顔を見合わせた。彼女も頬を強張《こわば》らせていた。

「そう考えたほうが辻褄《つじつま》が合う。和美さんが資産家の未亡人となったことを嗅ぎつけ、遺産を狙ったんだと思う。強盗殺人に見せかけて殺せば、何十年も疎遠になっていた自分が疑われるわけがないと踏んだんじゃないか」

「恐ろしい男……」末永奈々恵は呟いた。

「でも和美さんが膵臓癌だと知り、それなら死ぬのを待っていたほうが安全だと思い直したんだね」

真世はいった。

「そうだ。ところが和美さんは死なない。それどころか元気に復活している。そこで偽者ではないかと考え、今回のように絡んできたというわけだ」

「もう来ないかな」

「わからんが、奴《やつ》としてはもう打つ手がないんじゃないか。末永さんが本当のことを告白しないかぎりは」

武史が末永奈々恵を見たので、真世も視線を向けた。二人に見られていると気づき、末永奈々恵は居心地が悪そうに身体を揺らした。

「私、どうしたらいいでしょうか？　やっぱり本当のことをいうべきだと思われますか」

「それはあなたが決めるべきだ」武史は即答した。「少なくとも私は今回のことを誰かに話す気はありません。ある意味、共犯者ですしね。姪も同じ考えのはずです。――そうだよな？」

突然武史から問われ、真世は困惑した。素直にそうです、とはいえなかった。

「ひとつだけ訊いてもいいですか」末永奈々恵に訊いた。

「どうぞ」

「お母さんのことはどうするんですか。末永さんのお母さんです。だって、娘が死んだと思っておられるわけでしょう？　それって、すごく残酷な仕打ちだと思うんです。それでいいんですか」

末永奈々恵は気まずそうに目を伏せた。やはり触れられたくない部分だったのか。

するとと武史が、愚問だ、といった。

えっ、と真世は彼を見上げた。「何？」

「愚問だといったんだ。道徳の教師にでもなったつもりか。虐待した親から逃げだした子供に投げる質問じゃない。それは子供が自分自身に問うべきことであって、他人が口出しする問題ではない。秘密を抱えるのが重荷だと思うなら、さっさとほかの建築士に代わってもらえ」

武史にいわれ、真世はぎくりとした。そうかもしれないと思った。先程武史は共犯者という言葉を使ったが、その立場から逃げたいだけだろうといわれたら、否定できなかった。

重苦しい沈黙を破ったのは末永奈々恵だった。

「もちろん母のことは考えました」穏やかな口調で話しだした。「おっしゃるように残酷だったと思います。でも何らかの形で、私は母の下から去らなければなりませんでした。私のためだし、母のためでもあると思ったからです。今後、母は苦労するでしょう。でも、それを支えてやることはできるのではないかと考えています。娘としてではなく」

この言葉から、真世は末永奈々恵の真意を悟った。彼女は上松和美として生きつつ、母親のことは見守りたいと思っているのだ。そうであれば、武史がいうように他人が口出しする問題ではないのかもしれない。

「よくわかりました」真世はいった。「もう何もいいません」

「真世さん……」

「この話はここまでにしよう」武史が、ぱんぱんっと手を叩いた。「俺は仕事に戻る。真世も、いつもの日常に戻れ。自分のやるべきことをやるんだ」

はい、と答えて真世は末永奈々恵のほうを向いた。

「では上松様、打ち合わせを始めましょうか」そういいながら思った。この女性は部屋だけでなく、人生もリノベーションするんだな、と——。

マボロシの女

1

サックスの音が店内の空気を心地よく震わせている。

ジャズの名曲、『レフト・アローン』は終盤に入っていた。このメンバーのライブは、大抵この曲で締めくくられるらしい。先日、智也《ともや》がそういっていた。

その智也は今、サックス奏者の背後でウッド・ベースを弾いている。曲に酔うように身体《からだ》を揺らせつつ、時折、柚希《ゆずき》のほうに視線を投げかけてくる。今夜は楽しんでくれたかな、と尋ねてきたのだと解釈し、柚希は瞬《まばた》きして応える。もちろんたっぷり楽しんだよ——。

サックスの最後の音が響きわたると、ドラマーによるシンバルの繊細な音と共に曲は終わった。周りの客たちは満足げに手を叩《たた》く。殆《ほとん》どが高齢者たちだった。

サックスを吹いていた男性が挨拶をし、ライブは終了となった。柚希は智也と目を合わせた。彼が小さく頷《うなず》くのを見て、席を立った。

数十人が入れば満席になるような小さなジャズクラブを出て、タクシーを拾った。行き先は恵比寿《えびす》だ。クルマが走りだすと柚希はスマートフォンを出し、智也にメッセージを送った。『最高。感動しました。涙が出そうになった。』

間もなく返事が来た。『ありがとう。思いきり泣いてくれてよかったのに（笑）』

思わず口元が緩んだ。

タクシーが目的地に到着した。柚希はクルマから降り、すぐそばの路地に歩み寄った。足元に『TRAPHAND』と刻まれたブロックが置いてある。

奥に進むと黒っぽい扉があった。そこには何の表示もない。

ドアを引き、足を踏み入れた。店内は程よく照明が絞られている。カウンターとテーブルが一つあるだけの小さなバーだ。カウンターの中にいる長身の男性が、いらっしゃいませ、と低い声で挨拶してきた。黒いシャツの上から黒いベストを羽織っている。店のマスターで神尾《かみお》といった。

カウンターの一番奥の席に男性客がいた。焦げ茶色のヘリンボーンのスーツを着て、縁の丸い眼鏡をかけている。飲みかけのタンブラーには、ウイスキーと思《おぼ》しき琥珀色《こはくいろ》の液体が入っていた。

柚希は手前から二つ目のスツールに腰掛けた。

「たしか今日はライブの日でしたね」神尾が訊《き》いてきた。

「そうです。さっきまで店にいました」

「高藤《たかとう》さんの演奏を聞くのは初めてですか」

「何度かありますけど、今日のような本格的なジャズクラブで聞くのは初めてです」

「いかがでしたか」

柚希は胸の前で両手を握りしめた。

「やっぱり、部屋で気まぐれに奏でている時とは全然違いました。音楽に酔いしれてるって感じで。たぶん彼にとって、一番幸せな時間なんだろうなと思いました」

「そこまで解釈してくれる観客がいると知れば、ミュージシャン冥利につきるのではないでしょうか。ただ、あなたは一つだけ間違えています。高藤さんにとって一番幸せな時間とは、いうまでもなくあなたと一緒にいる時でしょう」

神尾の言葉に、柚希は自分の体温が上昇するのを感じた。頬が紅潮するのを見られたくないので黙って下を向いた。

さて、と神尾がいった。

「お飲み物はどうなさいますか。高藤さんがいらっしゃるまでお待ちになりますか」

「何かいただきます。楽器の片付けに手間取るし、一度部屋に戻ってから出直すといっていましたから」

ウッド・ベースというのは和製英語で、要するにコントラバスだ。人の背丈よりも大きい楽器を持ち歩くのは大変だから、智也はクルマで運んでいる。自宅のマンションは広尾《ひろお》にあり、ここから遠くない。

「いつものようにワインになさいますか」

「どうしようかな。ジャズクラブで赤ワインを飲んできちゃったんです」

「ではシンガポール・スリングなどはいかがでしょうか。前にお飲みになった時、美味《おい》しいといっていただきました」

「それでいいです。お願いします」

神尾は頷き、作業を始めた。最初に出してきた材料はジンの瓶だ。

奥の席に座っていた男性が立ち上がった。「帰るよ。会計を頼む」

神尾はかぶりを振った。「いらない。今夜は俺の奢《おご》りだ」

「そんなわけにはいかない」丸眼鏡の男性は財布からクレジットカードを抜き取り、カウンターに置いた。

神尾は眉をひそめた後、愛想笑いを柚希に向けてきた。「少々お待ちください」

「ええ、大丈夫です」

丸眼鏡の男性が、申し訳ない、とばかりに無言で柚希に頭を下げてきた。

神尾はカード決済の手続きを済ませると控えを男性に渡した。それを受け取りながら男性がいった。

「さっきの話だが、やっぱり法事に顔を出す気はないか」

「考えておく」神尾の返事は素《そ》っ気《け》ない。

丸眼鏡の男性は諦めたような表情になり、吐息をついてからドアに向かった。その背中に神尾は何の言葉もかけない。

男性は出ていった。何者なのか訊きたくて柚希が言葉を探していると、兄貴です、と神尾がシェイカーに材料を入れながらいった。

「お互いの生活には干渉しないという約束なのですが、時々田舎から出てきます。孤独死でもされたら面倒だと思っているのかもしれない」

どうぞ、といって神尾がタンブラーを置いた。薄い朱色の液体にチェリーとレモンが添えられている。口に含むと酸味と甘み、そして程よい苦味の混じった味が舌に広がった。美味しい、と発していた。

よかった、と神尾は白い歯を見せた。

楽しい時間だと思った。もう少しすれば智也が現れるだろう。ライブの成功を祝って乾杯した後は、柚希が感想を披露しなければならない。どのように表現すればいいか、カクテルを飲みながらあれこれ考えた。陳腐《ちんぷ》な言葉は使いたくない。

タンブラーが空になった。もう一杯いかがですか、と神尾が訊いてきた。

「それでもいいんですけど……。彼に連絡してみます。少し遅すぎるので」

「そういえばそうですね。もう十二時を過ぎている」

柚希はバッグからスマートフォンを出し、『遅いけど、何かあった？』とメッセージを送ってみた。いつもの智也なら、すぐに返事をくれるはずだった。ところが数分が経過しても既読になっていない。

電話をかけることにした。しかし、電波が届かないか電源が切られている、というアナウンスが流れてきた。

スマートフォンを手に当惑していると、どうかしましたか、と神尾が訊いてきた。

「わかりません。電話が繋《つな》がらないんです」

「ジャズクラブに問い合わせてみたらいかがですか。ライブ後にアクシデントでもあったのかもしれません」

「あっ、そうですね。でも、何といって問い合わせればいいのか……」

「この時間なら、まだ誰か残っているんじゃないかな」

柚希と智也の関係を知っているのは、ごく一部の人間だけだ。店の人間が見知らぬファンにミュージシャンに関する情報を流すとは思えない。

「ジャズクラブの連絡先はわかりますか」神尾が訊いた。

「今日のチケットがあると思います」柚希はバッグを開け、チケットの半券を出した。

ちょっと拝見、といって神尾が腕を伸ばしてきたので、チケットを渡した。

神尾はそれを見ながら電話をかけ始めた。スマートフォンを耳に当て、繋がるのを待つ姿からは余裕が感じられる。

「ああ、ちょっと伺いますが、高藤智也はもう、そちらを出ましたか。……失礼、私は高藤の友人で神尾という者です。ライブが終わった後で飲む約束をしているんですが、待ち合わせ場所に現れないし、電話も繋がらないのでどうしたのかと思いましてね」すらすらと話す口調は淀《よど》みがなく、じつに自然だ。自分ではこうはいかないな、と柚希は思った。

だが次の瞬間、余裕があった神尾の表情が突然険しくなった。

「どこでですか？　……はい……はい……そういうことですか。……わかりました。……いや、それはこちらで調べます。夜分に失礼しました」電話を切った後、神尾は真剣な眼差《まなざ》しを柚希に向けてきた。「高藤さんは事故に遭ったそうです」

「えっ……」心臓が大きく跳ねた。

「楽器をクルマに運ぶ途中、バイクに轢《ひ》かれたらしい。頭を打って意識がなく、病院に搬送されたとのことです。病院は帝都《ていと》大学病院です」

神尾の話す言葉の一つ一つが、うまく頭に入ってこなかった。状況は漠然と理解できるが、事実として認識できず、混乱した。

火野《ひの》さん、と神尾が柚希の名字を呼びかけてきた。

「病院に行かなくていいんですか？」

この問いかけが柚希の神経を覚醒させた。彼女はバッグを抱え、スツールから下りていた。「行きます、病院に……ええと、どこの……」

「帝都大学病院です」

「ていと……」スマートフォンを手にし、検索しようとした。だが指が震え、うまくできない。指だけではない。全身が震えているのだ。

「一緒に行きましょう」神尾が黒いベストを脱ぎ始めた。

申し訳ないと思いつつ、柚希は辞退する言葉を発せられなかった。あまりに動揺していて、判断力に自信がなくなっている。自分のやるべきことを、誰かに指示してほしかった。

神尾がタクシーを呼んでくれ、それに乗って病院に向かった。車内で柚希は両手の指を組み、ひたすら智也が軽傷であることを祈った。自分が到着した時、ベッドで目を覚ましていてくれることを神に願った。

タクシーが病院に着き、柚希たちは救急外来の通用口から中に入った。神尾が窓口で、智也が運び込まれた場所を尋ねてくれた。

救命救急センターに行くと、待合室に数人の人影があった。そのうちの一人はライブでピアノを弾いていた男性だった。

女性が一人だけいた。四十歳前後だろうか。ショートヘアでスーツ姿だった。化粧気が少ないのは、急いで駆けつけてきたからかもしれない。顔を見るのは初めてだが、何者なのか、見当がついた。

ピアニストの男性が柚希たちに気づいて近寄ってきた。

「ええと、どちら様でしょうか」そう訊いた後、柚希の顔を見て、少し驚いたように眉を上げた。

「あなたは……たしかライブに来ておられましたよね？」

柚希は曖昧《あいまい》に頷いた。

「我々は高藤さんの友人です」神尾がいった。「今夜、飲む約束をしていたんですが、一向に現れないので店に問い合わせ、事故のことを知りました」

「そうでしたか」ピアニストは得心のいった顔になった。

「今はどういう状況ですか」

神尾の問いかけにピアニストは表情を曇らせた。

「脳挫傷《のうざしょう》だろうということです。バイクに轢かれて転倒した時、コンクリートブロックに頭を強く打ちつけて……。楽器を抱えていたので、手を使えなかったようです。緊急手術が行われていますけど、かなり危険な状態だということです」

柚希は横で聞いていて、目眩《めまい》を起こしそうになった。軽傷どころか、とんでもない重傷だった。かなり危険な状態とはどういうことか。智也は死んでしまうかもしれないのか。

「座ったほうがいい」柚希の状態を察したか、神尾が椅子を勧めてきた。

崩れるように腰を下ろした。心臓の鼓動は激しさを増し、呼吸が荒くなるのを抑えられなかった。寒気がするのに、腋《わき》の下を冷たい汗が流れていく。

じっと俯《うつむ》いていると、すぐ前に影が落ちた。柚希は顔を上げ、どきりとした。目の前に立っていたのは、先程の女性だった。

あわてて立ち上がったが、その瞬間、目の前が暗くなった。倒れそうになるのを神尾が支えてくれた。

「どうぞ、座っててちょうだい。無理しないで」女性がいった。

それがいい、と神尾にもいわれ、柚希はゆっくりと腰を下ろした。

「私、高藤の妻です」

女性の言葉は柚希にとって意外ではなかった。はい、と頷いて答えた。

「あなたが、今の高藤にとって大事な人なのかしら？」

答えにくい質問だった。しかし答えないわけにはいかなかった。

「……親しくしていただいています」辛うじて、そういった。

「お名前を伺ってもいい？」

「火野といいます。火野柚希です」

「ゆずきさん……いいお名前ね」

ありがとうございますと礼をいえる状況でもなく、柚希は黙り込んだ。

柚希のほうは相手の名前を知っている。高藤涼子《りょうこ》だ。

「ライブ、聞きに行かれたの？」

「行きました」

「そう。私はもう何年も彼の演奏を聞いてない。というより最初から興味がなかったといったほうがいいのかな。その時点でパートナー失格だったのかもね」高藤涼子は寂しげに笑った。

女性看護師がやってきた。「奥様、ちょっとよろしいでしょうか」

はい、と高藤涼子は答え、看護師と共に出ていった。

その後ろ姿を見送りながら、柚希は複雑な思いに駆られた。智也の妻とはいつか会う日が来るかもしれないと覚悟していたが、まさかこんな形でその時が訪れるとは夢にも思わなかった。会えばきっと険悪な雰囲気になり、罵倒《ばとう》されるのだろうと予想していたが、全く違う初対面となった。

高藤涼子が待合室に戻ってきた。ピアニストの男性らに何やら説明している。

すると男性たちは沈痛な表情を浮かべ、それぞれ身支度をし始めた。どうやら引き上げるようだ。

神尾が立ち上がり、彼等に近づいていった。

高藤涼子は柚希のところへもやってきた。

「まだ手術は続いているみたい。いつ終わるかわからないんだって」

「そうなんですか……」

「皆さんに待っていてもらうわけにもいかないから、引き取ってもらうことにしたの。だからあなたも帰ってちょうだい」

「いえ、私はここで――」

高藤涼子は、冷徹な顔つきでかぶりを振った。

「私がひとりで待ちます。妻だから。あなた、彼の奥さんではないでしょ？」

抑揚のない言葉が、柚希の腹の奥にずしりと沈んだ。

「わかっていただけたかしら？」

「……はい」力なく頷いた。

バッグを手にし、ふらふらと歩きだした。いつの間にか神尾が戻っていて、送っていきましょう、といってくれた。

その言葉に甘えることにした。

再び神尾が手配してくれたタクシーに乗り、病院を離れた。身体の震えが止まらない。神尾に何か話しかけられ、機械的に答えたが、頭の中は真っ白だった。気がつくと自分の部屋に帰っていた。

柚希が独り暮らしをしているマンションは大門《だいもん》駅から徒歩七分のところにある。狭いワンルームだから、智也を招き入れたのは一度だけだ。小さなシングルベッドを愛の営みに使ったことはない。

そのベッドで横になったが、眠気など訪れるはずもなかった。智也が助かってほしい、そのためならば何を犠牲にしてもいいと思った。

高藤智也と知り合ったのは今から二年前だ。柚希が働いている銀座《ぎんざ》のショップに彼が客としてやってきたのがきっかけだった。

ライブで着る服を探している、と彼はいった。ジャズの世界観を出したい、という難しい注文がついていた。

柚希は困った。ジャズのことなど何も知らなかった。正直にそう打ち明けて、その場でスマートフォンを使い、ジャズとファッションで検索した。

いくつか画像が見つかったのでそれを眺めていると、「もしかして火野さんじゃないですか」と彼がいった。

驚いて顔を上げると、彼は目を細めた。

「やっぱりそうだ。さっきから、どこかでお会いしたことがあると思ってたんです。僕ですよ。タカトウです」

「タカトウって……あっ、『高藤デンタルクリニック』の?」

「そうです」彼は頷いた。「先日はどうも。その後、歯の調子はいかがですか」

「大丈夫です。ああ、先生だったんですね」柚希は相手の目を見ていった。

「あの時はマスクをしていましたからね」彼は口元を片手で隠した。

ある朝、起きると歯茎が腫《は》れていて、痛みもあった。そこで駆け込んだのが、通勤途中にある『高藤デンタルクリニック』だった。二度通っただけで歯の状態が改善したので、それ以来行っていない。

「本業は歯医者さんなんですね」

「一応、そういうことにしています。ジャズだけでは食っていけないのでね」

昼間は歯医者、夜はジャズ・ミュージシャンとして生活しているのだと彼はいった。担当する楽器はウッド・ベースで、父親の影響で中学から弾いているらしい。

多少なりとも自分と関わりのある人物だと判明したら、急に親近感が湧いた。服を選ぶのにも気合いが入った。シャツとジャケット、白いデニムのパンツを勧めたら、彼は気に入ってくれた。

それから数日後、再び彼が店にやってきた。ライブでの姿を見せたかったから、といった。スマートフォンの画面に映っている彼は、服がよく似合っている上に、ウッド・ベースを抱える姿が格好良かった。

「お礼をしたいので、今度ランチでもいかがですか」そういって誘われ、即座に快諾していた。たぶん、すでに惹《ひ》かれていたのだろう。

智也との最初のランチデートは楽しかった。彼は話術が巧みで物知りだった。聞き上手でもあった。彼の絶妙な受け答えによって、大して面白くないはずの柚希の話ですら盛り上がれた。

妻子がいることを智也が明かしたのは、食後のコーヒーを飲んでいる時だ。

「そうだったんですね」柚希は微笑《ほほえ》んでいた。落胆したが、驚きはさほど大きくなかった。独身だとはひと言もいわなかったから、妻帯者かもしれないと思ってはいた。智也に好意を抱きつつあったが、その気持ちが大きくなる前でよかったと思った。

ところが次に智也は思いがけないことを口にした。妻子とは別々に暮らしている、というのだった。

「今後の人生設計を立てるにあたり、妻と意見が食い違ったんです。妻は僕がジャズを捨てることを望んだけれど、僕にはそれができなかった」

智也によると彼の妻も歯科医で、祖父の代からの歯科医院を経営しているらしい。大学病院の勤務医だった智也も、結婚後はそこで働いていた。問題は彼がジャズ・ミュージシャンとしての活動を続けたことだ。初めは理解を示していた妻も、練習やライブで頻繁に仕事を抜ける夫に苛立《いらだ》ちを示すようになった。彼女には受け継いだ病院の評判を落としたくないという使命感があった。むしろ、もっと大きくしたいという野心を抱いていた。

「僕はマイペースで歯科医をやりながらジャズも楽しみたかったんですが、そんな中途半端な姿勢では若い勤務医や歯科衛生士にも悪影響が出るといわれました。だったら自分は別の場所で仕事をするといって開業したのが、今のクリニックです。でもそれをきっかけに、すっかり妻とは険悪になっちゃいましてね。やがては衣食住も別々になり、今に至るというわけです」

智也は他人事《ひとごと》のように軽い口調で話した後、肩をすくめてコーヒーカップを傾けた。それから背筋を伸ばし、柚希を見つめてきた。

「というわけで訳ありの中年男なのですが、もしあなたがよければ、また会っていただけないでしょうか？　できれば今度はディナーを御一緒したい」

あまりにストレートな申し出に柚希は当惑した。ランチが始まる前、交際を申し込まれるのではないかという予感はあった。しかしこんな形は想像さえしていなかった。

「やっぱりだめですか」智也が力のない笑みを浮かべた。「まあ、だめでしょうね。諦めます。忘れてください」

「ずっと……今のままなんですか？」

「えっ？」

「結婚はしているけれど別々に暮らす、という生活をこれからもお続けになるんですか」

智也は怪訝《けげん》そうな顔をしたが、間もなく柚希の問いかけの意味を察したようだ。ああ、と表情を和ませた。

「離婚の予定はあるかということなら、今のところそれはないと答えるしかありません。妻とは、まだそういう話をしたことはないので。これから先はわかりませんが、不確実なことを安易に口にするわけにはいきませんからね」

彼の答えを聞き、堅実な人だなと柚希は思った。男性の中には女性を口説く際、妻とは離婚する前提で話し合っているところだ、などとでまかせをいう者もいるが、それは愚かな行為だとわかっているのだ。

「先日のライブで、仲間からいわれたんです。どうした高藤、おまえにしては今日の服はやけにセンスがいいじゃないかって。今まではジャズにこだわりすぎてダサかったけど、おまえらしさがよく出てるよって褒められました。それで思ったんです。あのショップの女性は、自分の良さを引き出してくれたんだなって。だからゆっくりと話をしたかったんです。今日はとても楽しかった。お仕事、これからもがんばってください。どうもありがとうございました」

「いえ、こちらこそ、ごちそうさまでした」

「じゃあ、行きましょうか」

智也が伝票を手に取るのを見て、柚希は焦りを覚えた。このまま店を出てしまえば、この男性は二度と誘ってこないだろうし、会うこともないのではないかと思った。

あの、と柚希は声を発した。

腰を浮かしかけていた智也が座り直した。「何でしょうか?」

ランチなら、と柚希はいった。声が少しかすれた。

「ランチなら……また御一緒してもいいですけど」

智也の表情が当惑したものから朗らかな笑顔に変わった。

「それはよかった。では、近いうちにお誘いします」

はい、と答えた。顔が火照《ほて》るのがわかった。

その日から二人の距離が縮まるのに、多くの時間は要しなかった。ランチデートはすぐにディナーへと変わり、その後にバーに行くようにもなった。そのバーが神尾の経営する『トラップハンド』だ。そしてバーで飲んだ後、クルマで十分とかからない智也の部屋に行くのが二人のデートの定番となった。

不倫をしているという意識はなかった。智也が家庭について一切話さなかったからだ。しかし結婚願望は持たないようにした。それだけは期待してはいけないと自分にいい聞かせていた。

ところが交際して一年ほどが経《た》った頃から状況が変わり始めた。妻と離婚について話し始めた、と智也がいいだしたのだ。今のままでは双方にとって何のメリットもないから、それぞれが人生をやり直す道を前向きに模索しよう、ということになったらしい。

「もし離婚が成立したら、君との未来を思い描いてもいいだろうか」智也は真剣な眼差しを向けてきた。

こんなことをいわれて舞い上がるなというほうが無理だ。柚希は智也に抱きついていた。涙が止まらなかったが、頰を伝う感触は温かかった。

智也には一人息子がいる。現在高校生で寮生活をしているらしい。その彼が高校を卒業したら離婚する――そういうことで話し合いは決着したと聞いていた。その期限があと半年ほどに迫った今、智也は生死の境をさまよっている。

楽しかった日々を振り返りつつ、智也のことを案じた。メイクを落とし忘れていることに気づいたが、洗面台の前に立つ気力がなく、ベッドの中でうずくまり、ただひたすら祈った。時々思考がぼんやりするが、放心しているのか、一時の睡魔に捕らわれたのか、自分でもわからなかった。

気づくと夜が明けていた。頭も身体も重く、動けそうになかった。今日は仕事を休むしかない、きっと嫌味をいわれるだろうけど――そんなことを考えていたら、スマートフォンが着信を告げた。

時計を見たら午前七時前だった。誰だろうか、こんな時間に。画面に表示されている名前は『神尾さん』だった。昨夜別れ際、神尾と連絡先を交換したことを思い出した。

電話に出てみた。「はい」

「『トラップハンド』の神尾です。火野さんですね」

「はい」

「早朝にすみません。でも、お知らせするなら早いほうがいいと思いまして」

神尾の口調は淡々としている。しかし柚希は直感した。この人物は、これから絶望的なことをいおうとしている——。

「ついさっき、ピアニストの方から連絡がありました。何かあれば知らせてほしいといって、電話番号を渡しておいたんです」

スマートフォンを握りしめながら、柚希は神に最後の祈りを捧《ささ》げた。どうか、どうか、奇跡が起きたといってくれますように——。

だが次に神尾が発した言葉は、残念ながら、だった。

「高藤さんが亡くなられたそうです」

一瞬にして全身から力が消えるのを感じた。意識が遠のく気配があった。

ウッド・ベースの音だけが耳の奥で響いていた。

2

ワイングラスを置き、やや太めの体形の森永《もりなが》が胸を張った。

「つまりこれからは、映画やドラマに顔が出ているのに役者ではなくて、本人は演技など一切していない、ということがふつうになる可能性があるわけです。彼等の仕事は、顔の映像を大量に撮影して、映像制作者たちに貸し出すことです。実際に演じるのは演技力がある役者で、その顔をディープフェイクによって貸し出された顔に加工するんです。この技術によって、演技力があるのに顔立ちが地味なので主役を張れない役者、逆に美形なのに芝居が下手なために役者になれない人、その双方を救えます。すごいと思いませんか」

目を輝かせて語る森永の表情は、まるで少年のようだ。きっと心底、映像作りが好きなのだろう。旅行や料理の話をしている時には口数が少なかったが、仕事の話題になると俄然饒舌《がぜんじょうぜつ》になった。

「すごいと思うけど、私が役者だったら自分の顔を整形しちゃうな」柚希の隣にいる山本弥生《やまもとやよい》が冷めた声でいった。「せっかく演じたのに、顔を別人に差し替えられるなんてプライドが許さない」

ははは、と彼女の向かいで吉野《よしの》が笑った。

「そういう山本だって、顔を別人に仕立て上げるプロじゃないか」

「別人ってことはないでしょ。その人のいい部分を強調してあげるの。メイクをCGと一緒にしないでくれる？」弥生は唇を尖《とが》らせる。彼女はデパートの化粧品売り場で店長をしているのだ。吉野は同期入社で、外商部にいるらしい。そして森永は吉野の高校時代からの友人という話だった。

「いくら整形しても老化には勝てないでしょう？」森永がいった。「でもディープフェイクを使えば、若い頃の顔に差し替えることも可能です」

「あっ、それはいいかも」

「今やハリウッド映画では当たり前の技術です。問題は、若い頃の姿を復活させてほしい、とファンから渇望されるようなスターが、日本にはあまりいないってことなんですよね」森永は赤ワインの入ったグラスを持ち上げ、柚希を見てにっこりと笑った。

西麻布《にしあざぶ》にあるダイニング・バーにいた。会わせたい人がいる、と弥生に誘われたのだ。弥生は大学時代からの友人だ。

柚希はバッグからスマートフォンを取り出すと、画面を一瞥《いちべつ》してから右側に置いた。

「今、何時？」弥生が訊いてきた。

「十一時十分前」

「もうそんな時間か。——じゃあ、今夜はこんなところで」弥生が男性陣にいった。

「送っていかなくてもいいかな」吉野が訊いた。

「大丈夫、二人で帰るから。ありがとう」弥生がいうと、吉野は黙って頷いた。状況を把握している顔だった。森永は物足りなさそうだが黙っていた。

店の前で男性二人と別れた。

「一軒だけ付き合ってくれる？」柚希は弥生に訊いた。

「いいよ、もちろん」

タクシーを拾い、恵比寿に向かった。

「どんな店？」

「小さなバー。一度、弥生を連れていきたかったんだ」

「へえ、楽しみ」そういってから弥生は吐息を漏らした。「やっぱりNGですか、映像オタク。案外合うんじゃないかなあと思ったんだけど」

「ごめんね、左に置けなくて」

スマートフォンを左に置けば、彼等ともう一軒行ってもいい、というサインなのだった。

「謝る必要なんてないよ。退屈じゃなかったのならいいんだけど」

「大丈夫、それなりに楽しかった」

嘘《うそ》だった。興味を持てない相手との食事など、苦痛でしかない。しかし弥生にそんなことはいえない。彼女の友情には心から感謝している。智也の死から二年が経とうとしている。この友人がいなかったら、と思うとぞっとする。

智也と交際していることを弥生にだけは打ち明けていた。お葬式に行こうと彼女にいわれなければ、葬儀会場に行く勇気は出なかっただろう。

「不倫だとは思ってなかったんでしょ？　だったら、堂々としてなきゃ」葬儀会場に向かう途中、そんなふうにいってくれた。

思いっきり泣けばいい、とも弥生はいった。

「落ち込むなといったって無理だとわかってる。そう簡単には立ち直れないよね。だけど、私がいるってことだけは忘れないで。もう限界だと思ったら、連絡をちょうだい。私が何とかする。必ず助ける。いいね？」

友人の言葉は心にしみた。たぶん柚希が命を絶つことをおそれていたのだろう。

実際、何度も死のうと思った。毎朝、ベッドから立ち上がるのさえ苦痛だった。ショップの店員が暗い顔をしていていいわけがなく、上司からしょっちゅう注意された。

コロナ禍で緊急事態宣言が発せられ、店が休業を余儀なくされた時は、正直助かったと思った。しかし人と会わず、部屋に籠もりきりの生活は、柚希の心を絶望の淵《ふち》から一ミリたりとも動かしてはくれなかった。

そんな時の心の支えが弥生だった。頻繁に連絡をくれただけでなく、時間を見つけて会いに来てくれた。掃除をせず、荒れ放題になっていた部屋の片付けまでしてくれた。

最近になり、柚希に男性を紹介するようになった。狙いはわかっている。新しい恋をさせようとしているのだろう。だが柚希自身は、そんなことは無理だと諦めている。智也以上に愛せる相手など、現れるわけがない。あれが最後の恋だったのだ。しかし親友のために懸命に機会を作ろうとしている弥生に申し訳なく、今夜のように誘ってくれた時には、断らないようにしている。

弥生を連れていきたかった店というのは『トラップハンド』だ。智也が死んで以来、一度も行っていない。行けば彼との思い出に押しつぶされそうで怖かったのだ。

タクシーを降りて店に近づくと、「隠れ家的な店の典型だね」と弥生がいった。

少し緊張しながらドアを開けた。店内の雰囲気は最後に来た時と変わっていない。客はカウンター席にカップルがひと組いるだけだ。その前でグラスを拭いていた神尾が顔を向け、目を見張った。

柚希はゆっくりとカウンターに近づき、スツールに腰掛けた。弥生も隣に座った。

神尾が近づいてきた。「お久しぶりです」

「御無沙汰しています」柚希は小さく頭を下げた。「あの……友達の山本弥生さんです」

「ようこそいらっしゃいました。神尾といいます。よろしくお願いいたします」神尾はカウンターの下から名刺を出してきた。弥生は受け取りながら、こちらこそよろしくお願いします、と応じた。

「さて、お飲み物はどうなさいますか」神尾が尋ねてきた。

「じゃあ、あの……シンガポール・スリングを」

柚希の言葉に神尾の右眉だけがぴくりと動いた。「いいんですか？」

嫌な思い出に繋がるのではないか、と危惧《きぐ》したのだろう。

「はい。彼のことを偲《しの》びたいので」

「どういうこと？」弥生が訊いてきた。

智也が事故に遭った夜のことを話し、その時に飲んでいたカクテルだと説明した。

「そうなんだ……じゃあ、私もそれをお願いします」

かしこまりました、と神尾は答えた。

「智也さんと、よくこの店に来たの？」

弥生に問われ、うん、と頷いた。

「食事の後、いつもここでワインを一本空けた」

「彼、お酒が強そうだったもんね」

弥生は一度だけ智也と会っている。二人で飲んでいる時、彼に迎えに来てもらったのだ。無論、弥生に恋人を紹介するのが目的だった。

お待たせしました、といって神尾が細長いタンブラーを柚希たちの前に置いた。

柚希はタンブラーを手に取ると、息を整えてから口に含んだ。酸味と香りが口の中に広がると、忽《たちま》ちあの夜の出来事が蘇《よみがえ》った。胸にこみ上げてくるものがあったが、懸命に涙は堪《こら》えた。

美味しい、と隣で弥生が呟《つぶや》いた。「この店、智也さんが常連だったの？」

「そうみたい。私と付き合う前から、時々ひとりで飲みに来てたって」

「ステージで御一緒したことがあるんです」神尾がいった。

「ステージ？」

「知り合いから頼まれて、ジャズライブでマジックを披露したことがあるんです。ところがステージに出てみて驚きました。バンドが後ろに控えたままだったからです。後で聞いたところによれば、急遽《きゅうきょ》プログラムが変更になったためだったらしいのですが、正直いって参りました。部外者に後ろから見られながらマジックを披露したのは、後にも先にもあの時だけです」

「そのバンドに彼が？」

はい、と神尾は顎を引いた。

「ウッド・ベースの音色を豊かに響かせておられました。楽屋に戻ってから、わざわざ挨拶に来られたんです。やりにくかったでしょうと謝られたので、あなた方に責任はないですよと答えておきました」

「そんなことがあったんですか。初めて聞きました」

「五年ほど前だったかな。横須賀《よこすか》のライブハウスで、いつもはふつうのジャズ演奏だけなのですが、なぜかその時だけ休憩時間にマジックショーを入れようということになったそうです。だけど適当なマジシャンが見つからず、マネージャーが私のところへ泣きついてきたというわけです。古い知り合いだったので引き受けましたが、あんな目に遭うとは思いませんでした。高藤さんによれば、あれ以後、マジックショーはやめたそうです」

あの、と弥生が口を挟んできた。「マスターはプロのマジシャンなんですか？」

「プロだったのは大昔です。今の話は引退してから何年も経った頃のことで、だからマジックのタネを後ろから見られたって、どうってことはなかったんです」

「この店で手品を披露されることは……」

弥生の問いかけに神尾は笑って首を振った。「ここはマジックバーじゃありません」

「そうなんですか。それは残念だな」

「彼は、よくそこで演奏していたんでしょうか」柚希は話を戻した。「その横須賀のライブハウスで」

「頻度はわかりませんが、行っていたはずです。何しろ横須賀はジャズの町ですから」

「ジャズの町……」

ごちそうさま、という男性の声が横から聞こえた。

神尾がカップルと思われる男女の前に戻った。「本日はありがとうございました」そういって白い小さなメモをカウンターの上に置いた。代金が記されているのだろう。

男性客が財布からカードを出してきた。神尾はそれを受け取り、決済端末機にセットしてから男性の前に置いた。男性が暗証番号を打ち込んでいる間、神尾はよそに顔を向けている。

決済手続きが済むと神尾はカードと控えを男性に渡した。「クルーザーは、いつ頃買い換える御予定ですか?」

「どうかな。今度の夏までにはほしいと思っているんですが、今は品薄だという話で」男性が気取った口調で答えた。

「いい船が見つかるといいですね。先程もいいましたが、逗子《ずし》マリーナに知り合いがいます。船を探すとなれば協力してくれるはずです」

「それはいい。覚えておきます。お世話になるかもしれません」

「はい、いつでもどうぞ」

男性客は上着を羽織り、柚希たちの後ろを通ってドアに向かった。その後ろから女性客が続く。すらりとした美人だ。丈の長いシャツドレスはプラダだろう。気合いの入ったデートなんだな、と柚希は思った。

「マスター、逗子マリーナに知り合いがいるんですか」二人が店を出ていってから弥生が訊いた。

「はい。ただし、レストランの厨房係《ちゅうぼう》ですが」

「厨房？　船を探すのに関係が？」

「船を探す合間に食事をするでしょう？　その店に行けば料理の腕をふるってくれるはずだ、という意味です」

「えー、何ですか、それ」

「知り合いが船の販売担当者、とはひと言もいっておりません」神尾はすました顔でいう。

弥生は噴き出した。「面白い。マスターって楽しい人ですね」

「一応、エンターテイナーですから」

再びドアが開き、さっき出ていったばかりの女性客が入ってきた。「忘れ物を……」

「わかっています。これですね」神尾はカウンターの端に置かれていたハンカチを手に取り、女性のほうに差し出した。どうやら、とうに気づいていたようだ。

女性はハンカチを受け取りながら、「マスター、どう思った？」と訊いた。その口調は、やけに馴《な》れ馴《な》れしい。

「クルーザーの買い換え話は嘘でしょう。そもそも彼はクルーザーなど持っていない」

女性が舌打ちした。「やっぱりそうなんだ。怪しいと思った」

「船舶免許を持っているというのは本当でしょう。ただし二級。その気になれば二日で取れます」

「くっそー、またメッキ男だったか」女性は落胆のため息をついた。「ほかに何か気づいたことは？」

神尾は首を少し傾《かし》げた。「こういっては何ですが、あまり頭はよくないようです」

「えっ、そうなの？」

「スマートフォンとクレジットカードの暗証番号が同じです。記憶力に自信がない上、警戒心が欠如しているんでしょう」

横で聞いていて、柚希は驚いた。いつの間に、そんなものを盗み見したのか。

参ったな、女性は呟いた。

「これから彼と次の店に？」神尾が訊く。

「そのつもりで外に待たせてるけど、用を思い出したふりをして帰ります。この店に連れてきてよかった。またよろしく」

「お待ちしております」

女性が出ていくのを確かめてから、「今のは何ですか」と弥生が訊いた。

「ほかでもありません。査定の手伝いをさせられたんです」

「査定？」

「結婚相手を決めるのに最も重要なのは経済力の査定、というのがあの方の信条だそうです。前に一度その査定のお手伝いをしたところ、気に入っていただけたらしく、新しい男性を見つけるたびに連れてこられます」

「つまりマスターの人を見る目は確かだと信頼されているわけだ」

「それほどじゃありません。ただ、人の嘘を見破ることについては少々自信があります。何しろマジシャンは、人を騙《だま》すことにかけては専門家ですから」そういって神尾は意味ありげな笑みを唇に浮かべた。

3

スマートフォンから顔を上げ、弥生が頷いた。

「うん、大丈夫。この道で合ってる。次の角を右に曲がったら、そのビルがあるはず」

よかった、と柚希は吐息を漏らした。

初めて訪れた横須賀の町は歩きやすかった。車道は一方通行が多く、その両側にある歩道が広いからだ。路面はカラフルで、道路全体がところどころ微妙に湾曲しているのも洒落《しゃれ》ていた。その道に面して、様々な飲食店が並んでいる。

「あった。ここだ」弥生が足を止め、クリーム色のビルを見上げた。看板の一つに目的の店名があることに柚希も気づいた。四階のようだ。

ビルに入り、エレベータに乗った。時刻は午後五時前で、開店までには時間がある。

四階に上がると目の前に入り口があった。本日のアーティストを紹介する看板が出ているが、ドアは閉まっている。

ドアノブに手をかけ、おそるおそる引いてみた。鍵はかかっておらず、抵抗なく開いた。すぐ目の前に小さなカウンターがあり、シャツを袖まくりした中年の男性が立ったままでノートパソコンに向かっていた。

男性が顔を上げ、柚希たちを見た。「ええと、あなた方は？」

「火野といいます。この店のことは神尾さんに教わって……」

男性は表情を緩め、首を縦に揺らせた。

「電話で事情を聞いています。遠いところまで、よくいらっしゃいました」

彼は名刺を出してきた。鹿島《かしま》という名字だった。

どうぞこちらへ、と柚希たちは奥へ案内された。広いフロアに、やや小さめのテーブルと椅子が並んでいる。その向こうにステージがあった。

鹿島に勧められ、柚希たちは近くの席に腰を下ろした。

「神尾さんからは、高藤さんの熱心なファンだと伺いましたが」

鹿島の質問に、はい、と柚希は答えた。

「有楽町《ゆうらくちょう》にあるジャズクラブで初めて演奏を聞いて、素敵だなあと思いました。それで追いかけてたんですけど、最近はなかなか名前を見なくて。そうしたら亡くなったと……」

そうなんです、と鹿島は両方の眉尻を下げた。

「交通事故に遭ったそうです。まだお若い方だったのに残念でした。いい男だったから、彼を目当てに来店してくださる女性のお客さんも多かったんですよ」

「彼……高藤さんは、よくこちらでお仕事を？」

「仕事では年に一度か二度というところですね」

「仕事では……というのは？」

「お客さんとして来てくれることもあったんです。彼、横須賀という町が好きなんだといってましたね」

「へえ……」頬が強張《こわば》るのを感じた。

初耳だった。そもそも智也が横須賀で弾いていたということさえ、神尾から聞くまで知らなかった。なぜ話してくれなかったのか。時間が経つにつれ、気になって仕方がなくなってきた。それで弥生を誘い、ライブハウスを訪ねることにしたのだった。神尾に事情を話し、店の場所などを訊いてみたところ、「だったら私からマネージャーに連絡しておきましょう」といってくれた。

「そういう時は、ひとりでいらっしゃったんですか」弥生が質問した。

「いえ、お嬢さんと一緒でした。ひとりたけで来たことはなかったんじゃないかな」

「お嬢さん？」柚希の心臓が跳ねた。「娘さんってことですか」

「そうですよ」鹿島は、当たり前じゃないか、という顔をした。

そんなはずはなかった。智也には息子しかいない。

「そうだ。ちょっと待っててください」鹿島が立ち上がり、どこかへ行った。

柚希は自分の胸を押さえた。まだ動揺が収まらない。

「どういうことだと思う？　娘って……」

さあ、と弥生は首を捻《ひね》った。「智也さん、再婚だったってことはないよね」

「再婚って？」

「前にも結婚歴があって、その時にできた子供とか」

柚希は首を強く横に振った。

「あり得ない。そんな話、聞いたことない」

鹿島がファイルを手に戻ってきた。

「ありましたよ。高藤さんが亡くなる少し前だったと思います」そういってテーブルの上でファイルを開いた。中には写真が貼られていた。そのうちの一枚を彼は指した。「ここに写っています」

柚希は写真を凝視した。そこには三人の人物が並んで写っていた。中央にいるのは若い女性で、両側に智也と鹿島がいる。女性は背が高く、シックなワンピースが似合っていた。顔つきはややエキゾチックだが、美人の部類に入るだろう。

「娘さんの名前は何というんですか」柚希は訊いた。

鹿島は顔をしかめた。「ごめんなさい。聞いたかもしれないけど記憶にない。――おっと、失礼」着信があったらしく、ポケットからスマートフォンを取り出し、耳に当てながら席を外した。

柚希もスマートフォンをバッグから出した。カメラモードにし、鹿島が背を向けているのを確かめ、写真を撮影した。

「この子、何歳ぐらいだと思う？」小声で訊いた。

弥生は写真を見つめながら首を捻った。「わかんないね。二十代だと思うけど」

「誰なんだろう……」

柚希の呟きに弥生は反応しない。何といっていいのかわからないのだろう。

鹿島が戻ってきた。

「ええと、ほかに何か訊きたいことはありますか。そろそろ開店の準備をしなきゃいけないので」

「高藤さんが横須賀に来た時、この店のほかによく行ってた場所とか御存じないですか」弥生が訊いた。

「お気に入りのレストランなら一軒知っています。イタリアンでしてね、この近くですよ」

鹿島はスマートフォンに地図を表示させ、場所を教えてくれた。

「あと、どぶ板《いた》通りを散歩するのも好きだといってましたね。スカジャンを買ったといってたのを覚えています」

どぶ板通りにスカジャン――智也の口から聞いたことのない名称ばかりだった。

ビルを出るとレストランに向かった。せっかくだからその店で夕食を摂《と》ろうということになったのだ。弥生が歩きながら電話をかけ、予約してくれた。

レストランはガラス張りの路面店だった。入り口で名乗ると係の女性が席まで案内してくれた。

メニューを見ると野菜や海鮮素材を使ったパスタが名物のようだ。柚希は食欲がなかったので料理選びは弥生に任せた。彼女はアラカルトで何品かを注文した。

柚希はスマートフォンの画面に先程の写真を表示させ、女性の顔を拡大した。

「誰なんだろう、この女性……」

「智也さんって、いくつだったっけ？」

「亡くなった時は四十四」

「すると、もし二十歳の時に生まれた子なら二十四歳か……」

柚希は目を見開いた。「若い頃にできた隠し子だっていうの？」

「そんなわけないよね。ごめん、忘れて」弥生があわてて打ち消した。

料理が運ばれてきた。白ワインのグラスを手にしたが、乾杯する気分ではなかった。

食欲がないはずだったが、食べてみると料理は美味しかった。口当たりがよく、上品な香りがあった。智也が気に入るのも理解できた。だが彼は柚希をこの店に連れてきてはくれなかった。彼が一緒に料理を楽しんだ相手は、別の若い女性だった。

「考えてみたら私、智也さんのことを何も知らなかったのかもしれない」フォークを持つ手を止めて柚希はいった。「私と会っていない時、彼がどんなふうに暮らしているのか、あまり考えたことがなかった。私に見せる顔が、彼のすべてだと思ってた」

「ふつうそうだよ。それでいいんじゃないの？　誰にだって裏の顔はある。そんなものは見ないほうがよかったりする」弥生の言葉には慰めの響きがあった。

「見ないほうがよかったものを見つけちゃったってこと？」

弥生は眉根を寄せた。

「気にしないほうがいいよ。たぶん何でもないって。知り合いのお嬢さんとか、親戚の子とか、そんなところじゃないの？」

「だったら、どうして鹿島さんにそういわなかったの？　なんで娘だなんていったわけ？　私をこの店に連れてきてくれなかったのはなぜ？　横須賀で弾いていることさえ隠してた。それはどうして？」

反論できないらしく弥生が目を伏せた。それを見て、ごめん、と柚希は詫《わ》びた。

「弥生を責めたって仕方ないよね。気を悪くしないで」

うん、と友人は頷いた。

重苦しい空気の中で食事を終えた。席で会計ができるようなので係の女性を手招きした。

クレジットカードを女性に渡してから、柚希はスマートフォンの画面を向けた。

「この人たちに見覚えはないですか？　よくここに来たそうなんですけど」

係の女性は画面を覗《のぞ》き込み、しばらくして首を縦に動かした。

「ええ、左側のお二人なら、以前によくいらっしゃいました。一度、コントラバスをお預かりしたことがあるんです。席には置いておけませんからね。それで覚えています」

「この二人、どういう関係だといってました？」

奇妙な質問に、係の女性は当惑した様子を示した。

「それは伺っておりません。とても仲良くされていたので、歳《とし》の差カップルだなと思っていたんですけど……。その方々が何か？」

「いえ、何でもありません。ありがとうございました」

持っていたスマートフォンが、ずっしりと重くなったような気がした。

店を出ると、今度はどぶ板通りを目指した。とにかく智也が過ごした場所をすべて見ておきたかった。

どぶ板通りに行ってみると、高い建物はなく、小さな商店がたくさん建ち並んでいた。バーやレストランといった飲食店だけでなく、ミリタリー関連のショップも多い。米軍基地がそばにあるからだろう。町全体にアメリカ文化の香りが漂っていた。

柚希は足を止めた。スカジャンの専門店があったからだ。智也は、ここで購入したのだろうか。彼のスカジャン姿など、想像もできない。

「私、彼に騙されてたのかな」店頭に吊《つ》るされたスカジャンを見つめ、柚希はいった。「彼には、もう一つ別の顔があった。私には決して見せなかった顔が。もしかしたらそっちのほうが、本当の顔だったのかもしれない。だとしたらもし私と結婚したら、その顔をどうするつもりだったんだろう。それとも、結婚する気なんてなかったってこと？」

柚希、と弥生が声をかけてきた。「もう帰ろうよ。雨も降ってきたし」

そういわれて気がついた。ぱらぱらと冷たいものが顔に落ちてくる。

よかった、と思った。これなら少しぐらい泣いても、道行く人に気づかれない。

4

『ソノムラ歯科医院』は高層オフィスビルの三階にあった。開業したのは高藤涼子の祖父のはずだから、元は別の場所にあったのだろう。

入り口はガラスドアで、その向こうに受付の女性がいる。幸い、待っている患者はいないようだ。柚希は瞼《まぶた》を閉じて深呼吸をした後、改めて入り口を見つめ、一歩を踏み出した。

ガラスドアは自動的に開いた。受付の女性が愛想笑いを向けてくる。

「こんにちは。御予約をいただいておりますでしょうか」

「いえ、ごめんなさい。患者ではないんです」柚希はいった。「院長先生にお会いしたくて伺いました。火野といいます。どうか取り次いでいただけないでしょうか」予《あらかじ》め手に持っていた名刺を差し出した。

「院長に、ですか……」名刺を受け取り、女性は困惑顔だ。アパレルメーカーの社員が何の用かと訝《いぶか》しんでいるのだろう。

「亡くなった御主人のことでちょっと……」

この補足には何らかの効果があったようだ。女性は途端に表情を険しくし、少々お待ちくださいさい、といって奥に消えた。

柚希は再び深呼吸をし、息を整えた。高藤涼子は、どう対応するだろうか。門前払いに遭うことは覚悟してきたのだが。

受付の女性が戻ってきた。「こちらで待っていてくださいとのことです」

安堵《あんど》した。どうやら会ってはくれるようだ。ソファがあるので腰掛けた。

間もなく奥から人影が現れた。はっとして顔を見たが、知らない女性だった。治療を受けた患者のようだ。

その女性が会計を済ませて帰った直後、若い男性が外から入ってきた。受付の女性と言葉を交わした後、すぐに奥へ進んだ。ここでは複数の歯科医が勤務していると智也から聞いたことがあるが、高藤涼子が今の患者の治療に当たるのなら、まだ少し待たされるかもしれない。

弥生と横須賀に行った日から一週間が経っていた。写真の女性が誰なのかは、わからないままだった。智也と交わしたやりとりを懸命に振り返ったが、手がかりになりそうなものは記憶になかった。

彼の遺品を調べれば何かわかるのかもしれないが、柚希の手元にはない。部屋を引き払ったのは高藤涼子だ。

智也には別の顔があった。それはもう事実として受け入れるしかないのかもしれなかった。あの写真の女性は、もう一人の智也にとって大事な存在だったのだろう。横須賀に住んでいて、智也は彼女に会うために訪れていた。そう考えれば、柚希に横須賀の話を一切しなかったことにも納得がいく。

智也を信じたかった。騙されていたと認めたくはなかった。認めれば、彼と過ごした日々の思い出も、すべて壊れ去ってしまうからだ。

考えるのをやめようとも思った。横須賀で見聞きしたことをすべて忘れてしまえば、これまで通りの穏やかな生活に戻れる。だが、それが不可能だということは誰よりも柚希自身がわかっていた。

悩んだ末、傷つくのを承知で真相を突き止めようと決心した。このままでは一生、引きずってしまうだろう。ではどうすればいいか。

手段は一つしかなかった。

すっと空気が動いた気配があり、柚希は顔を上げた。高藤涼子が立っていた。白衣は着ておらず、Vネックのニットにデニムという出《い》で立ちだった。

「お待たせ。外に出ましょう」そういうと彼女は柚希の返事を聞かずに出ていった。

フロアの端に観葉植物が飾られていた。高藤涼子はそのそばに立ち、振り返った。

「お葬式以来ね。元気だった？」柚希が返答に窮していると彼女は口元を緩めた。「どうやらそうでもなさそうね。――で、用件は？」

柚希は唾を呑《の》み込んでから口を開いた。

「お願いがあるんです。彼の……智也さんの遺品を見せていただけませんか」

高藤涼子は冷めた表情になった。「何のために？」

「確かめたいことがあるんです。智也さんの人間関係についてです」

「ずいぶんと曖昧な言い方ね。もう少し具体的にいってもらえないかな。人間関係って、どういうこと？」

柚希は相手の目を見ていった。「女性関係です」

あら、といって高藤涼子は眉を上げた。

「それは意外。念のために訊くんだけど、その女性関係というのは、あなたとのことではないし、もちろん私とのことでもないわけね」

はい、と柚希は答えた。

「智也さんには、ほかに特別な女性がいたようなんです。それが誰なのか、どうしても知りたくて……」

「だから遺品を調べたい、ということ？」

「そうです」

ふうん、と高藤涼子は鼻を鳴らし、顎に手をやった。しばらくその姿勢を続けた後、柚希のほうを向いた。

「悪いけど、遺品を渡すわけにはいかない。彼の個人情報の中には、私たち家族に関することが含まれているものもあるから」

「そういうものは絶対に見ないようにします」

高藤涼子は苦笑して、手を横に振った。

「そんなの無理でしょ。どうしたって目に入る」

「そこを何とか……お願いします」柚希は深々と頭を下げた。

「やめてちょうだい。患者さんが見たら、何事かと思うでしょ。ねえ、顔を上げて」

柚希は身体を起こし、上目遣いに高藤涼子を見た。

女性歯科医は、呆《あき》れたような顔でため息をついた。「彼のこと、まだ忘れられないんだ」

ごまかしても無意味だと思い、柚希は黙ったままで頷いた。

そうか、と高藤涼子は呟いた。

「未《いま》だにあなたを悩ませるなんて、罪な男ね。だけど、それは何かの間違いだと思う。あなたも知っていると思うけど、彼は器用な人間じゃなかった。むしろ不器用だった。あれもこれもと手を出すなんてことは無理。だからジャズと歯科医の両立も下手だった。嘘も苦手。恋人ができたら、あっさりと私に打ち明けたぐらいよ。そんな人間が、あなたのほかに恋人を作ってたって？　私はあり得ないと思う」

「私もそう思いたいですけど……」

「あなたが彼を疑う根拠は何？　証拠でもあるの？」

「証拠とまではいえないかもしれませんけど、ある女性と横須賀で頻繁に会っていたのはたしかなんです」

「横須賀？」高藤涼子は眉をひそめた。

柚希はスマートフォンの画面に例の写真を表示させた。

「この女性です。知り合いの人には娘だと紹介していたそうですけど、お子さんは息子さんだけですよね？」

高藤涼子は画面を一瞥した後、得心したような笑みを浮かべた。肩から力が抜けるのもわかった。

「なるほどね、そういうことか」

「あの、どういうことでしょうか。この女性を御存じなんですか」

「よく知ってる。彼……高藤は嘘をついていない。この女性は間違いなく私たちの娘よ」

「えっ、でも……」

高藤涼子はデニムの後ろポケットからスマートフォンを出し、操作を始めた。

「その写真だと大人びて見えるけど、当時は十七歳、まだ高校三年生だった。で、それより二年ぐらい前の姿がこれ」そういって画面を柚希のほうに向けた。

そこに映っている画像を見て、柚希は息を呑んだ。制服を着た男子高校生が笑っている。首が細く、まだ少年の面影が残っていた。

「葬儀の時、見なかった？　あの時は男子の格好をさせていたんだけど」

柚希は無言で首を振った。焼香を済ませた後、智也の家族たちの前を通り過ぎる時には俯いたままだった。息子の顔など見る余裕がなかった。

「当時は中学と高校の一貫校に通っていて、横須賀の近くで寮生活をしていたの。学校には男子の格好で通っていたけれど、寮に帰ったら女の子に変身。学校側とも話し合って、許可を貰《もら》ってた。所謂《いわゆる》、トランスジェンダー」

柚希は言葉が出ず、改めて女性の写真を見た。そういわれれば女装しているように見えなくもないが、まるで考えなかった。

智也からは聞いていない。だがそれは責められないかもしれない。彼が家庭について話したがらなかったのは、柚希の気持ちに配慮していたからなのだ。

そうか、と高藤涼子がいった。

「彼、そんなに頻繁に会いに行ってたのね。それは私も知らなかった。子供からも聞いてない。たぶんいいにくかったのね。私たちが離婚する予定だってことは、あの子も知っていたから。夫婦の絆《きずな》はとうに切れていたけど、親子の絆は切れてなかったってことになるのかな」

「親子の絆……」

「とにかく、これでわかってもらえたわね。すべて解決。あなたは騙されてなかった。よかったじゃない」高藤涼子はスマートフォンをポケットに戻した。

「あの、息子さんは、今どこに？」

「息子じゃなくて娘。高藤だって、あの子が女だってことを受け入れていたのはわかったはずよ」

「あ、すみません。では、お嬢さんの――」

「うちの子の居場所を知って、どうするの？　横須賀で父親とどんなふうに過ごしていたかを訊きたいわけ？　申し訳ないけど、子供には近づかないでちょうだい。父親の浮気相手に会いたがる子供なんていうわけないでしょう？　高藤だって、あの世でそう思っているはずよ」

柚希は何もいい返せなかった。頭の中が、まだ混乱したままだ。

じゃあこれで、といって高藤涼子がくるりと背中を向けて歩きだした。柚希は、せめてお礼をいわねばと思いつつも、声を発することができなかった。

思考がうまく働かなかった。ぼんやりとしていて、気がつくとビルから外に出て、街中を歩いていた。目的地などはない。足が勝手に動いているのだった。頭の中では、様々な思いが交錯していた。

彼は柚希を裏切ってはいなかった。結婚しようといってくれた気持ちは本当だっただろうし、あんな悲劇がなければ実現に向けて動きだしていたかもしれない。

だが一方で、彼には躊躇《ためら》いがあったのではないか。妻とは別れられても、我が子との縁が切れるのは耐えられなかった、ということは十分に考えられる。

それは仕方がないのだろう、と柚希は思う。世の中には子供を虐待する親もいるが、あくまでも例外だ。多くの親は、子供を愛し続ける。子供のためなら自分の身を犠牲にすることも厭《いと》わない。

智也もそうだったのだ。心と身体の性が一致しない息子のことが、さぞかし心配だったに違いない。横須賀に行き、二人でどんなことを話したかはわからないが、自分が生きているかぎり力になると約束していたことは容易に想像できる。そしてそんなやりとりを交わしている時、智也の頭に柚希の存在はなかっただろう。

自分には永久に勝てない恋敵《こいがたき》がいたのだな、と柚希は思った。

5

紳士用品売り場で勤務しているという富樫《とがし》は、何気ない身のこなしに上品さを感じさせる男性だった。

「ある日、友人と話していたら、ひとりがこんなことをいいだしたんです。鏡に向かうと左右逆さまに映るけれど、なぜ上下逆さまには映らないんだろうって。何をくだらないことをいうんだといって笑いましたけど、いざ答えようとしても、その疑問に対する答えを誰もいえないんです。お二人は、どう思いますか？」富樫は柚希と弥生に尋ねてきた。彼の隣では吉野がにやにやしている。おそらく答えを知っているのだろう。

「そんなの当たり前じゃないですか」弥生がいった。「鏡が上下逆さまに映ったら不便ですよ」

「そういうことを訊いてるんじゃないだろ」吉野が突っ込んだ。「上下逆さまに映らない理由を訊いてるんだ」

「だって鏡ってそういうものだもの」

「それじゃあ答えになってない」

「えー、わかんない。柚希、あなたわかる？」

「全然わからない」柚希は首を振った。「考えたこともない」

「答えは簡単です」富樫が微笑んだ。「今、我々は向き合ってますよね。この状態で左を向いてください といわれたらどうしますか」

「どうするって、そりゃあこうするしかないでしょう」弥生は首を左に捻った。

「そうですよね。向かい側にいる僕や吉野とは逆方向です。では次に上を向いてくださいといわれたらどうですか。今度は全員が同じように顔を上げるはずです。つまり左右というのは、その人の位置によって変わりますが、上下はそうではなく、万人にとって同じなんです。鏡の中にいる人にとっても同じ。だから上下は変わらない。これが答えです」

「はあ？　何それ。意味わかんない」弥生が柚希のほうを向いた。「わかった？」

「わかった……ような気がする」

あははは、と富樫が朗らかな笑い声をあげた。

「それでいいんです。何となくでもわかったような気がすれば大したものです。要するに、人には自分を基準に考えることと、外から俯瞰《ふかん》して考えるべきことがあり、それを混同してはいけないということです」富樫はハイボールの入ったグラスを手にした。

面白い人だな、と柚希は思った。決して口数は多くないが、発言すれば必ずみんなの刺激になる。たぶん頭がよくて、配慮ができる人なのだろう。

今日は麻布十番《あざぶじゅうばん》にある焼き鳥屋に来ていた。ただし弥生に誘われたのではない。柚希のほうから、「誰かいい人がいるなら紹介して」といわれたのだ。弥生が吉野に相談し、富樫に声をかけたらしい。

今夜の会食は楽しかった。料理もお酒も美味しいし、何より本気で笑えた。これほどの解放感を味わえたのはいつ以来だろうと思った。

スマートフォンで時刻を確認した。十一時になろうとしている。そろそろ弥生にサインを出さねばならない。今回はスマートフォンを左側に置こうと思った。富樫たちとならば、もう少し一緒にいてもいい。

「今、何時？」弥生が尋ねてきた。

すると柚希より先に、「十時五十六分です」と富樫が答えた。腕時計を見ている。文字盤が透明で、内部の機械が見えるデザインだ。じつは先程から気になっていた。

「その時計、素敵ですね」柚希はいった。

「ありがとうございます。ハミルトンのジャズマスターですけど、スケルトンなのが気に入ってるんです」

「ジャズマスター……っていうんですか」

「ハミルトンによれば、音楽のジャズのように革新と現代性を兼ね備えるコレクションでありたい、という思いから名付けられたそうです。アメリカの精神ってところかな」

「へえ……」

そういう時計があるとは知らなかった。智也は知っていたのだろうか。

「そういえば、うちの甥《おい》が大学の軽音楽部にいるんだけど、ロックじゃなくてジャズをやってるそうだ」吉野がいった。「大学祭とかで演奏したら、新鮮なのか、かなりうけるといってたな」

「珍しいですね。若い人がジャズなんて」

「友達の影響を受けたらしいです。その友達は亡くなったお父さんがジャズ・ミュージシャンで、形見のウッド・ベースを弾くようになったとか」

ぎくり、とした。

「その方の名前、わかります？」

「甥の名前ですか」

「いえ、ウッド・ベースを弾いているという人ですけど」

「いや、そこまでは聞いてないな。でも、軽音楽部を紹介する動画がアップされていたはずです」吉野はスマートフォンを素早く操作した。「ああ、ありました。これです」

彼が差し出した画面を柚希は覗き込んだ。軽音楽部の部員たちが演奏している静止画が、次々に映し出されている。

あっ、と声をあげた。ウッド・ベースを弾く若者が映ったからだ。吉野が動画を止めた。

柚希は若者の顔を凝視した。高藤涼子から見せられた、男子だった頃の息子に酷似していた。しかも女装などしていない。何しろ、髭《ひげ》を生やしているのだ。

人違いだろうか。しかし似すぎている。別人だとは思えない。

「この人の名前、何とかして知りたいんですけど」吉野にいってみた。

「わかりました。甥に訊いてみましょう。ちょっと待っててください」吉野はスマートフォンを手に席を立った。

柚希は隣の弥生を見た。「どういうことだと思う？」

だが弥生は戸惑った顔で首を傾げるだけだった。

「そのウッド・ベースの青年がどうかしたんですか」

富樫が訊いてきたが、どう説明していいのかわからない。ええちょっと、と言葉を濁しておいた。

吉野が帰ってきた。

「わかりました。高藤君というそうです。歯学部の二年生だとか」

くらり、と軽い目眩がした。間違いない。智也の息子だ。だがなぜ男性の姿なのか。女装はやめたということか。

柚希、と弥生が声をかけてきた。「今夜は、もう帰ろうか」

「あ……そうだね」

男性陣には申し訳ないが、酒を楽しむ気分は消し飛んでいた。ほかのことは考えられそうになかった。

吉野たちに詫び、先に店を出ることにした。

「『トラップハンド』に行こう」店を出てから弥生がいった。「話しておきたいことがあるから」

「えっ、何？」

「店に行けばわかる」弥生は空車に向かって手を上げた。

タクシーに乗ったが、弥生は行き先を告げた後は無言だった。その横顔は険しく、声をかけにくかった。

話しておきたいこととは何だろうか。おそらく智也や彼の息子に関することだと思われるが、弥生は何を知っているというのか。

タクシーが到着すると弥生は電子マネーで支払いを済ませ、足早に『トラップハンド』に向かった。

その背中からは何らかの覚悟が感じられた。

店に入ると客は一人もいなかった。いらっしゃいませ、と神尾がカウンターの向こうから挨拶してきた。

「神尾さん、今夜は貸し切りにしてもらえませんか」弥生がいった。

「貸し切り？　するとつまり……」神尾が柚希のほうに目を向けてきた。

「はい。彼女に例のことを打ち明けなきゃいけなくなりました。その時には貸し切りにしましょうと神尾さんが……」

「わかりました」神尾はカウンターから出てきて、入り口に向かった。

「何？　打ち明けるってどういうこと？」

「説明するから、とにかく座ろうよ」

弥生がスツールに座ったので、柚希も腰を下ろした。

神尾がカウンターに戻った。「さて、飲み物はいかがいたしましょうか」

「私はブラッディ・マリー」予《あらかじ》め決めていたのか、弥生が即答した。

「火野さんは？」

「あ……じゃあ、シンガポール・スリングを」

「かしこまりました」神尾はすぐに材料を用意し始めたが、不意に手を止めて弥生のほうを見た。

「何があったんでしょうか？」

「柚希が見てしまったんです。智也さんの息子さんが演奏している動画を。男性の姿で」

ああ、と神尾が頷いた。「了解しました」

柚希は啞然《あぜん》とするしかなかった。この淡々としたやりとりは何なのか。

弥生が柚希のほうに身体を向けてきた。

「謝らなきゃいけないことがある。私、柚希を騙してた」

「えっ、どんなこと？」

「例の写真、まだ持ってる？　横須賀のライブハウスで見つけた、智也さんと謎の女性を撮ったやつ」

「持ってるけど」

「見せて」

柚希はバッグから出したスマートフォンを操作し、例の写真を表示させた。

「これがどうかした？」

弥生は画面を一瞥すると、「それ、偽物」と素っ気なくいった。

「えっ？」

「真ん中に立っているのは、本当は別の女性。そこに智也さんの息子さんの顔を合成してあるの。フェイク画像というやつ」

「フェイク？　そんなはずない。だって写真を見せてくれたのは鹿島さんだよ。高藤さんのお嬢さんだといって。弥生だって覚えてるでしょ」

だから、と弥生はいった。

「鹿島さんも共犯なの。手伝ってくれるよう神尾さんが頼んでくれた」

「はあ？　共犯って何？　どうしてここに神尾さんが出てくるわけ？」

柚希はカウンターを見たが、神尾は黙ったままでシェイカーを振り始めた。

「最初にこの店に連れてきてくれた時のことを覚えてる？　玉の輿《こし》を狙ってる女性に神尾さんが協力してたでしょ。あれを見て閃《ひらめ》いたの。柚希を呪縛から救い出すには、この人の力を借りるしかないって」

「呪縛？　救い出すって何？」

「決まってるでしょ。智也さんの呪縛。あの頃の柚希は彼の亡霊に縛られてた。生活は乱れてたし、顔色もよくなかった。このままじゃいけないと思って、男性を紹介したりしたけど、まるで効果がなかった。だから神尾さんに相談したの」

お待たせしました、といって神尾が二人の前にタンブラーを置いた。弥生が早速タンブラーに手を伸ばした。ブラッディ・マリーは、まさに血の色をしている。

柚希はシンガポール・スリングをひとくち飲んでから神尾を見上げた。

「それで神尾さんは何と？」

「私にできることがあればお手伝いします、とお答えしました」

「だから私、こういう相談をしたの。じつは智也さんには、柚希のほかに愛人がいたということにできないだろうかって。それを知れば、さすがに柚希だって気持ちが冷めるだろうと思ったから」

柚希は驚いて友人の顔を睨んだ。「何それ？　ひどいじゃない」

「私も、あまりいい計画ではないと思いました」神尾が穏やかにいった。「山本さんの気持ちはわかるのですが、心から愛した人との思い出を台無しにしてしまうというのは、やはり残酷すぎます。下手をしたら、火野さんが自殺してしまうかもしれません。また、故人の名誉を傷つけることにも抵抗を覚えました。そこで、別のプランを提案しました」

「別のプランって……」

「高藤さんが謎の女性と逢瀬《おうせ》を重ねていたという痕跡を偽装するところまでは同じです。でも最終的には、その女性は娘だった、というオチにしてはどうかといったのです」

「それを聞いて、グッドアイデアだと思った」弥生がいった。「智也さんに裏切られてなかったと知って、柚希はほっとするだろうけど、同時に親子の絆の強さを再認識するはず。で、そこには割って入っていけなかったと気づくんじゃないかと思った。ただ一点、大きな問題があった。智也さんの子供は娘じゃなくて息子だってこと。じゃあ横須賀で息子と会ってたってことにすればいいのかというと……」

「それではだめだと思いました」神尾が後を継いだ。「密《ひそ》かに会っていた相手が娘だからインパクトがある。歳の差カップルに見えるほど親密だったと聞き、あなたは嫉妬したはずだ」

「歳の差カップル……」その言葉をどこかで聞いたのを柚希は思い出した。やがて気がついた。「あのイタリアン・レストランにいた女性も共犯だったんですか」

「鹿島さんに頼んで、芝居をしてくれそうな人を紹介してもらったんです。山本さんによれば、皆さん演技がお上手だったそうで安心しました」

柚希は額に手を当て、あの日のことを振り返った。いわれてみれば腑《ふ》に落ちた。あのイタリアン・レストランに行ったのも、弥生が鹿島から聞きだしたからだ。すべてシナリオ通りだったのだ。

「どぶ板通りもスカジャンの話も嘘ってこと？」柚希は弥生を見た。

うん、と彼女は頷いた。「ロマンチックなエピソードがあればいいと思って……」

「その話を聞いて、私、泣いちゃったんだ。全部作り話なのに。弥生、きっと心の中で笑ってたよね」

「そんなわけないでしょ。私だって必死だった。騙すのは心苦しかったんだけど、柚希のためだと思えば――」

「もういい。それ以上は聞きたくない」柚希はバッグを手にしていた。「もう帰る」

待って、といって弥生が右手を出した。「私のほうが消えるから」立ち上がり、バッグを開けた。

「お代は結構、今夜は私の奢りです」神尾がいった。

「じゃあ、お言葉に甘えて……」

「気をつけてお帰りください」

「ありがとうございます。ごちそうさまでした」

おやすみなさい、と神尾がいった。

弥生はバッグを抱え、柚希に背を向けた。そのまま振り返ることなく店を出ていった。

カウンターに残されたタンブラーには、まだ赤い液体が半分ほど入っていた。なぜ今夜にかぎって弥生はこのカクテルを注文したんだろうと柚希は思った。

「友人に心を弄《もてあそ》ばれたとでも思っていますか」神尾が尋ねてきた。

「そうはいいませんけど……」

「秘密を打ち明けるにあたり、山本さんも動揺していたんでしょうね。一番大事なことを話さないまま帰ってしまいました。あなたが最も知らなければならないことなのに」

「何でしょうか、一番大事なことって」

「気づきませんか。あなたを騙した共犯者は、もう一人います」

柚希は眉根を寄せ、考えを巡らせた。やがて、はっとした。まさかと思った。

「高藤涼子さん……」

「そうです。あの方の協力なくしては、今回のトリックは成立しない。でも考えてみてください。ふつう協力するでしょうか。亡くなった夫の浮気相手の傷心など、どうでもいいと思うんじゃないですか。面倒な芝居を引き受けようとは思わないはずです。しかも息子のことをトランスジェンダーだと嘘をつくんですよ。かなりハードルの高い芝居です」

「それなのにどうして……」

「誰かが高藤涼子さんの心を動かしたんでしょう。あなたを立ち直らせたい一心で、懇願し、説得したんです。いうまでもないことですが、それは私ではありません」

「弥生があの人に……」

どんなふうに頼み込んだのか。柚希には想像もできなかった。

神尾は腕を伸ばし、弥生の前にあったタンブラーを手に取った。

「ブラッディ・マリー。山本さんがこのカクテルを注文した理由が、私には何となくわかります。彼女には血を流す覚悟があったんです。親友のためなら、たとえ自分が傷ついても構わないと思っていた。違うでしょうか」

熱いものが柚希の胸にこみ上げてきた。

「何を幸せと感じるかは、人それぞれです」静かな口調で神尾は続けた。「だけど、これだけは断言できる。人が生きていくうえで助けとなるのは、失ったものではなく、手に入れたものです。愛する人は帰ってこない。だけどあなたには、あなたのためなら血を流す覚悟を持つ友人がいる。それは素晴らしいことです。そうは思いませんか」

柚希は右手を胸に当て、じっと目を閉じた。過ぎ去った日々を振り返れば、今も智也との思い出が鮮やかに蘇ってくる。そんな彼への思いを躊躇いなく吐露できるのは、真剣に耳を傾け、歓《よろこ》びも悲しみも共有してくれる存在が常にいてくれたからなのだ。そのありがたみを、自分は忘れていたのかもしれない。

瞼を開き、神尾を見上げた。

「カクテルを作っていただけますか」

「何にいたしましょう？」

柚希は彼が手にしているタンブラーを見つめていった。「ブラッディ・マリーを」

今夜は自分も血を流そう、と思った。そして、これで終わりにする。明日からは生まれ変わろう。

かしこまりました、と神尾がいった。

相続人を宿す女

1

インターホンの操作盤で部屋番号を打ち込んだが、すぐには呼出ボタンを押さず、表情筋に思いきり力を入れて唇の両端を引っ張り上げた。頰の緊張を感じながら、ようやくボタンを押す。最近のインターホンは殆《ほとん》どカメラ付きで、こちらからは何も見えなくても、向こうからは丸見えだ。無愛想な顔をしていたら、それだけで客の心証を害することに繫《つな》がりかねない。

落ち着いた女性の声で、はい、と返事があった。

「こんにちは。お世話になっております。文光《ぶんこう》不動産の神尾《かみお》です」

どうぞ、という声と共にオートロックのドアが開いた。そのドアをくぐってから、真世《まよ》は顔の緊張を解いた。

エレベータホールに向かいながら、シックだが高級感のあるエントランスホールを眺めた。築二十年とはいえ、都心にあって駅から徒歩五分という立地は魅力的だ。資産価値は十分で、実際分譲時よりも値段は上がっているはずだ。

そんなマンションの八階にある部屋で真世を待っていたのは、富永良和《とみながよしかず》と朝子《あさこ》の夫妻だった。良和のほうは七十歳前後で、朝子は彼より数歳下といったところか。

「わざわざお呼び立てしてごめんなさいね」ティーカップを真世の前に置きながら朝子が詫《わ》びた。栗色に染めたショートヘアが小柄な体形によく合っている。

とんでもない、といって真世は傍《かたわ》らに置いたバッグからファイルを取り出した。

「ちょうどこちらから御連絡しようと思っていたところなんです。先日のお話の中で懸念だったバスルームと洗濯機置き場のレイアウトなんですけど、別のプランを二つ御用意させていただきました」図面を広げたかったので、真世は紅茶の入ったティーカップを横に移動させた。

「あっ、あの、その話はちょっと待っていただける？」朝子があわてた様子を示した。

真世はファイルを開きかけていた手を止めた。「バスルームに何か問題が？」

「いいえ、そうではないの。じつは、ほかに相談したいことがあるんです」

「あっ……さようでございますか」真世はファイルを閉じた。「では、どの部分でしょうか？　前回のお打ち合わせでは、バスルームの周辺以外は、御提案させていただいたプランで問題ないとのことだったと思うのですが」

「それはわかっています。だから、あなたのプランに問題があるとか、そういうことをいいたいわけではないの」

「はあ……」

それまで黙っていた良和が、朝子、といった。

「もっとはっきりいったほうがいい。この方に迷惑だ」

「あ……そうね」朝子は真世のほうを向き、ぴんと背筋を伸ばした。「大変申し訳ないんですけど、今回の計画、一旦保留にさせていただきたいんです」

えっ、と漏らした声が裏返った。

「保留といいますと、ええと、計画を延期するということでしょうか」

「ええ、そうですね。当面延期といいますか……」

「中止にするかもしれません」良和が、ぶっきらぼうにいった。「リフォームの計画は白紙にする、ということです」

真世は愕然《がくぜん》とした。予想していないことだった。

「ええと、富永様、それは一体どういうことでしょうか。何か御予定に変更があったとかですか？」

「まあ、そんなところです」良和が答えた。「いろいろと骨を折ってもらったようで申し訳ないんですが、こちらとしてもどうしようもなくてね。もちろん、これまでにかかった費用は請求していただいて結構です」

「あの……どういった御事情でしょうか。差し支えなければ、お聞かせいただけるとありがたいのですが」

それが、と口を開いた朝子に、やめろ、と良和の声が被《かぶ》った。

「余計なことはいわなくていい。我が家の恥を他人《ひと》様に聞かせてどうする」

「でも神尾さんには、これまでいろいろとお世話になっているし……」

「だから迷惑をかけた分は金を払って解決するしかないだろ」良和の仏頂面《ぶっちょうづら》が真世のほうに向けられた。「どうか、そういうことで御理解いただきたい」

真世は当惑し、朝子を見た。すると彼女は気まずそうな顔で小さく頷《うなず》いた。その表情は、とりあえず今は引き下がってちょうだい、と頼んでいるように見えた。

「かしこまりました。では発注の予定はすべて一旦キャンセルし、富永様からの御連絡をお待ちする、ということでよろしいでしょうか」

「ああ、そうしてください」良和の口調はなげやりだ。

「延期か中止か、決まる時期はわかりませんか。大体でも結構ですが」

良和が、さらに苦い顔になり、「いつ頃かな?」と朝子に訊《き》いた。「生まれるのは来月末なんだろ?だったら早くても再来月か」

意外な言葉に真世は瞬《まばた》きした。生まれる、とは何のことだろう。

「そんなに早く結論が出るかしら。いろいろと揉《も》めたら、もっと長引くんじゃない?」

「それはあり得るな。――神尾さん、それについては改めて連絡する、ということでどうでしょうか?」

承知いたしました、と真世は答え、先程出したファイルをバッグに戻した。ずしりと重いファイルが、単なるゴミに変わるかもしれないと思うと気持ちが暗くなった。

マンションを後にし、駅に向かって歩き始めた。頭の中は、まだ少し混乱したままだ。

久しぶりの大きな仕事で、上司も期待している。延期になった、もしかすると白紙になるかもしれないといったら、どんな顔をされるだろうか。

とにかく言い訳を考えなければと思っていたらスマートフォンに着信があった。表示を見て、足を止めた。富永朝子からだった。

「はい、神尾です」

「富永です。さっきはごめんなさい。驚かせちゃったわね」

「そう……ですね。全く予想しておりませんでしたから」

「そうよねえ。本当にあなたには申し訳ないと思ってる」

「いえそんな、謝っていただく必要はございません。お客様にはそれぞれ御事情があることは重々承知しております」

「そういっていただけると少し気が楽にはなるけれど……。ねえ神尾さん、今、どこにいるの？　もうタクシーに乗っちゃった？」

「いえ、駅に向かって歩いているところです」

「だったら、これから少し時間をいただけない？　あなたには説明しておきたいから」

「もちろん構いませんけど、御主人のほうは大丈夫なんでしょうか」

「あの人は、ついさっき自宅に帰りました。私も、ここを少し片付けたら出ます」

「御主人は、事情を明かすことには難色を示しておられましたけど」

「黙ってればわからないわよ。話を聞いてもらえるわね？」

「ええ、是非お聞かせいただきたいです」

駅前のコーヒーショップで会う約束をし、電話を切った。

幸い店はすいていた。飲み物を買って奥の席につくと、真世はファイルを開き、今回のリフォームプランを眺めた。

加齢に伴う身体機能の低下やバリアフリー、生活動線やライフスタイルなどを配慮、といった文言が並んでいる。言葉を選びながら張りきってキーを打っていた時のことを思い出すと虚《むな》しくなる。

真世が勤める文光不動産に富永夫妻からリフォームの相談があったのは二か月ほど前だ。その内容は、息子がひとりで住んでいたマンションの一室を夫妻の老後用に改装したい、というものだった。彼等には一軒家があったが、老朽化しているうえに広すぎて住みづらく、そちらは処分するつもりだとのことだった。

男性が独り暮らしをしていた部屋なら、あまり広くないのではないかと思ったが、物件の詳細を知って驚いた。広さは百二十平米以上あり、間取りは何と4ＬＤＫだった。なぜこんなところにひとりで、と疑問に思ったが、事情を聞いて納得した。彼等の息子は、ずっと独り暮らしをしていたわけではなく、かつてはそこで結婚生活を送っていたのだ。離婚したのは八か月前だという。

だが富永夫妻にとって、もっと衝撃的だったのは、五か月前に息子が急死したことだ。交通事故だった。高速道路を運転中、トレーラーの横転事故に巻き込まれたのだ。

悲しみに包まれた日々を送った後、息子の遺産や遺品を整理することになった。そこで問題になったのがマンションだ。賃貸に出すことや売ることも考えたが、最終的には自分たちで住もうという結論に落ち着いたらしい。

物件を見て、リフォームを検討するのは妥当だと真世も思った。4ＬＤＫというのは、老夫婦が二人で住むには部屋が多すぎる。来客が泊まることを考慮したとしても2ＬＤＫがせいぜいだろう。富永夫妻の希望も同様で、広いリビングルームを中心に、ゆったりとした間取りにしたいというものだった。

話を聞き、早速設計に取りかかった。予算は二千万円ということだから、お金をかけるポイントを絞れば、かなり大胆なアレンジも可能だ。

一週間後には基本的なコンセプトを説明し、その翌週には具体的なプランを提示した。さらにその一週間後には改良案を示し、朝子を様々なショールームに案内したり、備品や素材を選んでもらったりして、ほぼこれで決まり、というところまでこぎつけたはずだったのだ。

それが今になって白紙とは——。

ため息をつきながらファイルを閉じた時、富永朝子が店に入ってきた。真世は立ち上がって迎えた。

「このたびは本当にごめんなさいね」席につくなり朝子は再び詫びを口にした。「主人は黙ってろっていうんだけど、どうにも心苦しくて。あの人は全部私に任せっきりだったから、あなたがどれだけがんばってくれたか、ちっとも知らないのよ」

「がんばっただなんて……仕事ですから当然です。ただ、せっかくいろいろと決まったところだったので残念です」

そうよねえ、と朝子は顎に手をやった。

「私たちもね、まさかこんなことになるとは思いもしなかったのよ。離婚したことで、もうあっちの人たちとは何の関係もなくなったと思っていたから」

「あっちの人たち……とは？」

「息子の別れた奥さん。離婚してから八か月も経《た》って、とんでもないことをいってきたの」

「どんなことでしょうか」

「ほかでもない。息子の遺産についてよ。相続する権利があるっていうの」

「相続？　それはおかしいんじゃないですか。息子さんとは正式に離婚が成立していたわけですよね？」

「もちろんそうよ」

「だったら財産分与についても話し合いが終わっているはずで、息子さんの遺産に関して、別れた奥さんには何の権利もないと思うんですけど」

「それはその通りなの。向こうが主張しているのは彼女の権利ではなく、子供の権利。おなかの子には相続権があるといいだしたの」

「おなかの子？」

「妊娠しているのよ、彼女。出産予定は来月。しかも子供の父親は前の夫、つまり死んだ息子だといってるの」

2

「それはなかなか厄介な話だな」磨いたシェリーグラスを光にかざし、武史《たけし》は冷めた顔でいった。

「何が厄介かというと、先方の言い分は完璧に筋が通っていて、法律上、全く隙がない点だ」

「やっぱりそうなの？」

「日本の法律では、女性が離婚した場合、三百日以内に生まれた子供は前夫の子供と見なされる。そして離婚しても親子関係は解消されないのと同様、生まれる前からおなかの子供には相続権が発生している。そのマンションの名義は息子なんだろ？　ほかに子供がいないということであれば、全財産は生まれてくる赤ん坊のものだ。たとえ両親であっても、勝手にリフォームすることも住むことも許されない」

「でも富永さんは、絶対に遥人《はると》さんの子じゃない、そんなはずがないとおっしゃってるんだけど。私も話を聞くかぎりだと富永さんに同意」

遥人というのが富永夫妻の息子の名前だ。

「ほう、どんな話を聞いた？」

「富永さんによれば、そもそも二人は結婚すべきではなかった、それほど深い結びつきがあったわけじゃなかった、ということなの」

富永遥人は作曲家だった。真世は名前を聞いたことはなかったが、代表作を調べてみて驚いた。有名なアイドルグループや歌手に多くの曲を提供していた。真世が知っている曲もいくつかあった。

相手の女性は諸月沙智《もろづきさち》といって、こちらはグラフィック・デザイナーだ。CGを駆使するのが得意で、PVやCM制作などで活躍しているらしい。

二人を引き合わせたのは遥人の妹、文香《ふみか》だった。諸月沙智とは専門学校時代からの親友だという。文香には生まれつき病弱な息子がいるが、その子の見舞いに諸月沙智が来てくれた時、たまたま遥人も居合わせたらしい。

「そうしたら芸術や仕事の話で意気投合して、そのまま交際が始まっちゃったんだって。で、それからたったの一か月で入籍したっていうんだから、結びつきは深くないっていいたくなる気持ちもわかるよね」

今から思えば文香も余計なことをしてくれたものだわ、と富永朝子が忌々《いまいま》しそうにいっていたのを真世は思い出した。

「結婚当初から、お互いのライフスタイルには干渉しないという取り決めになっていたそうなの。どっちも変わってるよね。わざわざ4LDKのマンションを購入したのも、二人とも仕事部屋と寝室を必要としたからなんだって。そんなことをするぐらいなら結婚しなきゃいいのに」

「たしかに変わった人間たちだと思うが、双方が納得しているのなら何の問題もない。周りがとやかくいうことはないだろう」

「だけど、案の定、離婚しちゃったわけじゃない。離婚までの別居期間は約四か月で、その間にどちらにも恋人ができていたんだって」

「そうなのか。それはなかなか華やかな話だな。いいんじゃないか、そういう生き方も。どちらかが一方的に傷つくより、よっぽどいい」

「その点は同意するよ。お互い様だからね。問題はさ、そんなふうに別れた二人の間に、どうして子供ができるのかってこと。おかしいでしょ」

「変わり者なんだから、我々の常識を当てはめるのはナンセンスだ。晴れて離婚が成立したってことで気持ちのテンションが上がり、じゃあ記念に最後の夜を楽しみましょう、とならなかったとはいいきれない。案外、結婚していた時より燃え上がったりしてな」

口元を曲げながらいう叔父《おじ》の顔を、真世は呆《あき》れた思いで見上げた。

「よくそんな下品なことを想像できるね」

「下品か？　芸術家なら、ありそうなことだと思うが」

「もしそうだとしても、さすがに避妊ぐらいはするんじゃないの？　万一妊娠したら面倒臭いことになるわけだし」

「そこまでは考えが及ばなかっただけかもしれない。酒に酔ってたか、あるいはもっと悪いクスリか何かを使ってた可能性もある。いずれにせよ断言できるのは、赤ちゃんの父親が富永遥人さんではないという証拠は、現時点では何ひとつないってことだ」

「真実を知っているのは別れた奥さん――諸月沙智さんだけってわけだよね。諸月さんが、子供の父親は富永遥人さんじゃないといわないかぎり、今の流れは止められないということか」

「正確にいえば、出産した女性自身が子供の父親は前の夫ではないと主張したとしても、出生届を出したら子供は前夫の子と登録される。女性が真実を語っているかどうかは他人にはわからないからだ。子供の権利を守るため、とにかく誰かを父親にする必要があるから、それは前夫とすると決まっている。これを嫡出推定という。裁判を起こし、DNA鑑定などをして親子関係がないということが証明できた場合、ようやく子供の父親は前夫ではないと認められる」

「そんなに手間がかかるんだ……」

「以前は、嫡出否認の訴えは父親にしか認められていなかった。おかげでDVなどが原因で離婚した女性が別の男性の子を出産した場合、前夫の子とされるのが嫌で出生届を出さないことがよくあった。そうすると子供は無戸籍となる。それを防ぐため、今では母親や子供も訴えを出せるようになった」

法律家でもないのに、なぜか武史はこういうことに詳しい。

「でも今回の場合、諸月沙智さんがそんな訴えを起こすわけないよね」

「だろうな」

「すると唯一反論できるのは富永遥人さんだけか。でも死んでるんじゃどうしようもないよね」真世は頭を抱えた。「打つ手なしってこと？　遥人さんの遺産は、全部諸月さんが産んだ子のものになるわけね。他人事とはいえ、何だか悔しいな」

「考え方を変えてみたらどうだ。そのマンションにはシングルマザーとなった諸月さんが住むわけだろ？　その場合でも４ＬＤＫというのは使いづらい。今のうちにリフォームのプランを作り、売り込みにいくという手がある」

　真世は眉をひそめた。「そんな節操のないこと、できるわけないでしょ」

「どうして？　マンションの持ち主が変わったから、それに応じて客も変わっただけだと考えればいい」

「私には、そんなの無理。富永さんたちを裏切れない」

「つまらないところで律儀《りちぎ》なんだな。ビジネスだと割り切れば何でもないと思うが」

「そういう問題じゃないの。あーあ、何とかならないかな」

「妹さんには相談してないのか。諸月さんとは親友なんだろ？」

「文香さんは巻き込みたくないと富永さんはおっしゃってるの。諸月さんから妊娠の知らせがあったことも話してないそうだよ。二人を引き合わせたことだけでも責任を感じている様子なのに、さらに落ち込むだろうからって。遥人さんが離婚してからは、文香さんも諸月さんとは連絡を断っているみたいね」

「そういうことか」武史は腕組みをした。「解決方法は二つある。ひとつは死んだ遥人さんに代わって両親が裁判を起こすことだ。三親等内の血族ならば嫡出否認調停の申し立てができるはずだ。もしかするとＤＮＡによる親子鑑定をするよう裁判所が命令を出してくれるかもしれない。しかし仮にそうなったとしても問題は多い。鑑定に使用するＤＮＡが遥人さん本人のものだと証明しなければならない。なんだかんだで結果が出るまでには、かなりの時間がかかるだろう。それまでの間にマンションを含む全財産を売却されたりしたら、取り戻すのは至難の業だ」

「それじゃあ、だめじゃん。もう一つの方法は？」

「こちらはわかりやすい。諸月さん側に相続を放棄してもらう。子供の父親が誰であろうと関係がない」

「どうやって？　放棄なんてするわけないよ」

「何事も決めつけは禁物だ。富永夫人に会えるよう取り計らってくれ。もう少し詳しいことが聞きたい」

「叔父さんが？　どうして？」

「かわいい姪《めい》が悩んでいるんだ。力になろうとして何が悪い？」

真世は上目遣いに武史を見た。

「怪しい。そんなわけ、絶対にないもん。謝礼が目当てね」

武史は蠅《はえ》を払うようなしぐさをした。

「心配しなくても適正な成功報酬以外は受け取らない主義だ。そんな目をしてないで、さっさと夫人に連絡しろ」

思いがけない展開に戸惑いつつ、真世はスマートフォンを手にしていた。この叔父が単なる法螺《ほら》吹きでないことは、これまでの経験で十分にわかっている。

3

「相手の男性の身元は判明している？　それは本当ですか」

「間違いないと思います。興信所の人が嘘《うそ》をついていなければ、ですけど」

「彼等が嘘の報告をしたというのは考えにくいですね。その報告書というのは、お持ちですか」

「はい。何かの参考になるかと思い、持ってきました」

これです、といって富永朝子はファイルを武史に渡した。

三人は銀座《ぎんざ》にあるコーヒーショップにいた。昼間なので真世は勤務時間内だが、武史と朝子を引き合わせるため、顧客との打ち合わせを口実に会社を抜けてきたのだ。

報告書を眺め、武史は頷いた。

「なるほど、二人でドバイ旅行に出かけているわけだ。頻繁にお互いの部屋を行き来していて、周囲に対しても二人の関係を隠していた気配はなかったようですね。ただ、最近になって別れたという噂《うわさ》もある。真偽の程は不明……か」

「仮に別れていたとしても、出産予定日から子供ができた時期を計算したら、まだ二人の交際が続いていた期間なんです」

「この報告を受けて、何か行動を起こされたんですか」

富永朝子は弱々しく首を横に揺らした。

「何もしておりません。どうすればいいのか、思いつかなくて……」

「わかりました。この報告書はお預かりしても構いませんか」

「どうぞ」

武史はコーヒーを一口飲んでからテーブルの上で両手の指を組んだ。

「改めて整理すると、こういうことですね。富永遥人さんの預貯金は、新たに開設された口座に移されている。作った曲の著作権は音楽出版社に譲渡されており、その使用料も、その口座に振り込まれるようになっている。それ以外の財産は青山《あおやま》にある4LDKのマンションだけ。相続税の申告はまだしていない――以上で間違いありませんか」

「はい、その通りです」

「諸月さん側が正式に遺産を要求するとしても、無事に子供が生まれてからでしょう。しかし現時点でも彼女たちに着手できることはあります。たとえばマンションの名義です。おなかの子に変更したいといってくるかもしれない」

「まだ生まれてないのに？」真世は目を見開いた。

「胎児でも相続権があるから変更は可能だ。登記簿には、諸月沙智の胎児、と記される。それを拒む権利は富永さんたちにはない。その状態でマンションを売るのは無理だろうが、赤ん坊が生まれた瞬間に可能になる。予《あらかじ》め買い手を見つけてあったりすれば、トントン拍子に話が進んでしまう」

「まずいじゃん」

「非常にまずい」武史は富永朝子のほうに顔を戻した。「だからもし先方が名義変更をいいだしたら、富永さんは裁判所に処分禁止の仮処分を求めてください」

「はい。ええと、処分禁止の……」

「処分禁止の仮処分です。やり方がわからなければいってください。私が教えます」

「ありがとうございます。ほかには何をすればいいでしょうか」

「それは今後の調査結果次第です。こちらから指示しますので、それまでお待ちください。ところでこちらから何らかの交渉をしたい場合、その諸月沙智さんに直接連絡すればいいんですか」

「いえ、お姉さんが代理人をしておられます。沙智さんの妊娠を知らせてきたのも、その方です」

富永朝子はバッグから名刺を出し、この方です、といってテーブルに置いた。拝見、といって武史が手に取る。真世も横から覗《のぞ》き込んだ。諸月塔子という名前だった。税理士事務所を経営しているようだ。

「この名刺をお預かりしても？」武史が訊いた。

「どうぞ。あの……何とかなるでしょうか」

「絶対に大丈夫です――」武史は鼻の穴を膨らませてから富永朝子を見た。「とは申し上げられません。しかしどこかに突破口はあるはずだと考えています。とにかく私に任せてください」

「すみません。何から何までお世話になってしまって。神尾真世さんから、力になってくれる方がいると聞いて、地獄に仏とはこのことかと思いました。本当にありがとうございます。あのう、些少《さしょう》で心苦しいんですけど、お礼としてお持ちいたしました。もちろんすべてが片付いたあかつきには、相応の謝礼をと考えております」そういって富永朝子は白い封筒を差し出した。

「そういう目的でお手伝いを申し出たわけではないのですが」武史は顔をしかめつつ封筒を受け取った。「では、これは当面の必要経費としていただいておきましょう。もし明細や領収書が必要だということであればいってください。御用意いたします」

「いえ、そんなものは不要です。どうかよろしくお願いいたします」富永朝子は深々と頭を下げた。

彼女が店を出ていくのを見送った後、武史は封筒を開けた。

「十万円か。まあ常識的な金額ではあるな。あくまでも当面の必要経費としては、だが」

成功報酬としては、どれぐらいを吹っかける気でいるのか。訊けば教えてくれるかもしれないが、知りたくないので黙っていることにした。

「叔父さん、本当に勝算はあるの？」

「勝つ見込みは四分六といったところだ」武史はカップに残ったコーヒーを飲み干した。

「えー、わりと低い」

「四分六を馬鹿にするな。あのイチローだって打率四割は残せなかった。まずは諸月沙智が付き合っていた人物に当たってみよう」武史は興信所のファイルを開いた。「映像制作会社勤務か。諸月沙智とは同業者のようだな。会社は赤坂《あかさか》らしい」スマートフォンを取り出すと躊躇《ためら》うことなく電話をかけ始めた。

約一時間後、真世と武史は赤坂のコーヒーショップにいた。さっきと同じチェーン店で、武史は全く同じ飲み物を飲んでいる。真世はさっきはカフェラテだったので、ここではジュースにした。ストローで飲みながら、外出時間が延びたことについて上司にどう言い訳しようかと考えていた。

間もなく店に現れた菅沼《すがぬま》は、端整な顔を奇麗に日焼けさせた男だった。引き締まった体形はジム通いの成果かもしれない。ひどく緊張している様子だが無理もないと真世は思った。武史は電話で、自分は富永夫妻の代理人だが諸月沙智さんのことで重大な用件があるので話したい、といって菅沼を呼びだしたのだ。警戒して当然だ。

「早速ですが、諸月沙智さんと付き合っておられましたね。しかも彼女が離婚する前から」

菅沼は唇を舐《な》めた。

「彼女の離婚は確定していたし、旦那さんとは別々に暮らしていました。事実、すぐに彼等は離婚しました。それに富永さんのほうにも交際している女性がいたはずです」

まあまあ、と武史はなだめるしぐさをした。

「事実確認をしただけです。現在はどうなのですか。あなたと諸月沙智さんとの関係に変化はありませんか」

菅沼は少し間を置いた後、はい、と答えた。「いい関係を続けています」

「今、答えるまでに時間がかかりましたね。どうしてですか」

「特に理由はありません。言葉を選んだだけです」菅沼の声が尖《とが》った。

「諸月さんが妊娠しておられることは御存じですか」

菅沼が唾を吞《の》み込む気配があった。「知っています」

「いつ聞いたんですか」

「半年ほど前……だったかな」

「諸月沙智さんの部屋で？」

「そうですけど」

「嬉《うれ》しかったですか？」

そりゃあ、といってから菅沼は咳払《せきばら》いし、肩をすくめた。「僕の子ならね」

「違ったんですか」

「違うかもしれないといわれました。たぶん前の夫の……遥人さんの子だと思うって」

「それを聞いて、どう思いましたか」

「どうって……」

「腹は立たなかったんですか。だって、すでにあなたとの交際は始まっていたわけでしょう？　それなのに前の旦那さんと性交渉があった。ふつうなら頭にくるはずです」

「いい気はしません。でも仕方がありません。離婚が決まっていたとはいえ、彼等は夫婦だった。二人のことは二人にしかわからない」

「中絶の話は出なかったんですか」

「出なかった……ですね。沙智は産む気でいたし、僕も堕《お》ろせとはいえなかった。僕の子かもしれないわけですからね。せっかく授かった命ですから、大切にしないと……」

「先程、いい関係を続けているとおっしゃいましたね。諸月さんが出産した後も、今の関係は続けていくつもりですか」

「いけませんか」

「彼女と結婚する予定は？」

「具体的には決まっていませんが、可能性はあります」

「生まれてくる子の父親になる覚悟があるんですね」

はい、と菅沼は頷いた。「あります」

「富永遥人さんの御両親は、諸月沙智さんのおなかの子の父親が遥人さんだということには疑念を抱いておられます。出産後、嫡出否認の訴えを起こされるかもしれません。その場合、ＤＮＡ鑑定を受けるよう要請があれば従いますか。もしかするとあなたの子だという結果が出るかもしれない。そうすれば晴れて実の親子ということになります」

「出なかったら？　遥人さんの子だと証明されるだけかもしれない。それよりは、自分の子かもしれないという可能性を残しておいたほうがいい。いずれにせよ、沙智が悲しむようなことはしないと思います」菅沼は挑むような目を武史に向けていった。

結構、といって武史はにっこりと笑った。

「あなたのお考えはよくわかりました。お忙しいなか、お呼び立てして申し訳ありませんでした」

「もういいんですか」

「はい。ありがとうございました」

菅沼は席を立ち、真世たちに背中を向けようとした。しかしその前に口を開いた。

「今もいいましたが、沙智が悲しむようなことには協力しません。それだけは忘れないでください」

「心得ておきます」武史が頭を下げた。

菅沼から少し遅れて真世と武史も店を出た。

「決まりだな、おなかの子供の父親は菅沼だ」歩きながら武史が断言した。

「どうしていいきれるの？」

「諸月沙智は、妊娠したことを報告するために菅沼を自分の部屋に呼んでいる。もし子供の父親は遥人さんかもしれないと告げるつもりだったなら、自分のほうから彼の部屋に出向いていたはずだ。それなら気まずくなって話がこじれた場合でも、自分が帰れば済むからな」

「あっ、それはいえるかも。自分の部屋だと、どんなに雰囲気が悪くなっても、相手が帰ってくれないかぎりどうしようもないものね」

「菅沼を自分の部屋に呼んだのは、報告する内容が彼にとって朗報だったからだ。実際に諸月沙智が発した台詞《せりふ》は、赤ちゃんができた、もちろんあなたの子供よ、だったんじゃないか。嬉しかったですかと俺が訊いた時、そりゃあ、と菅沼はいった。おそらく、そりゃあもちろん、といいかけたんだろう。咄嗟《とっさ》に取り繕っていたが、俺の目はごまかせない」

早口で武史が語る講釈は、自慢げではあるがそれなりに説得力があった。

「生まれてくる子の父親になる覚悟があるのかと俺が訊いたら、あります、と菅沼は答えただろ？ 目の動きを見るかぎり、あの言葉に嘘はない。腹を据えているのがわかった。本当に自分の子だと確信しているから迷いがないのだと思う」

メンタリストとしても一流の武史が、相手の目を見ただけで真偽を見抜いたところは真世も何度か見ている。きっと外れてはいないのだろう。

「じゃあどうして菅沼さんは、本当のことをいわないわけ？」

「問題はそこだ。その時点では遥人さんは生きていたから、生まれる子の父親は遥人さんだと主張するメリットは何ひとつない。遥人さんに嫡出否認の訴えを起こされたらそれまでだ。やはり遥人さんの急死がターニングポイントだと思う」

「遺産目当てで、おなかの子の父親は遥人さんだってことにしようと諸月さんは考えた。その計画に菅沼さんも乗ったというわけ？」

「その可能性は大いにある。彼にしてみれば、役所の紙切れに子供の父親がどう記載されようが痛くも痒《かゆ》くもない。出産後の諸月さんと結婚すれば、実の子と一緒に暮らせるんだからな。しかもその子は遥人さんの全財産を相続している。計画に乗らない手はない」

「菅沼さんがこちらに協力してくれる可能性はないってことね。だったら、打つ手はもうないわけ？」

「何をいってる。ここからが俺たちの本当の出番だ」

4

諸月沙智の自宅兼仕事場は京王《けいおう》線幡《はた》ケ谷《がや》駅から徒歩三分のところにあった。地上十五階建てマンションの六階だ。間取りは一応1LDKということになるのだろうか。一応、というのは隣室との仕切りになっている引き戸がすべて取り外されているからだ。使い方としてはワンルームに等しい。その部屋の大部分はパソコンをはじめとする様々な電子機器や事務用品に占拠されていて、リビングルームとして機能しているのは、小さなガラステーブルを挟んだソファセットだけだった。真世と武史は二人がけのソファに並んで座り、ビーズクッションに身を乗せた諸月沙智と向き合っていた。

「狭いところでごめんなさいね。電話でもいったけど、外出は極力控えてるの。何しろこんな身体《からだ》でしょ？　気をつけなきゃね」諸月沙智は黒いマタニティウェア姿で両手を軽く広げ、うふふと笑った。

「というのは口実で、じつは動くのが億劫《おっくう》というのが正直なところだったりして。そういうことだから、申し訳ないけど飲み物とかは出せないんだけど勘弁していただける？」

「お茶を飲みに来たわけではありませんから結構です。お気遣いなく」武史が愛想笑いを浮かべた。

諸月沙智は手に持っていた名刺に目を落とした。先程、武史から受け取ったものだ。

「『トラップハンド』……恵比寿《えびす》でバーを経営しておられるのね。今はアルコールを控えてるけど、解禁になったら覗きに行ってもいい？」

「どうぞどうぞ。あなたさえよければ今日明日でも構いません。ノンアルコールのメニューも豊富に揃《そろ》えてあります」

「出産までは人混みも避けるようにしてるの。感染症とか怖いでしょ？」

「なるほど。では無事に出産を終えられてから是非」

「そうさせてもらう。楽しみ」

「お子さんは順調ですか」

「ええ、順調すぎるぐらい」沙智は自分の腹部を撫《な》でた。

「性別はわかっているんですか」

「女の子。エコーで見たけど、なかなかの美人よ。御覧になる？」

「いえ、遠慮しておきます。名前なんかも、もうお決めに？」

「まあね。まだ秘密だけど」沙智は誇らしげに顎を上げた。

「富永さんとは、どういうお知り合い？　電話では、交渉の代理人を任されたとしかおっしゃってなかったけど」いきなり横から口を挟んできたのは諸月塔子《とうこ》だ。ややエキゾチックな顔立ちの妹とは対照的に彫りは深くない。おまけに表情の変化が乏しいので、まるで能面と向き合っているようだ。彼女だけは四角い箱のような椅子に座っていて、小柄なのに真世たちを見下ろしている。

武史が彼女のほうに顔を向けた。

「亡くなった兄が、生前にずいぶんと世話になったようです。常々、いつか恩返しするように、といわれておりました。詳しい事情は御容赦ください」すらすらと口からでまかせが放たれた。いつものことなので真世も今さら驚かない。

「神尾武史さん……か」沙智が名刺を眺めながら首を傾《かし》げた。「どこかで聞いたことがあるような気がする」

「気のせいでしょう。ありきたりな名前です。本題に入らせてもらっても？」

沙智は塔子と顔を見合わせた後、名刺をテーブルに置いた。「どうぞ」

「我々が富永さんたちから依頼された内容は簡潔です。あなたが体内に宿している赤ちゃんの父親が、本当に亡き富永遥人さんなのかどうかを確かめてほしいというものです。とはいえ、それを確認する方法を我々は持っていません。そこでまずはあなたに直接伺おうと思った次第です。どうか正直にお答えください。赤ん坊の父親は富永遥人さんですか」

妹が、と塔子がいった。「その質問に答えなきゃならないという義務がありますか？」

「なぜ答えないんですか」

「わからないから――」沙智がいった。「それじゃだめ？」

「わからない？」

「知ってると思うけど、私と遥人君は離婚前から別居していた。その間に彼には恋人ができたし、私もそれなりにアバンチュールを楽しんでた。その結果妊娠したわけで、父親が誰なのかはわからない。そういうこと」

「遥人さんが父親である可能性もあると？」

「そう。不思議だろうけど、私たちの関係はそういうものだった。離婚が決まってからも仲良くしてたの。セックスだって、それなりに」

沙智、と窘《たしな》めるように塔子が眉をひそめた。「少しは慎んだら？」

「だって本当のことをいわないとわかってもらえないもの」

「遥人さんには妊娠したことを話したんですか」

もちろん、と沙智が答えた。

「あなたの子かもしれない、ともいったんですか」

「はい。彼、喜んでくれました。自分の分身がこの世に生まれるかもしれないと思ったら面白いとも」

「でもおかしいですね。富永夫妻は、遥人さんからそんな話は聞いていなかったようなのですが」

「そうらしいけど、どうしてなのかは私にもわからない。たぶん、面倒臭いと思ったんじゃないの」

「その疑問について妹は何ら関係がありません」横から塔子がいった。「富永さんたちの問題です」

武史は黙って頷き、沙智に視線を戻した。

「あなたは菅沼弘之《ひろゆき》さんとの交際を続けておられますね。おなかの子の父親はたぶん遥人さんだと思う、とおっしゃったとか。そんなことをいったら菅沼さんとの関係が壊れるとは思わなかったんですか？」

「壊れたなら仕方ないと思ってた。だって嘘をついたって意味ないでしょ？　でも、私の見る目に狂いはなかった。弘之君は受け入れてくれた。ＤＮＡがどうであろうと、君が産んだ子なら大切にするといってくれた」

「菅沼さんには、自分の子だという確証があるんじゃないですか？」

沙智は瞬きした後、ふふんと鼻を鳴らした。

「そうなのかな。私にはわからない」

「あなたには父親が誰かをはっきりさせたいという気持ちはないのですか」

「ないこともないけど、はっきりさせる必要もないという気持ちのほうが強いかな。弘之君は納得してくれているわけだし」

武史は両手を擦りあわせ沙智を見つめた。

「あなたが無事に元気な赤ちゃんを産むことを祈っています。問題は、その先です。出生届を出せば、自動的に前の旦那さんである富永遥人さんの子供ということになります。そのままでは困るので裁判を起こしたい、というのが富永御夫妻の意向です。裁判になればＤＮＡ鑑定という話にもなるでしょう。その場合、あなたはどう対処するおつもりですか」

「さあね、どうしようかな。そんな先のことは考えてない」

「考えておいたほうがいいんじゃないですか。裁判の結果、赤ん坊が遥人さんの子ではないと判明したら、あなたには何のメリットもなくなる」

「メリットって？」

「率直に申し上げましょう。あなたが子供の父親をはっきりさせたくない理由は、遥人さんの遺産が目当てだからと我々は考えています」

沙智の表情は変わらない。その代わりに、隣にいる塔子の眉がぴくりと動いたのを真世は見逃さなかった。

「いかがでしょう。変に揉《も》めて禍根を残すより、裁判を起こさないで済ませる道を模索した方が、お互いにとって合理的だと思うのですが」

「妹にどうしろと？」塔子が冷めた口調で訊いた。

「簡単なことです。おなかの子に遺産の相続放棄をしてもらいたいのです。もちろん無償で、とはいいません。金額をいってくだされば、私が富永夫妻と交渉してみましょう。あなた方にとって悪い話ではないと思いますよ」

沙智は意見を求めるように姉のほうを見た。

塔子が唇を開いた。「その条件を妹がのむと？」

「拒否する理由がわかりません。裁判をして遥人さんとの親子関係が否定されれば、一銭も手に入らないわけですから」

塔子の頬がほんの少し緩んだ。笑ったようだ。

「神尾さんとおっしゃったわね。御存じでしょうか。DNA型鑑定で血縁がないと証明できても、それだけで法律上の父子関係は取り消せないと判断した最高裁判決があることを」

「十年ほど前のケースですね。たしか北海道での訴訟でした。あれとこれとは状況が違うと思いますが」

「どう違うのかな。同じだと思いますけど」

ねえ神尾さん、と沙智がいった。

「あなたは私と遥人君がセックスをした可能性はゼロだと決めつけているみたいだけど、男と女は理屈じゃない」

「だったら確率の話をしましょう。仮にゼロではないにしても、そう多くはないはず。子供の父親は離婚して縁遠くなっていた前夫か、一緒に旅行に出かけるほど親密な恋人か。ルーレットでいえば、たった一つの数字に賭けているようなものだ」

「面白い喩《たと》え。ルーレットって、いくつ数字があるんだっけ？」

「アメリカンスタイルだと三十八です」

「三十八分の一か。うーん、たしかに二人とのセックス回数を考えたら確率はそれぐらいかも」

「慎みなさいといってるでしょ」塔子が声を尖らせた。

沙智は首をすくめ、ぺろりと舌を出した。

わかりました、といって塔子が武史のほうを向いた。

「あなた方も富永夫妻の代わりとしてわざわざいらっしゃったからには、何らかの成果を持ち帰らなくては格好がつかないでしょう。こちらの提示額をのんでくださるのなら考えてもいい、とお答えしておきます」

「ようやく話が前進しましたね。で、提示額というのは？」

「本来なら細かく計算したいところですが、時間がないので概算で提示します」塔子は両手の指を広げた。「ずばり十億円」

ひゅーっといったのは沙智だった。

「十億……ですか」さすがの武史も驚いたようだ。

そして真世はワンテンポ遅れてから心臓が跳ねるのを感じた。途方もない額だったので、ぴんとこなかったのだ。

「それ以下の話には乗りません。これでいかがでしょう？」

「遥人さんの遺産総額を御存じですか。折半したとしてもそんな額には……」

「作った曲の利用料は今後も入ってくるはずです。文句があるのなら話はここまで」

武史が言葉を失ったように口を閉ざしたのと同時に、どこかで着信音が鳴った。塔子のスマートフォンだったらしく、ちょっと失礼、といって部屋を出ていった。

「ごめんなさいね。お金のこととなると姉は超シビアなの」沙智が他人事のようにいった。

「さすがは税理士さんだけのことはありますね。御結婚されてるのかな」

「残念ながら、まだ独身。どこかにいい人がいればいいんだけど。神尾さん、奥様は？」

「家庭を持っているように見えるなら光栄です」

「だったら、ちょうどいいじゃない。あの見えて、姉は料理自慢なの」

「それはなかなかいい情報ですね」作り笑いを浮かべながら室内を見回していた武史の視線が止まった。ゆっくりと腰を上げ、一点を見つめたまま移動を始めた。彼が凝視しているのは棚の上だ。「これは？」

そこには奇妙なものが置かれていた。大きさは五十センチほどで形は空豆に似ている。色は薄いピンクだ。素材は紙だろうか。

「それはね、枕」沙智が立ち上がり、それを手に取った。「天使の膝枕」

「天使の？」

「こうしていると天使の膝に頭を置いているように心が安らぐの」沙智は枕を自分の頬に押し当て、目を閉じた。「いろいろな迷いが消えていく」

「いいですね。どちらで入手を？」

「内緒」沙智は悪戯《いたずら》っぽく笑った。

塔子が戻ってきた。「何をしてるの？」

「神尾さんに宝物を見せびらかしていたの」沙智は枕を棚に戻した。

武史は背筋を伸ばし、姉妹を交互に見た。

「いい話し合いができました。あなた方の意向は間違いなく富永夫妻に伝えます。次にお会いできる時には、お互いにとって建設的な提案ができると思います」

「それは楽しみ。——ねっ？」沙智は深く頷き姉に同意を求めた。しかし塔子は無表情だ。

「来月御出産だと伺いましたが計画出産ですか」武史は沙智に訊いた。

「そうです」

「予定日は？」

「三十日ですけど」

「どちらの病院で？」

沙智が不思議そうな顔で首を傾げた。

「どうしてそんなことをお尋ねになるの？　そんなプライベートなことを」

「一応伺ってみただけです。ところで文香さんとは最近お会いになってないのですか」

「文香って、遥人君の妹の？」

「ほかに文香さんがいるんですか」

沙智は肩をすくめた。

「文香には、しばらく会ってないし、彼女からも連絡はありません。やっぱり向こうも気まずいんじゃないのかな。文香がどうかした？」

「いえ、何でも。では進展がありましたら連絡いたします」

武史が目配せしてきたので真世も腰を上げた。

「ねえ、大丈夫？」マンションを出てから真世は武史に訊いた。「全然目論《もくろ》み通りにいってないように思ったんだけど」

「たしかに予想は外れた。あの自信はどこから来るんだろう。裁判は怖くないのか」

「塔子さんっていう人、手強《てごわ》そうだね。沙智さんのほうは、あまり何も考えてないみたいだったけど」

「いや、俺の見たかぎりだと、塔子さんのほうが与《くみ》しやすい。冷静そうだが、揺れている部分もある。だが沙智さんのほうには、それが感じられない。自信たっぷりで、腹が据わっている」

「へえ、そうなの」

武史がそういうのだから、きっと当たっているのだろう。

「天使の膝枕か……」

「何？　あれがどうかした？」

しかし武史は答えない。「どうやら話は、思っていた以上に複雑怪奇かもしれないな」そういって厳しい視線を遠くに向けた。

5

武史の話を聞いた瞬間、富永朝子の顔から血の気《け》が引くのがわかった。

「十億円だなんて、そんなお金、とても払えません。遥人から受け継いだ預金を全額引き出して、青山のマンションが高額で売れたとしても、たぶん足りないと思います。どうしてそんな途方もない金額を要求するのかしら……」

「音楽出版社が遥人さんの楽曲を使って商売をするたび、一定の利用料が支払われます。遥人さんには代表作が多いですから、将来的なことまで見越した場合、相続を放棄する条件として法外だとはいいきれないでしょう」武史は冷静な口調でいいながら、湯飲み茶碗を茶托《ちゃたく》ごと富永朝子の前に置いた。この店にこんな渋い食器があることなど真世は初めて知った。急須と日本茶があるだけでも驚いていたのだ。

「そういわれても、私共にはどうにもできない数字です」

「ええ、かなりの額は覚悟していましたが、私としても予想外でした」

「どうしたらいいんでしょう。諦めるしかないんでしょうか」

「この問題について、御主人は何と？」

真世が訊くと富永朝子は顔をしかめ、手を横に振った。

「あの人を当てにはできません。知り合いの弁護士に相談したら、打つ手はないといわれたらしく、すっかり諦めムードで……。私には、逃がした魚を追うようなみっともないことはやめろ、なんてことをいうのよ」

真世は富永良和の顔を思い出した。プライドが高そうだから、息子の遺産が奪われるからといって狼狽《うろた》えるようなことはしたくないのかもしれない。

「とにかく子供が生まれたら、嫡出否認の訴えを起こすべきです。ただ心配なのは、その訴えが棄却されないか、ということです。諸月さんのお姉さんもいっていましたが、過去にはＤＮＡ鑑定で前夫との血縁関係が否定されたにもかかわらず父子関係の変更が認められなかったという判例もあります」

「そのことだけど、どうしてそういうことになるわけ？」真世が訊いた。

「その時の要旨によれば、嫡出推定を規定する民法772条は法律上の父子関係が生物学上の父子関係と一致しない場合が生じることも容認していると理解できる、とあった。ただし反対した裁判官もいたようだ。要は裁判官がどう判断するかだ」

「何だよ、それ。おかしいよ」真世は口を尖らせた。

入り口のドアが開き、女性が不安そうに顔を覗かせた。彼女を見て富永朝子が小さく手を上げた。

「よかった。看板がないから間違えたかと思った」女性が店内に入ってきた。

「すみません、わかりづらくて」カウンターの内側から武史が詫びた。「文香さんですね」

「はい、坂上《さかがみ》です」答えながら彼女は母親の隣に座った。

真世は立ち上がり、自己紹介しながら坂上文香に名刺を差し出した。文香は名刺を受け取りつつ、当惑の表情を浮かべた。

「ごめんなさい。用があると母に呼ばれて来ただけで、どういう用件なのか、全然聞いてないんです。兄の部屋をリフォームするそうですけど、何か問題でもあるんですか」

「そのリフォームだけど、白紙になりそうなのよ」富永朝子がいった。

「白紙？　どういうこと？」

「それがねえ……ああ、でも複雑すぎて、どこから話していいかわからないわ」

「よければ私から事情を説明いたしましょうか」武史がいった。

「そうしていただけると助かります。お願いします」

武史は坂上文香のほうを向いた。

「諸月沙智さんは御存じですね。あなたの親友で、亡くなった遥人さんの元奥さんです。彼女とは今でも連絡を取っておられますか？」

予想外の話題だったのか、文香は驚いた様子で瞬きした。

「最近はあまり……。半年ぐらい前に電話で話したのが最後だと思います」

「半年前というと遥人さんが亡くなる前ですね」

「そうです。彼女からメッセージが来て……」

「どんなメッセージでしたか。そこに諸月さんが妊娠したことは記されていましたか」

はい、と文香は頷いた。

「書いてありました。ていうより、そのことを知らせる内容でした。赤ちゃんができたみたいだって……」

「あなた、どうしてそれを黙ってたの？」富永朝子が非難の目を娘に向けた。

「話したところで不愉快だろうと思ったもの。タイミングを考えたら、子供ができたのが兄さんとの離婚が成立していた時期だったかどうかも怪しいし。でも沙智は新しい恋人とうまくやっていけそうだったから、こっちには関係のないことなんだなと思った。兄さんとの結婚がうまくいかなかったのは残念だけど、別の形で幸せを摑《つか》めるのなら、それはそれでいいと思ったもの」

「何を呑気《のんき》なことをいってるの。関係がないどころか……」そこまでしゃべったところで富永朝子は唇を結んだ。

「何よ、関係がないどころかって？」文香は色をなした。「沙智がどうしたっていうの？」

富永朝子は助けを求めるように武史を見た。

「諸月さんは、子供の父親についてはどのようにいっておられましたか」

「どのようにって……」

「父親は誰だと？」

それは、といってから文香は少し考える素振りを見せた。

「正直、自分でもわからないといってました。今の恋人の子かもしれないし、兄の子の可能性もあるって……」

いい加減な女、と富永朝子が表情を歪《ゆが》めた。

「出生届を出せば法的には遥人さんの子ということになります」武史はいった。「そのことは御承知の様子でしたか」

「それなら聞きました」文香は合点したように頷いた。「兄とも話し合って、子供が生まれたらDNA鑑定をして、改めて父親が誰なのかを明らかにすればいいだろう、ということで決着したそうです。それで恋人も納得してくれているらしいから問題ないのかな、と思っていたんですけど」

「問題ないどころか、大問題なのよ」富永朝子が声に大きく抑揚をつけた。「今のままだと、遥人の遺産を全部その子に持っていかれちゃうのよ。青山のマンションもね」

「えっ、そうなの？」

「諸月さん側から富永さんに連絡があったそうです。子供の父親は遥人さんだと。そうであれば法定相続人ということになります」武史がいった。

文香は口元に手をやった。「そんな話、初めて知った……」

「あなたには黙ってたの。責任を感じさせちゃいけないと思って。だけど問題を解決するためには娘さんにも話したほうがいいと神尾さんがおっしゃるから、こうして打ち明けることにしたのよ」

「そうだったんだ……」文香は俯《うつむ》いた。

「はじめから遺産狙いだったとはいわないわ。だって妊娠した時点では遥人は生きていたんだから」富永朝子がいった。「でも遥人が死んだことで気持ちが変わったのよ。貰《もら》えるものは貰っちゃおうって気になったに違いないわ。きっとそうよ」

「決めつけないで。何かわけがあるんだと思う」

「遺産目的以外に、どんなわけがあるというのよ」

「わかった。私が本人に確かめてみる」文香はバッグからスマートフォンを取り出した。慣れた手つきで電話をかけると、すぐに繋がったようだ。「もしもし、沙智？　うん、お久しぶり。じつは訊きたいことがあるの」

文香はスツールから下りるとスマートフォンを耳に当てたまま店を出ていった。外で話しているようだが、真世にはやりとりが聞こえなかった。

武史はカウンターの中でグラスを磨いている。富永朝子は額に手を当てていた。

やがて文香が戻ってきた。

「諸月沙智さんは何と？」武史が訊いた。

「いろいろ考えた結果、兄の子ということにしようと決めたそうです。それが一番、生まれてくる子にとっていいと思うからって」文香は深呼吸を一つしてから続けた。「遺産目当てだと思われるだろうけど、それはそれで構わないって」

富永朝子は、ゆっくりとかぶりを振った。「やっぱり、お金というのは人間を変えてしまうものなのね」

「でも仕方ないんじゃないの？　実際、兄さんの子かもしれないわけだし」

富永朝子が目を見開いた。「かもしれない、で遥人の全財産を渡せというの？」

「私にそういわれても……」文香はスマートフォンに目を落とした。「もうこんな時間だ。そろそろ病院に行かなきゃ……」

「息子さんが入院しておられるそうですね」前に聞いた話を思い出し、真世はいった。

「そうなんです。――お母さん、悪いけど私にはどうすることもできない。兄さんに沙智を紹介したことには責任を感じてるけど、こんなふうになるなんて夢にも思わなかった」

「そうよね。もういいわ。あなたが悪いわけじゃない。ソウタ君が寂しがるから早く行ってあげて」

ソウタというのが息子の名前らしい。

うんと答えて文香は立ち上がり、武史と真世に頭を下げてきた。「役に立てなくてごめんなさい」

「我々に謝る必要はありません」武史がいった。真世も同感だった。

文香は肩を落とし、ドアを開けて出ていった。

富永朝子は大きなため息をついた。「もう裁判に賭けるしかないようですね」

いや、といって武史は人差し指を立てた。

「その前にやっておくべきことはあります。富永さん、例の興信所の連絡先を教えていただけますか」

「興信所……ですか。構いませんけど、何のために？」

「もちろん調査を依頼するためです。その結果によっては、状況は全く違うものになるかもしれない」武史は意味ありげな笑みを浮かべ、企《たくら》みに満ちた目を宙に向けた。

6

私のことを魔法使いだとでも思っているのか——。

リフォームというのはブロック遊びに似ている。ブロックが無数にあり、しかも形も豊富に揃っているのなら、こんなに楽しい作業はない。顧客の要望を聞きつつ、自分の好みも盛り込み、理想的な部屋を作ればいい。しかしふつうはそんなことはない。ブロックの数には限りがあるうえ、それらの形は大抵いびつだ。そんなブロックを組み合わせ、顧客の願いを可能な限り叶《かな》えようとしているのだが、その苦労はなかなか相手には伝わらない。全く伝わってない、といっても過言ではない。

目の前にいる夫婦は、今住んでいる古いマンションをリノベーションしたいという。それは大いに結構なのだが、それによって狭い部屋が広くなるように錯覚している点が厄介だった。もっとリビングを広くしたい、アイランドキッチンがいいわね、俺は書斎がほしいな——おいおい、ベランダの外に空飛ぶ絨毯《じゅうたん》でも敷けというのか。挙げ句の果てにトイレの場所を変えたいだと？ あのねえ、水というのは上から下に流すものなの。水回りの場所を変えるってことは、そのルートをずらすってことで、めちゃくちゃ大変なわけ。

だがそんな本音を吐くわけにもいかず、次までに検討しておきます、と愛想笑いを添えて答える。満足そうに引き上げていく夫婦を見送り、がっくりと項垂《うなだ》れたところでスマートフォンに着信があった。表示を見て、どきりとする。富永朝子からだった。少し憂鬱《ゆううつ》になった。用件には見当がついた。

「はい、神尾です。いつもお世話になっております、富永様」

「こんにちは。ごめんなさいね、お忙しいでしょうに」

「とんでもないです。ええと、やはり例のことでしょうか」

「そうなの。もう来週でしょう？　その後、どうなったのかと思って」

「御連絡できず、大変申し訳ございません。叔父から、まだ何もいってこないんです」

「興信所に調査を依頼するとおっしゃってたけど、その結果はどうだったのかしら。何か聞いておられる？」

「いえ、私は何も……。とにかく叔父に連絡してみます。何かわかりましたら、すぐに御報告いたします。御心配をおかけして、本当にすみません」

「あなたに謝ってもらう筋合いはないわ。わかりました。もう少し待ってみます」

「ありがとうございます。必ず御連絡いたします」

「よろしくね」

電話が切られるのを確かめ、真世はスマートフォンを置いた。全身から冷や汗が出ている。思えば、おかしなことに首を突っ込んでしまったものだ。大事な顧客ではあるが、他人事だと割り切る手もあった。

それにしても武史は何をしているのか。何度も電話をかけ、メッセージも送っているが、一向に返事がない。昨夜は店にも行ったのだが、臨時休業の札が掛かっていた。

スマートフォンを取り上げた。どうせ無駄だろうと思いつつ武史にメッセージを送ろうとしたら、着信があった。しかも武史からだった。

「ちょっと叔父さん、どういうことっ」電話を繋ぐなり訊いた。

「いきなり何だ」

「何だ、じゃないよ。どこへ雲隠れしてたわけ？　連絡も取れなくて困ってたんだから」

「スピッツじゃあるまいし、そうきゃんきゃん騒ぐな。いろいろとやらなきゃいけないことがあったし、行かなきゃいけないところもあったんだ」

「何よ、やらなきゃいけないことって。行かなきゃいけないところってどこよ」

「それを説明しようと思って電話したんじゃないか。真世、来週の三十日は空けてあるだろうな」

「三十日？」

「火曜日だ」

「平日じゃん。何があるの？　聞いてないよ」

「そんなわけはない。諸月沙智の部屋で聞いたはずだ。彼女の出産予定日だ」

あっ、と発した。「そうだった」

「休暇を取っておけ。その日、俺たちも病院の近くで待機だ。新しい命の誕生とその行方を追うから、そのつもりでいろ」

「えっ、ちょっと待って。それ、どういうこと？」真世はあわてて尋ねたが、その時にはもう電話は切れていた。

7

東京駅八重洲《やえす》中央口——。

武史に渡された新幹線の切符を見て、「あり得ないんだけど」と真世はいった。「病院に行くっていうから、てっきり都内だと思ったら、名古屋ってどういうこと？」

「俺に文句をいわれても困る。病院を選んだのは俺じゃない」

「何という病院なの？」

「南星《なんせい》医科大学病院だ。大学の偏差値は医学部の中でも高い」

「偏差値なんてどうでもいいよ。どうして諸月沙智さんは、そんなところで出産するわけ？　病院なんて、ほかにいくらでもあるのに」

「あの病院でなくてはならない理由があるんだ。いずれわかる。黙ってついてこい」

ミリタリージャケット姿の武史が大股で歩きだす。真世はあわててついていった。

ホームに行くと、ちょうど『のぞみ』が止まっていた。座席を確認しようと切符を見て、真世は目を剝《む》いた。

「ちょっと、どうして自由席なわけ？」

「始発の東京駅から乗れるんだから自由席で十分だ。列車を選べるしな」

二人で2号車に乗り込んだ。案の定混んでいて、並んで座れるシートは空いていなかった。真世は女性の二人組が座っている三人掛けシートの端に腰を下ろした。後ろを振り返ると、武史はサラリーマンらしき男性の横で早くも瞼《まぶた》を閉じていた。

約一時間半後、『のぞみ』は名古屋駅に到着した。時刻は午前十一時を過ぎたところだ。

駅前からタクシーに乗った。だが武史は運転手に、南星医科大学病院へ、とはいわなかった。告げたのは聞いたことのない駅名だった。一体どこへ行くつもりなのか。だが車中、武史はずっと無言だった。

十五分ほど走ったところで武史はタクシーを止めた。タクシーを降りると、武史はそばのビジネスホテルらしき建物に入っていく。さらにチェックインをする気らしく、フロントに向かっていった。

「病院に行くんじゃないの？」カードキーを受け取ってきた武史に真世は訊いた。

「もちろん行く」

「でもここは――」

武史が真世の鼻先を指差してきた。

「計画出産といったって、いつ生まれるか、時刻まで決まっているわけじゃない。人によっては半日以上かかることだってある。勇んで病院に乗り込み、どこで待っている気だ？」

「病院は、ここから近いの？」

「心配しなくても目と鼻の先だ」

部屋はツインルームだった。武史はジャケットを羽織ったまま、片方のベッドに横たわった。また眠る気なのか、目を閉じている。

「でも、いつ生まれたかなんてわかんないじゃん。どうやって知るわけ？」

「そんなことは気にしなくていい」

「えー、気になるよ。誰かが知らせてくれるの？」

「まあ、そんなところだ」

「えっ、誰が？　病院に知り合いでもいるの？」

「うるさいやつだな。つまらんことを気にする暇があったら、腹ごしらえするなり、仮眠をとるなりしておけ。いつ赤ん坊が生まれるか、わからないんだからな」

たしかにその通りだ。真世はデスクの上を見た。デリバリーを頼める店のパンフレットが置いてある。膝の上で広げた。

「そういえばおなかがへった。うーん、ピザがいいかな。叔父さんはどうする？」

「俺は新幹線の中で駅弁を食った」

「えー、いつの間に」

「誰かさんが涎《よだれ》を垂らして居眠りをしている間にだ」

「失礼な。誰が涎なんか──」

真世が言葉を切ったのは着信音が聞こえたからだ。武史が起き上がり、ジャケットの内側からスマートフォンを出した。

「神尾です。……はい……はい……あ、そうですか」武史の顔が険しくなり、やがて沈んだものに変わった。最後には低く落とした声で、「わかりました。わざわざありがとうございました」といって電話を切った。だが真世のほうを見ようとはせず、スマートフォンを握ったまま、じっと考え込んでいる。

叔父さん、と真世は声をかけた。

「どうしたの？　生まれたっていう知らせじゃなかったの？」

武史は、ふうっと息を吐いた。「生まれたという知らせだ」

「そうか、やっぱり。思ったよりも早かったじゃん。あとは裁判がどうなるか、だね」

だが武史は答えずベッドから立ち上がった。「行くぞ」

はい、と答えて真世はデリバリーフードのパンフレットをデスクに戻した。

ホテルを出て、南星医科大学病院に向かった。歩いている間、武史は何もしゃべらなかった。赤ん坊が生まれ、いよいよ諸月姉妹との闘いが本格的に始まるわけだから、あれこれ作戦を練っているのだろうと真世は思った。

病院は大きく、クリーム色の建物は真新しかった。インフォメーション・デスクも奇麗で、受付にいる女性まで垢《あか》抜けて見えた。

武史は迷いのない様子で進み、エレベータに乗り込んだ。病院の構造だけでなく、面会の手順なども把握しているようだ。真世は、ただついていくだけだった。

四階でエレベータを降りた。すぐ前にナース・ステーションがあった。武史はカウンターにいた看護師と言葉を交わした後、真世のところに戻ってきた。

「会ってくれるかどうか、先方に尋ねてもらっている。追い返されることはないと思うが、何ともいえない」

「無事に赤ちゃんを産んで、幸せ絶頂っていう気分の時に、私たちの顔なんかは見たくないかもしれないね」

神尾さん、とカウンターから看護師が声をかけてきた。武史が行き、少し話してから戻ってきた。

「会ってくれるそうだ」

「よかった」

赤ん坊にも会えるのだろうか、と真世は思った。少し楽しみにしている気持ちもある。

看護師に案内されたのは病室ではなく面会室だった。テーブルと椅子がいくつか並んでいる。こんなところに出産を終えたばかりの諸月沙智が来られるのだろうか、と真世は疑問を抱いた。

誰かが入ってくる気配があり、真世は入り口を見た。現れた女性を見て、はっとした。諸月沙智ではなかった。

「文香さん……」真世は瞬きを繰り返した。「どうしてあなたがここに？」

文香は戸惑った目を二人に向けてきた。

「その理由を知っているから、私に会いに来られたんじゃないんですか」

「失礼、姪は何も知らないんです」武史がいった。「このたびは残念でしたね」

「あなたは何もかも御存じみたいですね」

「何もかも、というのは語弊があります。ただ、あなたと諸月沙智さんが何をやろうとしていたのかは、ほぼ見当がついています。沙智さんも、今頃は残念がっておられることでしょうね」

「ええ、たぶん。赤ちゃんを抱くのを楽しみにしていましたから。抱いて、温《ぬく》みを感じたいといって。あと、産声も聞きたいと」

「生まれるより少し前に心臓が止まったと聞きました」

「そうらしいですね」

「えっ、どういうこと？　無事に生まれたんじゃなかったの？」

「沙智さんの赤ちゃんは」武史は踏ん切りをつけるように頷いてからいった。「無脳症だった。たとえ生まれても、長くは生きられない運命だった」

8

抱かせてもらった赤ん坊には、ほんの少しだけ温かみがあった。だがそれを感じられたのは、ごくわずかな間だけで、すぐに身体は冷たくなっていった。それでも弘之は、柔らかくて軽いね、といって抱きながら笑った。

「ごめんね」沙智は赤ん坊の父親に詫びた。「生きたまま産んであげたかったのに」

「いいんだよ」弘之は目を細めた。「これも運命だ」

赤ん坊を看護師に渡した後、弘之は沙智の手を握ってきた。「お疲れ様。大変だったね」

「お葬式、しなきゃね」

「うん、退院したら準備しよう」

いつの間にか看護師たちの姿が消えていた。気を利かせてくれたのかもしれない。

恋人の手を握ったまま、沙智はこの何か月間かの出来事を振り返った。思い出のスタート地点では、沙智はまだ富永遥人の妻だった。

遥人と結婚したことを沙智は少しも後悔していなかった。長くは続かなかったが、彼からは多くのものを貰ったし、自分が彼に与えられたものも少なくなかったと思っている。離婚後も、いい関係を続けられればと思った。実際、電話で何度か話した。冗談をいい合ったことさえある。

妊娠に気づいたのは、正式に離婚してから間もなくのことだった。もちろん遥人の子でないことはわかっていた。弘之に話すと、すごく喜んでくれた。両手を挙げ、小躍りしてみせた。そして、子供が生まれる前には結婚しよう、という話になった。

妊娠のことは遥人にも話した。嫡出推定の法律を知っていたからだ。彼に迷惑をかけるわけにはいかなかった。

遥人も喜んでくれた。自分のせいで人生を遠回りさせたように感じていたから、これで気が楽になった、といっていた。あれは本心からの言葉だったと今も沙智は思う。

文香も喜んでくれた。彼女が親友だしいうことは、ずっと変わっていない。遥人と出会わせてくれたことにも感謝している。親友が義理の妹になるなど、夢のように素敵なことだった。むしろ結婚生活を続けられなくて申し訳なかったという気持ちが強かった。

弘之のことは文香にも紹介した。親友をよろしく、幸せにしてやってください、と文香が彼にいうのを聞いて、涙が出るほど嬉しくなった。

あの頃までは、いいことばかりだった。沙智の周りにいる人々の人生が、すべて良い方向に進んでいると信じていた。しかし悲劇というのは、いつも見えないところから突然やってくる。

遥人の死はショックだった。言葉にできないぐらい悲しかった。葬儀には出たかったが我慢した。沙智の妊娠に遺族たちが気づけば、きっと不快になるだろうと思ったからだ。

さらに悪いことも沙智にとって大切な人の身に起きた。おなかの赤ちゃんだ。超音波検査で無脳症だと判明した。

おそらく出産日まで生きられない、出産したとしても短時間で死んでしまうだろう、医師としては中絶を勧めるしかない、といわれた。

とても弘之にはいえないと思ったが黙っているわけにもいかず、丸一日泣いた後、彼を部屋に呼んで悲しい報告をした。

仕方ないね、と弘之はいってくれた。今日まで楽しかった、いい夢を見たと思って諦めようといって沙智を抱きしめてくれた。彼に抱かれながら、そうするしかないなと沙智も思った。

だがやはり諦めきれなかった。どこかに希望の光があるのではないかと思い、無脳症について、いろいろと調べてみた。そして見つけたのが臓器移植という言葉だった。無脳症の子は脳が欠損しているだけで、ほかの臓器には全く問題がないことが多く、海外にはいくつか移植に成功した例があった。自分の子をドナーにしてよかった、と満足している夫妻の談話もあった。

生まれてきた赤ん坊が生きてはいけなくても、その身体の一部がこの世のどこかで生き続ける――それは素晴らしいことじゃないかと思った。

考え始めると、そのことばかりが頭の中を駆け巡り、夜も眠れなくなった。中絶して命を断ってしまうなんて、そんなことは絶対にできないと思った。

沙智の背中を押すものが、もう一つあった。文香の息子、奏太《そうた》の病気だ。生まれつき心臓が悪く、このままでは長く生きられないといわれている。彼を助けられる方法は心臓移植だけだった。だが子供のドナーは少なく、可能性を求めるならば海外に行くしかない。しかし昨今では、その方法も他国からは非難の的らしい。大枚をはたいて、よその国の貴重な子供の臓器を買いに行くようなものだから、責められるのも当然といえた。それに行ったところで、すぐにドナーが見つかるとはかぎらない。心臓移植をするには、どこかで子供が脳死する必要があるのだ。

沙智はずっと、文香の力になってやりたいと思っていた。奏太のことだって生まれた時から知っている。それに短い期間だったとはいえ、彼は義理の甥《おい》だったのだ。おなかの子の命が彼等の役に立つのなら、何としてでも産みたいと思った。

だが問題は文香がどう思うかだ。ある日、彼女を呼び出し、考えを話した。文香は仰天していた。沙智の子が無脳症ということだけでも衝撃的なのに、心臓移植の話までされたのだから当然といえば当然だ。

彼に相談したい、と文香はいった。彼というのは、いうまでもなく彼女の夫のことだ。もちろんそうしてくれていい、と沙智は答えた。

後日、文香は夫を連れて沙智に会いに来た。二人が話し合って出した結論は、もしそういう手術が可能ならば息子に受けさせたい、というものだった。

そこまでくれば迷いはなかった。沙智は主治医に相談した。医師は驚いていたが、全く予想外というわけでもなかったようだ。胎児が無脳症だと診断された夫妻の中には臓器提供を検討する人たちも少なくない、といった。

どうしてもと望むなら紹介したい人物がいるといわれた。それが南星医科大学の三宅昭典《みやけあきのり》教授だった。三宅教授は海外で心臓移植手術を何例も経験していて、無脳症児からの移植にも詳しいらしい。移植提供者が極端に少ない日本では、もっと議論すべきではないかという考えの持ち主で、論文もいくつか書いていた。

紹介状を手に、弘之と二人で名古屋の南星医科大学へ三宅教授を訪ねていった。

沙智の話を聞いた三宅教授は、力になることは可能だ、といった。ただし条件がある、あなたに強い意志があることです、と付け加えた。国内では実質的に認められていない手術だから乗り越えるべきハードルがいくつもある、実施したことがわかれば世間から批判されるおそれもある、それらに耐えられますか、と問うのだった。

耐えます、と沙智は答えた。中絶にしても、結局は殺すのと同じではないか。それならばその命を大切な人の役に立てたいと思った。沙智に迷いはなかった。

決意が固いことを確認すると、三宅教授は手術に向けた準備を始めた。出産も移植手術も彼が勤務する病院で行えるよう手配をした。ただし一切公表はしない。関係者以外には絶対に話さないこと、と沙智たちもきつくいわれた。

大きな問題があった。原則として臓器の移植先を選べないことだ。それどころか、どこの誰に移植したかも知らされない、というのが臓器移植のルールだった。移植を受けた側も、ドナーが誰かは教えてもらえないのだ。

万一手術のことが世間に知られた場合でも、医学的な部分に関する判断については最終的に医師が責任を持てばいい。しかし移植先として特定の人物を指定するには、それなりの法的根拠が必要だった。

シンプルな解決方法がひとつだけある。臓器提供者が移植先に親族を指定している場合には、その親族が優先されるという例外措置があるのだ。つまり奏太がおなかの子の親族であればいいわけだ。

実際には、おなかの子は沙智と弘之の間にできた子だから、奏太とは赤の他人だ。しかし生まれた時点では遥人の子として扱われるわけだから、奏太とは親族ということになる。臓器の提供先として奏太を指定することは可能だ。厚労省では親族の範囲を「配偶者、子及び父母」と限定しているそうだが、所詮はガイドラインにすぎない。そもそものガイドラインでは、「当面、知的障害者からの臓器摘出は見合わせること」とある。そして彼等の定義によれば無脳症児は知的障害者らしいのだ。つまり沙智たちが計画しているのは、最初からガイドラインを無視した手術なのだった。ただし、それをやったかぎり嫡出否認はできない。生まれてきた子は永久に遥人の子だったということになる。

悩んだ末、弘之に事情を話した。彼が決断するのは早かった。それでいいじゃないか、というのだった。役所の書類上のことなどどうでもいい。自分たちの子が、ひとりの子の命を救った、そう思っていればいいじゃないか。

その言葉に沙智は感激し、彼の首に抱きついた。

相談した相手の中で唯一反対したのが姉の塔子だ。臓器提供のためだけに子供を産むようなことを妹にさせたくない、そもそも離婚した男の家のことなんかどうだっていいではないか、といい捨てた。それでも沙智が粘ると、どうしてもやるのなら条件がある、といいだした。子供の父親は遥人だとするのなら、それなりの遺産を要求する、というのだった。命をあげるのだから、それぐらいのことをしてもらって当然だともいった。さらに、もしそれが嫌なら断固反対し続けるし、こうした違法すれすれの手術が行われることをＳＮＳに流すとまでいった。

情報漏洩《ろうえい》だけは絶対に避けねばならなかった。仕方がなく、条件をのむことにした。じつは文香も塔子と同意見だといったのだ。兄さんの遺産を貰う資格が沙智にも赤ちゃんにもあると思う、といってくれた。

問題は、もう一つあった。遥人の両親には計画のことを話していなかった。ところが、沙智が遥人の子を身籠《みご》もっているという塔子からの連絡を受け、ひどく狼狽《ろうばい》したらしい。本当のことを話すべきかどうか迷ったが、やめたほうがいいと思う、と文香はいった。手術が成功するかどうかは不明で、もしうまくいかなかった時には二倍のショックを受けるだろうから、というのだった。

こうしてとにかく話は収まった。あとは出産の日を待つのみだった。沙智は子供が無事に生まれてくることだけを祈った。さらに一日、いや一時間でもいいから生きていてくれたらと願った。

9

目の前に置かれたグラスには赤い液体が入っていた。これは何、と真世はカウンターの中でシェイカーを磨いている武史に訊いた。

「先入観は舌の力を奪う。まずは飲んでみろ」

はあい、と返事してカクテルグラスに手を伸ばす。ひとくち含み、香りを楽しみながら喉に流し込んだ。

「どうだ？」

「美味《おい》しいっ」真世はいった。「フルーティだけど、案外アルコールを感じさせる。ジンベースか。いい感じに存在感を放っているのはカシスだね」

「ほう、案外鋭いじゃないか。味音痴かと思ったが」

「馬鹿にしないで。ソムリエを目指してた話、前にしなかった？」

「目指すだけなら誰でもできる」

「嘘だと思ってるでしょ？　田崎真也《たさきしんや》監修の通信講座を受けたことだってあるんだから。それよりこれ、何というカクテルなの？」

「ル・キャドゥー・ダン・アーンジュ」

「る、きゃどぅ……」

「ル・キャドゥー・ダン・アーンジュ」

「もう一回いって」

「どうせ覚えられないんだから聞く必要なんてないだろ。それより何か用があって来たんじゃないのか」

「そうだった。説明を聞いてなかったと思って」

「説明？　何の？」

「どうして真相に気づいたかってことだよ。たぶん何らかの手がかりがあったんだろうけど、いくら考えてもわからない。私も一緒にいたはずなのに」

「自分の注意力のなさを人並みだと思うな」

「えー、そんなにわかりやすいヒントがあったかなあ」

「まあ、わかりやすくはないな。多少、ここを使う必要はある」武史は自分のこめかみを指先でつついた。

「むかつくことばっかりいってないで、さっさと種明かしをしてよ。もうマジシャンじゃないんだから」

「仕方がない。教えてやるとしよう」武史はカウンターに両手をついた。「沙智さんのおなかの子に何らかの問題があるんじゃないかと気づいたきっかけは、彼女の部屋で見た例の奇妙な置物だ。沙智さんは天使の膝枕だといったが、それにしてはおかしいと思った。質感が柔らかそうではなかったし、何より真横に切れ目が入っていた」

「切れ目？」

「だから枕というより何かの容器に見えた。そう思いながら、頬に押し当てて目を閉じている沙智さんの顔を見ているうちに、びんと閃《ひらめ》いた。もしかしたら、ゆりかごではないか、とね。天使のゆりかご、つまり赤ん坊を眠らせるためのものだ。大きさも、ぴったりのように見えた。しかしそれならば蓋《ふた》などいらない。やはり考えすぎかと思ったが、蓋が必要なゆりかごもあると気づいた。ただしその場合、ゆりかごと呼ぶのは正しくない。通常それは棺《ひつぎ》と呼ぶ」

あっ、と真世は声を漏らした。「赤ちゃん用の棺桶《かんおけ》……」

「後からインターネットで調べてみたら、同じものが見つかった。デザインや大きさなどを細かく指定できるらしい。それで確信した。沙智さんは出産する気でいるが、赤ん坊の命が長くないことを知っているようだ、とね。おそらく胎児に治療不能の先天性異常があると医師から告げられたんだろう」

「そこまでわかっていたのに、どうして教えてくれなかったの？」

「そこまでわかっていた、ではなく、そこまでしかわかっていなかったからだ。生きられない子供を出産しようとするのはなぜか？　沙智さんの目的を探る必要があった。中途半端なことを真世に話して、それが富永夫人に伝わったら、話がややこしくなるだけだと思ったしな」

「秘密だといってくれたら、迂闊《うかつ》にしゃべったりしないよ」真世は口を尖らせた。

「その言葉を信用するより、話さないでいたほうが確実だ。こういっては何だが、真世に話したところでメリットはない」

「そんなことわかんないじゃん……」抗議しつつも声のトーンは低くなる。

「沙智さんの目的は何か？　父親は遥人さんだと主張する理由は何か？　たとえ寿命がどんなに短くても、生まれた時に心臓が動いていれば出生したとみなされ、相続権が与えられる。やはり遺産目当てなのか。そのために本当の父親である可能性の高い菅沼さんを説得したのか。また菅沼さんも、それで納得したのか。それらの答えを突き止めるため、胎児の異常を知った際に沙智さんがどうしたかを考えた。まず思ったのは、彼女は何らかの選択を迫られたんじゃないか、ということだった」

「選択って？」

「胎児にどういう異常が見つかったのかはわからないが、治療が不可能だと確定したなら、出産まで待つか、あるいは中絶するかを決めねばならない場合が多い。沙智さんもそうだったのではないかと考えた。その際、誰かに相談するはずだ。その相手は誰か。母親が生きていれば第一候補だろうが、亡くなっている。すると姉か。もちろん塔子さんにも相談しただろうが、彼女は独身で出産経験もない。もっと的確なアドバイスを求めるとすれば誰だろう？」

真世は人差し指を立てた。「親友の文香さんってわけだ」

「その通り。遥人さんとの離婚もあるし、以前ほど親交は深くないかもしれない。しかし妊娠や胎児の異常といった深刻な問題について、何も知らせてないとは思えなかった。そこで富永夫人に会った際、文香さんにも来てもらったというわけだ」

「彼女、あの時には嘘をついてたんだね。沙智さんから妊娠していることは聞いているけれど、ほかのことは何も知らないといってた」あの日のことを思い出しながらいってから、真世は武史を見上げた。「もしかして、叔父さんはあの時に文香さんの嘘に気づいたっていうの？」

「当たり前だ。あの時でなければ、いつチャンスがあった？」

「どうして気づいたの？　私には全然わからなかった」

「さっきもいったが、自分に注意力がないからといって人も同じだと思うな。まず変だと感じたのは、最後に沙智さんと連絡を取り合ったのは半年ほど前だと彼女がいった時だ。その半年の間には、遥人さんの事故死という大きな悲劇があったじゃないか。離婚によって気まずくなっていたとはいえ、沙智さんが富永家にコンタクトを取ろうとしないわけがないと思った。その際、最も気兼ねしなくていい相手といえば文香さんだったはずだ」

「あ……そういえばそうだ」

反論の余地もなかった。注意力がないといわれても仕方がない。

「とはいえ決定的ではない。文香さんが嘘をついていると確信したのは、彼女が沙智さんに電話をかけた時だ」

「その時のことなら覚えてる」真世は拳《こぶし》を振った。「彼女、電話をしながら店を出ていったよね。で、外で話してた。たしかに怪しい動きだった。でも不自然ってほどでもなかったように思うんだけど」

武史は顔をしかめ、かぶりを振った。

「そんなことをいってるんじゃない。電話をかけた時、といっただろ。彼女はスマートフォンの着信履歴から沙智さんの名前を選び、電話をかけたんだ」

「着信履歴からって……それの何がおかしいの？　ふつうじゃん」

「鈍いやつだな。最後に連絡を取り合ったのが半年前なら、最近の着信履歴に残っているわけがないだろ」

「あっ」

「半年前どころか、つい最近、沙智さんから電話があったということになる」

「そういうことか。えっ、でも、どうして着信履歴から名前を選んだってわかったの？」

「そんなもの、目と手の動きを注意深く見ていればわかる。マジシャンの観察力を侮るな」

「えー、信じられなーい。叔父さんの見間違いってこともあり得るじゃない」

「そんなことはない」

「なんで断言できるわけ？　証拠でもあるの？」

するとと武史は舌打ちをして眉根を寄せ、不本意そうにカウンターの下からタブレットを取り出した。その画面に映っているのはスマートフォンを操作する女性の後ろ姿だった。誰なのかはすぐにわかった。文香だ。あの日に撮影したものらしい。角度から考えると、カウンター席の斜め後方にカメラが仕掛けられていたようだ。振り返ったが、今はそんなものは見当たらない。

「それで納得したか」

「何だよ、これ。また盗撮？」

「失礼なことをいうな。防犯カメラといえ」

「油断も隙もないな、この店」真世は改めて店内を見回した。こうしている間にも隠し撮りされているおそれは十分にある。

「とにかく文香さんが嘘をついていることは間違いなかった。しかも沙智さんと何かを共謀していると思われた。そこで興信所の出番だ。二人の行動調査を依頼した」

「二人の？　沙智さんだけじゃなくて、文香さんのことも調べさせたわけ？」

「当然だ。必ずどこかに接点があるはずだと睨《にら》んだからな。その結果、南星医科大学病院に辿《たど》り着いた。沙智さんが妊娠した後に通っていたのは別の病院で、一か月前に転院していた。なぜ遠く離れた名古屋の病院に移ったのか。一方の文香さんも夫婦で何度か訪れている。この病院には一体何があるのか。そこで南星医科大学病院に関する資料を片っ端から当たってみて見つけたのが、この論文だ」

武史は再びタブレットを操作し、真世の前に置いた。

表示されているのはＰＤＦの書類だった。題名は、『無脳症患者を臓器移植のドナーとして扱うことの是非について』というものだった。執筆者は南星医科大学の三宅昭典となっていた。

「三宅教授は小児科ではなく、臓器移植、特に心臓移植を専門に研究している人物だ。その論文で教授は、日本で無脳症患者からの移植をタブーにしているのは、責任を取れる人間がいないという幼稚な理由からにすぎず、もっと積極的な議論が必要だと訴えている。つまり推進派だ。文香さんの息子さんが先天性の心臓病で、移植しか助かる道がないことを興信所からの報告書で知っていた俺は、それを読んで沙智さんと文香さんの計画を察知した」

「沙智さんの子の心臓を移植に……」

武史は頷き、吐息を漏らした。

「なぜ急に沙智さんが、おなかの子の父親は遥人さんだと主張し始めたのか。その理由にも見当がついた。親族でないかぎり、臓器の移植先を指定できないからだ」

「遺産目当てなんかじゃなかったんだね」

あの日、南星医科大学病院には文香の息子も入院していたらしい。沙智の子が生きていたなら、脳の機能が働いていないことを確認した後、心臓移植が行われることになっていた、ということは真世も聞いていた。

文香は武史と真世に、このことはどうか内密に、といった。

「世間に騒がれるのは困りますし、何より、うちの両親には何も話しておりませんので」

お約束します、と真世は武史と共に断言した。

真世はグラスを手に取った。甘酸っぱいカクテルの香りを楽しんでいたら、ドアの開く気配がした。見ると諸月塔子が入ってくるところだった。

こんにちは、と挨拶してから塔子はスツールに腰掛けた。真世が来ていることは承知している様子だ。

「俺が声をかけたんだ」武史がいった。「おそらく彼女にも、いろいろと尋ねたいことがあるだろうと思ってね」

「何でも、どうぞ」塔子が小さく両手を広げた。おどけた表情は、沙智の部屋で会った時とは別人のようだ。

「あのことはどうされるんですか。遥人さんの遺産についてですけど……」一番気になっていることを訊いた。

「ああ、あれね。あれはおしまい」塔子は、あっさりといった。

「おしまいって……」

「だって相続人は生まれてこなかったんだもの。私の出番はもうない。当然のことでしょ」

「胎児には相続権があるが、死産の場合は元々いなかったものとみなされる」武史が補足していった。「だから胎児が無事に生まれたかどうか、こちらには真っ先に知る権利がある。そこで塔子さんに交渉し、あの日、連絡してもらった」

あっ、と真世は声をあげた。

「ビジネスホテルにいた時にかかってきた電話、塔子さんからだったんだ……」

うふふ、と塔子は意味ありげに笑った。

「神尾さんには全部お見通しのようだったし、決着をつけられるものなら早いほうがいいと私も思ったから。じつをいうと、いい気持ちはしていなかった。遺産の横取りなんてね。臓器移植にも反対だった。親友の子供の命を救いたいという沙智の思いには敬服するけど、道徳的に正しいことなのかどうか、よくわからなかった。何より、沙智の身体が心配だった。だけどあの子の決意は固くて、心変わりする見込みはなかった。だったら自分に何ができるか。それを考えた時、沙智が産む赤ん坊の権利を守るしかないと思った。遥人さんの子として生まれてくるのなら、当然得られる権利を勝ち取るしかないってね」

「そうだったんですか……」

「沙智たちには申し訳ないけど、生まれてきてくれなくてほっとしている、というのが正直な気持ちかな」塔子はそういって首を傾げた後、カウンターのほうを見上げた。「神尾さんはどう?」

「あなたと争わなくて済んだという点では、ほっとしています。無脳症と臓器移植については何ともいえません。当事者たちが、自分の正しいと信じたことをすればいい。そう思います」

「いい答えね」塔子は唇を緩めた。

「何かお飲みになりますか」

「そうね。ええと、それは何？」塔子は真世の前にあるグラスに目を向けてきた。

「る、きゃん、えーと……」やっぱり覚えていなかった。

「ル・キャドゥー・ダン・アーンジュです」武史がいった。

ル・キャドゥー・ダン・アーンジュ、と塔子は呟《つぶや》いた。しかもフランス語らしい発音だ。さらに彼女は続けた。「意味は……天使の贈り物？」

「そうです」

「そうなの？」真世は瞬きし、武史を見上げた。

「あのゆりかごは天使の贈り物を入れるものだった。――そうですよね？」

塔子は真摯《しんし》な目をして頷いた。「私にも、そのカクテルを」

かしこまりました、と武史は答えた。

続・リノベの女

1

駐車場でワゴン車を洗っていたらスマートフォンに着信があった。施設長の坂田香代子《さかたかよこ》からだった。石崎直孝《いしざきなおたか》はシャワーノズルの水を止めてから電話に出た。

「はい、石崎です」

「坂田です。石崎さん、今、手が離せない？」坂田香代子が遠慮がちに尋ねてきた。

「いえ、大丈夫ですよ。どうかしました？」

「それがね、１００９号室が八時間以上ノーセンサーなの。悪いけど、ちょっと様子を見に行ってもらえないかしら」

「ああ、わかりました。すぐに向かいます」

「ごめんなさいね」

「いえ、大丈夫です」

電話を切ると、持っていたホースを丸めながら水道に近づき、蛇口を閉めた。洗車の続きは後回しだ。この施設では入居者の安全確保が何より優先される。

駐車場からの通路を抜け、職員用の通用口から館内に入った。エレベータホールは、すぐ近くにある。ホールでは男女五人の入居者が待っていた。エレベータは向かい合わせに二基あるが、定員の多いほうの呼び出しボタンが押されているだけだった。節電のため、両方のボタンを同時には押さないのがルールだ。

見たところ、エレベータを待っている入居者たちは全員が七十歳を過ぎている。しかもそのうちの一人が杖《つえ》をつき、さらに一人は歩行補助器を使っていた。この様子では、彼等が乗るだけでいっぱいになるだろう。

やがてエレベータが到着し、扉が開いた。入居者たちが順番に乗っていく。歩行補助器を使っている老人が最後に乗ったところで、「どうぞ、お先に」と石崎はいった。扉がゆっくりと閉まり、階数表示が変わるのを確認してから、もう片方のエレベータの呼び出しボタンを押した。

間もなくそちらの扉が開いたので、乗り込んでから階数ボタンの『10』を押した。

この施設のエレベータは動きが遅い。扉の上にある階数表示を眺めながら、少し苛々《いらいら》した。

老人たちが住む各部屋には、いくつかのセンサーが取り付けられている。そのうちの一つがトイレの入り口にあるもので、それによって職員は入居者がトイレを出入りしたタイミングを管理室でモニターできる。室内にいるはずなのに長時間トイレに行かなかったり、逆にトイレから出てこなかったりすると、職員が部屋に電話をかけるか、直接部屋を訪ねることになっている。坂田香代子がいった「八時間以上ノーセンサー」というのは、そういうことだ。しかしたぶん彼女は部屋に電話をしていない。１００９号室の住人に関しては、石崎に訪ねさせたほうがいいと判断したに違いない。何かあった場合にはもちろんのこと、何もなかった場合でも、「とりあえず石崎さんを呼んでちょうだい」といわれるに決まっているからだ。

ようやくエレベータが十階に着いた。石崎は足早に1009号室に向かった。

ドアの前に立つとチャイムを鳴らした。だがしばらく待っても応答がない。ドアの隙間を見て、施錠されていないことを確認し、石崎はドアノブを回した。そのまま引くとドアは抵抗なく開いた。

靴脱ぎは暗かったが、人感センサーが働き、すぐに照明が点《とも》った。

末永《すえなが》さん、と石崎は奥に向かって呼びかけた。しかし人の動く気配がない。部屋の明かりはついているようだが、主の姿は確認できなかった。

「末永さん、いらっしゃいますか？　すみません、上がらせていただきます」

靴を脱ぎ、流し台や冷蔵庫の前を通って奥に進んだ。部屋は六畳ほどで小さなテーブルやベッドなどが置かれている。

そのベッドの手前で末永久子《ひさこ》が丸くなっていた。一瞬はっとしたが、どうやら呼吸はしているらしいので、すぐに胸を撫《な》で下ろした。顔色も悪くない。

石崎は傍《かたわ》らに腰を下ろし、彼女の肩を揺すった。「末永さん、末永さーん」

末永久子の皺《しわ》だらけの瞼《まぶた》がぴくぴくと動き、やがて薄目が開かれた。首を起こし、彼女は石崎を見た。「ああ、石崎さん……」

「だめですよ、こんなところで寝たら。ちゃんとベッドで横になってください。風邪をひいちゃいます」

ベッドに上がっていたならばセンサーが感知し、こんなふうに自分が様子を見に来る必要もなかったのだ、という不平はいわない。

末永久子は顔を擦《こす》り、きょろきょろと周囲を見回した。「いつから寝てたのかしら？」

石崎は腕時計を見た。「今、午後三時半です」

「ああ、そう……」末永久子は、ぼんやりとした顔をしている。眠る前に自分が何をしていたのか、思い出せないのだろう。

「末永さん、トイレに行かなくて大丈夫ですか」

末永久子は何を尋ねられたのかすぐにはわからない様子だったが、「トイレ、行かなきゃ」といって重そうに立ち上がろうとした。石崎は腕を取り、手伝った。

彼女がトイレに消えるのを待って、坂田香代子に電話をした。状況を話すと、安堵《あんど》の吐息が聞こえてきた。

「よかった。どうせそんなことだろうとは思ったけど、万一ってことがあるものね。じゃあ石崎さん、毎度のことで申し訳ないんだけど、あとはお願いしていいかしら？」

「いいですよ。任せてください」

電話を切ってから室内を眺めた。前に来た時より、明らかに片付いていなかった。怠惰になったのではなく、気が回らないのだろう。テーブルの上にあるペットボトルのウーロン茶は半分ほどが残っているが、蓋は開いたままだった。石崎は蓋を閉め、冷蔵庫にしまった。

窓のカーテンが半分開いていて、小さなベランダが見えた。洗濯した靴下が風に揺れている。

トイレのドアが開き、末永久子が出てきた。

「洗濯物、取り込んでおきましょうか」

「ああ、そうね。お願いしようかしら」彼女の口調は、先程より少ししっかりしたものになっていた。トイレで用を足している間に、頭の機能が少し回復したのかもしれない。

石崎が洗濯物を籠に入れていると、「あとそれから鉢植えに水をやってちょうだい」と末永久子がいった。「朝顔の芽、ちっとも出ないのよ」

「わかりました」

たしかに小さな鉢植えがベランダの隅に置いてある。末永久子が入居した時に持ってきたものらしいが、種を蒔《ま》いたという話は聞いていない。だからいくら水をやっても芽が出る道理がないのだが、そんなことを説明しても意味はなかった。いつか芽が出るのではと彼女が期待しているのなら、それでいいのだ。

部屋に戻ると靴下を畳み、クロゼットの棚にしまった。

末永久子はテーブルの前に座った。「喉が渇いたわ。お茶、くれる？」

「ウーロン茶でいいですか」

「温かいお茶がいい。日本茶をちょうだい」

「わかりました」

石崎は流し台の前に立ち、電気ポットで湯を沸かした。急須や湯飲み茶碗、茶葉がどこにあるかは把握している。何しろ、石崎自身が片付けたのだ。末永久子が自分で茶を淹《い》れるところを見たことはない。

湯飲み茶碗を運んでいくと末永久子は、すぐそばにある仏壇に向かっていた。そこには二つの小さな写真立てが飾られている。ひとつには半年前に亡くなった彼女の夫の写真が、もう一つにはそれよりさらに二か月ほど前にこの世を去った娘の写真が収められていた。彼女は今、娘の写真を手にしていた。

どうぞ、といって石崎は末永久子の前に湯飲み茶碗を置いた。

「ありがとう」彼女は茶碗を手にして口元に運んだが、ひとくち啜《すす》っただけで顔をしかめた。「熱すぎる。日本茶は少し冷ましたお湯で淹れなさい。紅茶じゃないんだから。前にもいったはずよ」

「気をつけたつもりなんですが……すみません」石崎は肩をすくめた。

「これじゃあ、せっかくの高級な茶葉が台無し」末永久子はげんなりした顔で茶を飲み、吐息をついてから改めて写真立てに目を落とした。

「娘さんのこと、まだ心残りみたいですね」

するとと末永久子はふて腐れたように唇を尖《とが》らせた。

「だって、当たり前でしょ。あの子じゃなかったんだから。奈々恵《ななえ》は死んでない。あれはあの子じゃなかった」

「でも末永さんが認めたんでしょ。自分の娘に間違いないって」

「あの時は気が動転していたのよ。それに、遺体になったら人相が変わると聞いていたし」

「だけど警察だって、きちんと調べたんじゃないんですか。指紋とかいろいろ……」

「それはどうだかわからない。たぶん調べてないんじゃないかしら。奈々恵の部屋で死んでいるというだけで、あの子だと決めてかかってたような気がする。ううん、きっとそうよ。警察は何も調べなかった。私が奈々恵だといってしまったから、それを信用して、そのまま手続きを済ませてしまったのよ。あれは別人だったのに。奈々恵じゃなかったのに、そういうことで終わってしまったんだわ」

末永久子の口調が熱を帯びてきた。

そうですか、と石崎は応じた。そろそろ引き際だと判断した。

「末永さんがそこまでおっしゃるのなら、そうなのかもしれませんね」

「そうなのよ。だからあの子は死んでない。きっと、どこかで生きているはずなの」

「だったら、それでいいじゃないですか。末永さんの知らないところで、幸せに暮らしておられるのかもしれません」

「でもそれなら、どうして会いに来てくれないの？　私は生きている、死んでなんかいないって、なぜ名乗り出てくれないの？」

「それはきっと、娘さんがそのほうがいいと思っているからですよ。そっとしておいてほしいと願っているんです。だから末永さんも、もうそのことはあまり考えないほうがいいんじゃないでしょうか。そっとしておいてあげましょうよ。それが娘さんのためです」

「娘の……奈々恵のため？」末永久子が首を傾《かし》げた。

「そうです。どこかで元気に暮らしているなら、それでいいじゃないですか」

「どこかで、元気に……ねえ」

末永久子の目の焦点が宙を彷徨《さまよ》い始めた。いつものパターンなので、石崎はほっとする。

彼女は写真立てを仏壇に戻し、湯飲み茶碗を手にした。茶を啜った後、ぴんと背筋を伸ばして石崎を見た。

「美味《おい》しいわ。あなたもようやく日本茶の淹れ方がわかってきたみたいね」

どうやら適度に冷め、口に合ったようだ。さっき怒ったことは記憶にないらしい。恐れ入ります、と石崎は頭を下げた。

末永久子がこの老人ホームに入居してきたのは四か月ほど前だ。長年介護していた夫が急逝したのを機に、一軒家だった自宅を処分し、越してきたということだった。

石崎は設備課に属しており、様々な設備や機器のメンテナンスが主な業務だが、足腰の悪い入居者たちのために病院や娯楽施設への送迎なども行っている。

末永久子と関わりを持つようになったのは、買い物がきっかけだった。

彼女は前の家から、多少の衣類を除き、荷物らしいものを殆《ほとん》ど持ってきていなかった。だから小さなワンルームといえど、新しい暮らしを始めるためには最低限の生活必需品が必要だ。しかし一度に買い揃《そろ》えるとなれば、おそらく荷物が増えるだろうから、買い物に付き添ってもらえると大変ありがたい、と送迎役の石崎にいってきたのだった。要するに荷物の運び役を頼まれたわけだ。

いいですよ、と気安く引き受けた。同じような要望はしょっちゅう出される。部屋で履くスリッパ一足を買うのに付き合ったこともある。多くの老人はネットショッピングが苦手だ。

クルマで十五分ほどのところにショッピングモールがあり、大抵の品物は揃えられる。末永久子も、そこへ連れていった。

ところが買い物は簡単には終わらなかった。部屋着選びだけで三十分以上を要し、小物雑貨の店ではさらに時間がかかった。

買い物をすべて終えるとさすがに疲れたらしく、少し休みたい、と末永久子がいいだした。フードコートがあるので、そこでひと息つくことになった。

「あなた、えらいわねえ。こんなに付き合わされて、文句ひとつもいわないなんて」石崎がコーヒーを飲んでいると、彼の顔をしげしげと見ながら末永久子がいった。

「仕事ですから」

「そうはいっても大変でしょ？　今の職場は長いの？」

「五年ほどです」

「その前は何をしていたの？」

「中古車販売の会社にいました。そこがつぶれたんで、今のところに転職したんです」

「そうだったの。あなた、おいくつ？」

「五十ちょうどです」

「御家族は？」

石崎は首を横に振った。「いません」

「ずっと独身？」

「若い頃に一度結婚しましたけど、逃げられました」

「あらあ、そうなの。再婚の予定は？」

「ありません。ひとりのほうが気楽です」

「そうなの？　ひとりのほうが……ねえ。私もそんなふうに思える日が来るかしら」

「さあ、それは……」石崎は口籠《ご》もり、目の前の老女を見つめた。「御主人がお亡くなりになって、やっぱり寂しいですか？」

末永久子は、うーんと小さく唸《うな》った。

「薄情かもしれないけど、主人のことはいいの。長年看病して、納得してるから。でもね、こんな老後になるとは思ってなかった。もっと楽しいものになるはずだったのよ」

「といいますと?」

「娘がいたの。一人娘がね。老後はその子と二人で暮らすつもりだった。ところが突然自殺しちゃったのよ」

さらりと発せられた言葉が意外すぎて、石崎はすぐには反応できなかった。「自殺ですか……」と繰り返すのが精一杯だった。

末永久子によれば、奈々恵という一人娘は彼女の生き甲斐《がい》だったらしい。どうすれば娘が豊かで幸せな人生を送れるか、そればかりを考えて育てたという。通わせる学校を厳選し、どんな習い事をさせるかに頭を悩ませた。人間関係にも目を光らせ、娘にとってよくないと思われる者たちは極力排除していった。奈々恵本人は、友人との仲を壊されたと不満だったかもしれないが、悪い道に誘導されないための防御だった。

結婚相手も末永久子が見つけた。知人の息子で、外資系企業の東京本社で働くエリートだった。これでひと安心、あとは孫の顔を見られる日を待つだけだと思っていたが、そのあたりから目算が狂っていった。なかなか子供ができず、挙げ句の果てに奈々恵の夫がほかに女性を作ったのだ。離婚したいという娘に反対はできなかった。

独り身になったのなら地元に帰ってきなさい、と末永久子はいった。だが奈々恵は東京に留《とど》まった。地元だと仕事を見つけにくい、というのだった。

「その頃のことを思い出すと、今でも後悔するの。どうして、もっと強く帰ってきなさいといわなかったのかって」末永久子は悲しげな目をして石崎にいった。「そうすれば、あんなことにはならなかったのに」

あんなこと、というのが奈々恵の自殺だった。都内のマンションで服毒自殺を図ったのだ。警察からの知らせを受け、末永久子は病気の夫を残し、ひとりで駆けつけた。遺体安置室で彼女を待っていたのは、変わり果てた娘の姿だった。

担当の警察官から、「奈々恵さんに間違いありませんか」と問われ、「はい」と末永久子は答えていた。記憶にある奈々恵の顔とは少し違っていたが、痩せているせいだろうと思った。毒死した場合は顔つきが変わると聞いたこともある。

部屋に残されていたという遺書も見せられた。そこには、『疲れました。ごめんなさい。末永奈々恵』とだけあった。奈々恵の筆跡に間違いなかったので、そのようにいった。

事件性がないということで、間もなく遺体は戻ってきた。末永久子は自分たちの地元で葬儀を済ませ、遺骨は代々の墓に納めた。

それからしばらくして今度は夫の容態が悪化した。娘の死によって精神的に落ち込んだことが原因なのは明らかだった。奈々恵の葬儀から二か月後、今度は夫の葬儀を執り行う事態となった。

身内二人を失い、天涯孤独となった末永久子が選んだのが、老人ホームで余生を送るという道だった。

「早く慣れなきゃねえ、この生活に」末永久子は石崎にいった。「慣れて、ひとりのほうが気楽だといえるようにならないと」

「でも末永さんは、ひとりぼっちではありませんよ」石崎はいった。「お力になれるスタッフはたくさんいます。私もその一人です。何か困ったことがあれば、いつでも相談してください」

うふふ、と末永久子は微笑《ほほえ》んだ。

「ありがとう。あなた、優しいのね。どうして奥さん、逃げちゃったのかしら」

「稼ぎが悪くて鈍臭いからです。友人に騙《だま》されて借金を背負うことになったら、愛想を尽かされました」

「そうだったの。お気の毒に」

自業自得です、といって石崎は首をすくめた。

この日以来、末永久子は何かというと石崎を呼びつけるようになった。雑用を頼まれることもあれば、単に話し相手になるだけのこともあった。

ところが最近になり、末永久子に異変が見られ始めた。物忘れが多いし、何度も同じことをいったりする。明らかに認知症の初期症状だった。

それと共に奇妙なことを口走るようになった。それが、「娘は死んでいない。埋葬した遺体は別人で、本物はまだ生きている」というものだった。

認知症患者が、家族や知人の死を忘れるというのはよくあることだ。しかし末永久子の場合、娘の遺体を確認したこと自体は覚えている。その上で、あれは別人だったというのだ。

様々な記憶が曖昧《あいまい》になっていく中、自分にとって都合の悪い過去については無意識のうちに記憶を改変しようとしているのかもしれない、しばらく様子をみよう、というのが坂田香代子やケア・マネージャーらと出した結論だった。

2

ノーセンサー騒ぎから二週間ほどが経《た》った月曜日のことだ。末永久子からショートメールが届いた。大事な話があるので部屋に来てほしい、とあった。電話をかけてこないのは、仕事の邪魔をしてはいけないという彼女なりの配慮だろう。実際石崎はボイラーのメンテナンス中で、ゆっくりと電話に出ている余裕はなかった。

仕事が一段落すると1009号室に向かった。大事な話とは何だろうか。あまり厄介な内容でないことを祈った。

部屋に行き、末永久子の顔を見てぎくりとした。目が赤く、頬に涙の跡があった。どうしました、と石崎は訊《き》いた。

「見つかったのよ、とうとう」

「何がですか」

「娘よ。奈々恵が見つかったの」

「えっ?」

末永久子は白い封筒を出してきた。「これを読んでちょうだい」

石崎は受け取り、表と裏を見た。末永久子宛ての封書で、差出人は『山村洋子』とある。

「私が読んでもいいんですか」

「いいのよ。早く読んで」末永久子はじれったそうにいった。

石崎は便箋を取り出し、広げた。草花の透かし柄が入った便箋に、青いインクで書かれた達筆の文字が並んでいる。まずは定番の挨拶文があり、さらに近況を尋ねる文言が続く。どうやら山村洋子が連絡してきたのは、かなり久しぶりのようだ。『地元には七年以上帰っておらず』とあるから、末永久子とも会っていないのかもしれない。

やがて次のような文章が出てきた。

『ところが先日、街で偶然懐かしい人を見かけました。奈々恵さんです。こちらはタクシーに乗っていたので声をかけられなかったのですが、間違いありません。奈々恵さんはお元気そうで、素敵なお店へと消えていきました。彼女も東京でがんばっているのだなとわかり、安心いたしました。それで昔のことをあれこれと思い出すうち、久子さんに連絡してみたくなり、筆を執らせていただいた次第です。』

そこまで読んだところで石崎は顔を上げた。

「どう？」末永久子が訊いてきた。

「この山村《やまむら》さんというのは、どういう方ですか」

「私の古くからの知り合いよ。奈々恵のこともよく知っている。何しろ奈々恵が子供の頃にはピアノを教えてもらってたのよ。結婚式にだって出てくれたし」

「奈々恵さんが自殺したことは知らせてないんですか」

「ええ。あまり人には知られたくなかったから。でもよかった。やっぱり私の思った通りだった。あれは奈々恵じゃなかったのよ。あなたも、これでわかってくれたでしょう？」

何と応じるべきか迷った。他人の空似だろう、と突っぱねるのもよくない気がした。

石崎は便箋を封筒に戻し、「そうかもしれませんね」といってテーブルに置いた。「よかったじゃないですか。元気そうだったと書いてある」

「私もそう思う。それでね、あなたにお願いがあるんだけど」

「何でしょう」

「洋子《ようこ》さんのところへ行って、詳しいことを聞いてきてほしいの。あの子を見かけた場所についてとか」

「はあ？」思いがけない要望に石崎は当惑した。「私が……ですか」

「だってほかにお願いできる人がいないんだもの。洋子さんには私から連絡しておくわ」

「だったら電話で直接お尋ねになったらいいんじゃないですか」

末永久子は眉根を寄せた。

「東京の地理なんて全然知らないから、電話で聞いたって、さっぱりわからないわ。それに、できればあの子が入ったという店にも行ってきてほしいの」

「店に……ですか」

「もちろん御礼はさせてもらうわ」末永久子は仏壇の抽斗《ひきだし》を開け、キャッシュカードを出してきた。「お金、下ろしてきてちょうだい。十万円ぐらい。それだけあれば、交通費とかも足りるわよね」

いやそんな、と石崎は手を振った。「そういうのは結構です」

「こんなこと、ただではお願いできないわ。とりあえずお金を下ろしてきて。手持ちの現金もなくなったから、合わせて十五万ほど」

「はあ、それは構いませんが……」石崎はカードを受け取った。末永久子は認知障害を疑わせるかと思えば、時にかくしゃくとしたところを見せる。今は後者のようだった。

近くにあるコンビニで現金十五万円を引き出してくると、部屋に戻る前に施設の事務所に寄った。入居者に頼まれて職員がキャッシュカードを利用した際には、記録を残すことになっている。後々、無用なトラブルになるのを避けるためだ。

手続きを終えて事務所を出たところで、石崎さん、と後ろから声をかけられた。坂田香代子だった。

「末永さんの口座、残高はどれぐらい？」

石崎は利用明細票を見せた。数字を確認した施設長は眉をひそめた。

「結構まずいわね。このままだと、あと何年も保《も》たないんじゃない？」

「苦しいでしょうね」

「例の件、どうなってるの？」

「たまに話すのですが、なかなか納得してもらえなくて……」

「困ったものね。まだ娘さんが亡くなったことを受け入れられないわけね」

「ええ、まあ……」

それどころか、と石崎は口に出しかけてやめた。その娘の行方を追うことになりそうだ、などといったら、呆《あき》れられるに違いなかった。

「ところで秋祭りのことだけど、準備は間に合いそう？」坂田香代子は話題を変えた。

「設営なら問題ありません」

「そう、それならよかった」その言葉とは逆に施設長の表情は浮かない。

「どうかしましたか」

「出演する予定だった落語家さんから連絡があったのよ。急遽《きゅうきょ》手術を受けなきゃいけなくなったからキャンセルさせてくれって。誰か代わりの人に来てもらえないかって頼んでいるんだけど、スケジュールが合わなくてなかなか見つからないみたいなの」

「それは困りましたね」

スケジュールではなくギャラが問題なのだろう、と石崎は思った。中学生のお年玉程度の報酬では、こんな田舎町まで来てくれるほうが不思議だ。

「石崎さん、誰か当てはない？　落語家じゃなくてもいいの。民謡の歌手とか」

「私にですか？　無茶いわないでください」

「そうよねえ」坂田香代子は首を傾げ、ため息をついた。

3

紙製カップをテーブルに置き、チェーン店のカフェラテは東京でも味が変わらないな、と石崎は思った。

上京するのは三年ぶりだった。前回にしても東京に用があったわけではない。千葉に住む知り合いに会いに行く途中、少し立ち寄っただけだ。しかし若い頃に東京の家電量販店で働いていたことがあり、土地鑑はあった。

山村洋子と待ち合わせたのは、自宅の近くにあるコーヒーショップだ。彼女は還暦を少し過ぎたと思われる上品そうな女性だった。末永久子から事前に連絡があったらしく、警戒心は示さなかった。

むしろ用件に興味がある様子だった。

「久子さんからは、奈々恵さんを見かけた話を詳しく話してほしいといわれたんですけど、どういうことなんでしょうか」お互いの挨拶が一段落した後、山村洋子が尋ねてきた。

石崎は背筋を伸ばした。

「それには事情がありまして、じつは数年前奈々恵さんから、しばらく旅に出るので捜さないでほしい、という手紙があったそうなんです。以後音信不通で、どこで何をしているのかわからず、末永さんはずっと心配しておられたそうです」

「え、そうだったんですか。旅に？」山村洋子は瞬《まばた》きを繰り返した。

そうなんです、と石崎は大きく首を縦に動かした。

「これが二十代の若者なら、冒険心からそんなことをいいだしても不思議ではありません。しかし奈々恵さんは四十過ぎですから、末永さんも驚いたみたいです。だけど捜索願を出すわけにもいかないし、どうしたものかと頭を悩ませていたところ、今回山村さんからお手紙をいただいたというわけなんです」

「そういうことなら、気になるでしょうね。それにしても、そんなことになっていたなんて、ちっとも知りませんでした」

「家の恥なので誰にもいえなかったと末永さんはおっしゃってました。それでいかがでしょうか。山村さんが見かけた女性というのは、奈々恵さんに間違いなかったでしょうか」

石崎の問いに山村洋子は弱ったように眉尻を下げた。

「そんなふうに訊かれると、絶対に間違いないとはいえません。世の中には同じ顔の人間が三人いるといいますしね。でもあれは奈々恵さんだった。何しろ子供の頃から知っているんですから、他人の空似ってことはないと思います。ああでも、こんなことならあの時に声をかけておけばよかった」

悔しがる様子を見て、かなり自信があるようだと石崎は思った。

「お手紙によれば、都内の街中で見かけたそうですね」

「ええ、渋谷区の恵比寿《えびす》という街です。私は知り合いと食事をして、タクシーで移動しているところでした」

「正確な位置はわかりますか」

「わかります。今回御連絡をいただいた後、改めて調べてみたんです」

山村洋子はスマートフォンを出し、いくつかの操作をしてから画面を石崎のほうに向けた。そこには地図が表示されていた。

「この交差点で信号待ちをしている時、すぐ横を奈々恵さんが通りかかったんです。そうして、ここにあるお店に入っていかれました」

「何というお店でしたか」

「ごめんなさい。そこまでは見ていなくて。バーじゃないかと思うんですけど」

石崎は自分もスマートフォンを出し、その場所を地図アプリに記録した。

「ありがとうございます。では、この店に一度当たってみます」

「何かわかるといいですね。まあでも、奈々恵さんには彼女なりの事情があるんでしょうけど」自分のカップを手に取りながら山村洋子はいった。

その言い方が石崎には引っ掛かった。「どういうことですか」

山村洋子は飲み物を口に含んだ後、少し前屈《まえかが》みになった。「これ、久子さんにはいわないでいただけます？」内緒話をする口調だった。

「そのほうがいいのであれば、もちろんいいません。何でしょうか」

「奈々恵さんはね、自由になりたかったんだと思います」

「自由に？」

「久子さんはね、奈々恵さんのことがかわいいあまり、束縛しすぎていたと思うんです。何もかも自分の思い通りにしたかったみたいだけれど、奈々恵さんにしてみれば窮屈だったんじゃないかと思います。だから音信不通というのは、今後はもう久子さんとはあまり繋《つな》がりを持ちたくないってことかもしれません」

意外な話に石崎は戸惑った。彼が返答に窮しているとそれをどのように受け止めたのか、「しつこいようですけど、久子さんには内緒にね」と山村洋子は念を押してきた。

もちろんです、と石崎は答えた。


その店には看板らしきものがなかった。辛うじて店名を記してあるものといえば、地面に置かれたブロックだ。『TRAPHAND』とある。どのように訳すのか、石崎にはわからなかった。

奥に進むとドアがあった。『OPEN』と記された札が掛かっているから、たぶん入り口だろう。おそるおそるドアを開いた。

店内は薄暗かった。右側にカウンターがあり、背の高い男性がスツールに腰掛けてスマートフォンをいじっていた。男性は顔を上げ、いらっしゃいませ、といいながらスツールから下りた。客ではなく、この店のマスターらしい。

「営業中ですよね？」石崎は確認した。

「もちろんです。どうぞ、お好きなところにお掛けください」そういいながらマスターはカウンターの内側に入った。

カウンター以外には、奥にテーブル席があるだけだ。石崎は手前から二番目のスツールに腰を載せた。

「何になさいますか」

「ええと、じゃあビールを」

「どのようなビールを？」

「えっ、どのようなって……」

「飛騨高山《ひだたかやま》のビールなどはいかがでしょうか。まろやかで芳醇《ほうじゅん》な香りが特徴です」

「じゃあ、それを」

「ありがとうございます」マスターは微笑んだ。

石崎は店内を見回した後、改めてマスターを見た。年齢は四十代後半といったところか。長身で、手足が長い。形の良い指で見慣れない太い瓶の栓を開け、グラスにビールを注いでいる。たったそれだけのしぐさなのに洗練されて見えるのは、自分が田舎者のせいだろうか、と石崎は思った。

どうぞ、といってマスターはグラスを石崎の前に置いた。白い泡が見事に縁まで盛り上がっている。

ひとくち飲み、思わず頷《うなず》いていた。

「いかがですか」マスターが尋ねてくる。

「美味しいです。初めて飲む味です」

「よかった」マスターは白い歯を覗《のぞ》かせ、メニューを出してきた。「よろしければ何かおつまみでも。ビールに合うナッツなどもございますが」

「ああ、ではそれを……」

「かしこまりました」

石崎はビールを飲み、息を整えてからおずおずと口を開いた。「あのう……」

マスターが顔を上げた。「はい」

「こちらにはどんなお客さんが来るんですか」

一瞬マスターはきょとんとした顔をした後、苦笑した。「おかげさまで、いろいろな方に御利用いただいております」

そりゃそうだよなあ、と石崎は思った。こんな訊き方では相手が困るだけだ。

ショルダーバッグを開け、中から一枚の写真を取り出した。「この女性が、ここへ来たことはありませんか」

マスターはナッツの入った皿を石崎の前に置いた後、拝見します、といって写真を受け取った。末永久子から預かった奈々恵の顔写真だ。スマートフォンに残された画像データから選んだものらしい。

「お見かけしたように思います」マスターは写真を返しながらいった。「ただ、断言はできません。うちは女性のお客さんが多いし、年格好の似た方もいらっしゃいますから」

「末永奈々恵という女性です」

すえながさん、とマスターは呟《つぶや》き、小さく首を横に振った。「すみません。大抵のお客さんは名乗ったりしませんから」

「そうですか。まあ、そうですよね」

「その女性が何か？」

「ええ、ちょっと……」石崎は言葉を濁し、ナッツに手を伸ばした。どのように説明していいかわからなかった。

入り口のドアが開いた。マスターがそちらを見て、いらっしゃいませ、と挨拶した。

入ってきたのは女性で、石崎から少し離れた席についた。二十代後半だろうか。高級そうなワンピースに身を包んでいる。

「珍しいですね、こんなに早い時間なのは」マスターがいった。

「これから人と会うの。フレンチの店で待ち合わせ」女性は楽しげに答えた。

「査定ですか」

「そういうこと。少し時間があるから寄ってみたの」

「じゃあ、ノンアルコールのカクテルにしておきますか」

「そうね。それからもう一つお願いがあるんだけど」

「食事の後、相手の男性をここに連れてくるつもりなんでしょう？　だから査定の手伝いをしろと」

「正解。いいでしょ？」

マスターは肩をすくめた。「仕方がありませんね」

「よかった」

女性はスマートフォンの操作を始めた。その横顔は真剣だ。査定とは何だろうか。

石崎は上半身を捻《ひね》り、女性のほうを向いた。「あのう、ちょっといいですか」

まさか声をかけられるとは思わなかったのか、女性は驚いたように目を見開き、続いて警戒する顔つきになった。「何でしょうか」

「この店には、よくいらっしゃるんですか」

彼女は一旦マスターのほうに視線を移してから再び石崎を見た。「時々来ますけど」

石崎は持っていた写真を彼女のほうに差し出した。「この女性を見かけたことはありませんか」

女性は明らかに関心がなさそうだった。しかし無視するわけにもいかないと思ったか、面倒そうに首を伸ばした。

見覚えありません——冷淡にそういわれることを石崎は覚悟した。

ところが次に彼女が見せた反応は予想外なものだった。あっと声を漏らし、何度か瞬きした。

いかがですか、と石崎は訊いた。

「ありますけど」

「ある？　この女性と会ったことがあるんですね？」石崎は勢い込んだ。

「会ったというか……話したことはないです。たまに見かけるだけで……」女性はカウンターにいるマスターを見上げた。「何度か来てるよね、この人」

「たしかに似ていますが、本人かどうかはわかりません」マスターの歯切れは悪い。

石崎は立ち上がり、カウンター越しに身を乗り出した。

「どんな人ですか。どういう時に来ますか」

「いや、そういうことは——」マスターは言葉を濁そうとする。

「お願いです、教えてくださいっ。この女性を捜しているんです。この女性のお母さんから頼まれているんです。お願いします」石崎はカウンターに額が当たりそうな勢いで頭を下げていた。

4

大事な用があるので大至急店に来い、と武史《たけし》からメッセージが届いたのは、午後八時過ぎのことだ。冷蔵庫の残り物を混ぜ合わせたチャーハンを食べながら、真世《まよ》は叔父《おじ》に電話をかけた。

「何なの、大事な用って？」

「電話では説明しきれない。身体《からだ》が空いているなら、さっさと来い」武史の真世に対する言葉遣いは、いつもぞんざいだ。

「今、食事中なんだけど」

「会食じゃないんだろ。何を食ってる？」

「……中華料理」

「ふん、自宅で冷凍チャーハンか」

「失礼ね。ちゃんと作りました」

「それを食ったらすぐに来い。店は臨時休業にした」

「えっ……」どうやら本当にのっぴきならない用があるらしい。「一体何があったの？」

「電話じゃ説明できないといっただろ。だけど心の準備ぐらいはさせてやろう。用件は上松和美《うえまつかずみ》さん

——正確にいえば末永奈々恵さんに関することだ」

どきりとした。スプーンを落としそうになる。「……どんなこと?」

「彼女の幽霊を捜し出そうとするやつが店にやってきた」

心臓の鼓動が一気に速くなった。返事をする言葉が出ない。

早く来いよ、といって武史は電話を切った。

真世はスプーンを置いた。食欲が一気に消え失《う》せている。水の入ったコップに手を伸ばした。

上松和美は真世が部屋のリノベーションを担当した客だ。だが彼女には重大な秘密があった。じつは上松和美というのは別人の名前で、本名は末永奈々恵といった。深い事情があり、上松和美と末永奈々恵はお互いの身分と名前を交換したのだ。

本物の上松和美は、すでに亡くなっている。末永奈々恵として自殺したのだ。そして本物の末永奈々恵は、今は上松和美として暮らしている。

そのことを知っているのは真世と武史だけだ。決して他言しないと約束していることはいうまでもない。

約三十分後、真世は『トラップハンド』のカウンターについていた。

「何なの、その人?　どういう人?」武史から大体の事情を聞き、真世は眉をひそめた。

「本人によると老人ホームの職員らしい。で、末永奈々恵さんの母親がそこに入居していて、娘を捜してほしいと頼まれたということだった」武史は名刺を真世の前に置いた。そこには『ヴィラ・コンシード　設備課　課長代理　石崎直孝』とある。

「捜してって、どういうこと?　末永奈々恵さんは亡くなったってことで話は終わってるんじゃないの?」

「そのへんがよくわからない。石崎氏は奈々恵さんを捜してほしいと頼まれたというだけで、彼女の生死には一切触れなかった」

「じゃあ、知らないのかな」

「そうかもしれないし、知っているが敢《あ》えていわなかったのかもしれない」

「どうしてそれを確かめなかったの？」

「何といって確かめる？　末永奈々恵さんは自殺したはずですが、とでもいうのか？　なぜそんなことを知っているんだと訊かれたら、答えようがない」

それもそうか、と真世は鼻の上に皺を寄せた。

「面倒臭いなあ。なんでそんなことになっちゃったんだろう？」

「末永さんの母親の知り合いが、この店に入ろうとしていた奈々恵さんを偶然目撃し、手紙に書いてきたそうだ。それを読み、母親の心に火がついた。その知り合いというのは奈々恵さんが子供の頃にピアノを教えていたこともあり、他人の空似なんかじゃないといっているらしい」

武史の話を聞き、真世は頭を振った。「世の中には余計なことをする人がいるなあ」

「石崎氏から写真を見せられた時は、似ているけれど本人かどうかは断定できないといってごまかしたんだが、たまたま現れた美菜《みな》さんが上松さんの顔を覚えていて、この店で何度か見かけた、と石崎氏にはっきりいってしまった。そうなるとしらを切り続けるのは難しい」

陣内《じんない》美菜は『トラップハンド』の常連客だ。玉の輿《こし》に乗るのが夢らしく、めぼしい相手を見つけては『トラップハンド』に連れていき、本物の資産家かどうかを武史に判定させている。上松和美、つまり末永奈々恵も今や常連客のひとりだから、陣内美菜が顔を覚えていても不思議ではない。

「店には時々来るけれど、名前や連絡先は知らないといい張ればよかったじゃない。いつもの口からでまかせ作戦で、いくらでも丸めこめるような気がするんだけど」

「口からでまかせ作戦とは何だ。話術といえ話術と」

「その話術をどうして駆使しなかったのよ」

「状況を考えて、ここでごまかすのは得策ではないと判断した。それよりも優先すべきは、石崎氏がどんなカードを持っているのかを確かめることだと考えた」

「カードって？」

「仮に俺が石崎氏をうまく丸めこんで、彼が二度とうちの店に来なくなったとしても、別の手段で奈々恵さんの居場所を突き止めようとするかもしれないだろ。彼が持っている手がかりが、『トラップハンド』だけだという保証はない。もしほかに強力なカードを持っていて、それを頼りに奈々恵さんに接近するようなことになったら、こっちにはもう手を出せなくなる。それなら一旦こちらに引き込んで、協力するふりをしながら、相手の手の内を探ったほうがいいと思わないか？」

　真世は首を捻りつつ腕組みをした。「たしかに、そういわれればそうかも……」

「そういうわけで、石崎氏に真世のことを紹介せざるをえなくなった」

「そこなんだけど、どうして私の名前を出しちゃったわけ？」

「仕方ないだろ。誰かが石崎氏の相手をして、情報を引き出さなきゃいけない。ほかにそんなことのできる人間がいるか？　そもそも奈々恵さんの件について、真世には重大な責任がある。そのことを忘れるな」

「私だけ？　叔父さんは部外者だとでもいうわけ？」

「オブザーバーとしての責任は感じている」

「オブザーバー？　あれだけのことをやっておいてオブザーバー？」

「うるさいやつだな。俺も同席するんだから、つべこべいうな」

真世は武史を睨《にら》みつけた。「ピンチになったら助けてくれるんでしょうね」

「できるだけのことはするが、相手がどんなカードを繰り出してくるかはわからないから、なんともいえない」

「そんな無責任な……」

「少しでも困ったら知らぬ存ぜぬで押し通せばいい。まかり間違っても、その場しのぎの嘘《うそ》だけはいうな。後で辻褄《つじつま》合わせが大変になる」

「わかった。ところでこのことは上松さんにも話したほうがいいのかな」

「とりあえず黙っておけ。本人に話したところでメリットは何もない。不安がらせるだけだ。まずは俺たちだけで石崎氏の話を聞いて、それから作戦を練ろう」

5

翌日、『トラップハンド』が開店する前に真世は店を訪れた。午後五時に石崎と会うことになっているからだ。

「『ヴィラ・コンシード』について調べてみた」武史がスマートフォンの画面を見ながらいった。「種別でいえば介護付き有料老人ホームだ。総戸数は百八十四で、六十歳以上で自立していることが入居要件らしい。入居者二・五名に対して介護職員が一人ということだから、まずまず手厚いサービスは受けられるんだろう。それだけに安くはない。入居時の初期費用は二千万円以上で、入居後も月額十万円以上が必要だ」

「そういう高級施設に入る人の多くは、自宅を売却して、そのお金をあてることが多いはずだよ。末永さんのお母さんも、たぶんそうしたんじゃないかな」

「今後、大金が必要になることもないだろうしな。余ったカネを娘捜しにあてようってわけか。石崎氏には、それなりの謝礼が約束されているのかもしれない。だとすれば石崎氏も簡単には引き下がらないな」

何事も自分を基準に考えるのは武史の癖だ。好意や親切心だけで動く人間がいるとは思っていないのだ。

「それにしても末永さんのお母さんは、なぜ今になってそんなことを頼んだのかな。奈々恵さんの葬儀だって執り行われたはずなのに」

「そのあたりのこともうまく聞き出さないとな。とにかく大事なのは、末永さんの母親が上松さんに会いたがるような流れにだけは絶対にしちゃいけないってことだ。遺体の場合は親でも人違いをする可能性はあるが、生きている娘を他人だと思い込む可能性は皆無だと思っていたほうがいい」

「そんなことになったら、これまでの苦労が水の泡だね」

「そうならないよう気を引き締めてかかれ」武史が真世の前に一本の瓶を置いた。栄養ドリンクの瓶だった。

真世はぐいと力を込めて蓋を開け、いただきます、といって一気に喉に流し込んだ。決して美味しくはないが、おかげで気合いが入った。

スマートフォンの時刻表示が午後五時を示した直後、入り口のドアが開いた。のっそりと入ってきたのは、やや小太りの中年男性だった。真世を見て、小さく会釈してきた。

「お待ちしておりました」武史が挨拶した。「どうぞお入りになってください」

男性が遠慮気味に入ってくるのを見て、真世はスツールから下りた。

「紹介します。昨日、お話しした姪《めい》の神尾《かみお》真世です」武史がいった。

石崎はショルダーバッグをまさぐり始めた。出してきたのは名刺だった。「今日はわざわざすみません」

真世もあわてて名刺交換に応じた。

「どうぞお掛けになってください」武史がカウンターから声をかけた。「せっかくですから、何かお飲みになりませんか？　もちろん私の奢《おご》りです」

「いや、私は結構です。店を使わせてもらったうえに御馳走《ごちそう》になるわけにはいきません」

「私はギネスビールを貰《もら》おうかな」

「わかった」

返答に詰まった時などに時間稼ぎをするため、手元に飲み物を置いたほうがいいというのは武史からのアドバイスだ。

石崎はスツールに腰掛けると、硬い表情を真世に向けてきた。「早速ですが、用件に入らせてもらってもかまいませんか」

どうぞ、と真世は答えた。

石崎は膝の上に置いたショルダーバッグから一枚の写真を出してきた。「この女性とお知り合いだと伺ったのですが」

それは末永奈々恵が上松和美と出会う前の写真だと思われた。背後に書棚が写っているから、勤務していた書店で撮ったものだろう。

「いかがですか」石崎が真世の顔を窺《うかが》ってきた。

慎重に答えなければならない局面だった。全然知らない人だといえば、陣内美菜の話と食い違ってしまう。だからといって知っていると断言するわけにもいかない。

「この女性のお名前は？」写真を手にしたままで真世は訊いた。

「末永さんといいます。末永奈々恵さんです」

「スエナガさん……」そんな名前は初めて聞いたとばかりに真世は首を捻った。「申し訳ないんですけど、私が知っている方とは別人のようです。たしかに雰囲気や顔つきなんかは似ています。でも、まるで違うお名前です」そういって写真を返した。「所謂《いわゆる》、そっくりさんというやつですね」

「その方のお名前は何とおっしゃるんですか」石崎が訊いてきた。

「それはちょっと……個人情報ですし」

「本名でしょうか。偽名ってことはありませんか」

「それはないと思います。いろいろな書類で確認しました。だから別人だと断言できるんです」

「書類というと？」

「先程の名刺を見ていただければわかると思いますけど、リフォームの仕事をしております。その縁で知り合ったんです。だから住民票や身分証、実印なども確認させていただきました。いずれもきちんとしたもので、本人でなければ用意できなかったと思います」

「ははあ。部屋のリフォームを……」石崎は意外そうな顔を真世に向けてきた。

「わかっていただけました？」

石崎は吐息を漏らし、未練がましい目でしばらく写真を見つめた後、顔を上げた。

「その方の写真か何かをお持ちじゃありませんか？」

「写真……ですか」

「末永ヒサコさんに見せたいと思いまして。ヒサコさんというのは奈々恵さんのお母さんです。写真を見て、単なるそっくりさんだったとわかれば、納得すると思うんです」

「そういうことですか……。でも、ごめんなさい。写真は持っていません。撮る機会がなかったので」

「何とか手に入れられませんか」

「写真を？」

「はい。一枚でもあれば助かるんですが」

「そういわれても……」

どう対応していいかわからず、真世は武史を見上げた。

「その末永ヒサコさんは、どうして娘さんを捜しておられるんですか」カウンターの中から武史が石崎に訊いた。「家出して、そのまま行方不明とか？」

「ええ、まあ、そんなところです」石崎は言葉を濁している。

「娘さんの荷物は今どちらに？」

「荷物？」

「ええ。まさか家財道具一式まとめて雲隠れしたわけではないでしょう？　残された荷物を調べれば、娘さんの行き先がわかるかもしれません。だから荷物はどこにありますかとお訊きしているんです」

「はあ、それは末永さんのところにありますが……」

「娘さんは末永さんと同居していたんですか」

「いえ、東京で独り暮らしをしていました。だから、家出というのは変かもしれませんね」

「その部屋はどうなったんですか」

「引き払ったと聞いていますけど……」

「引き払った？」武史は大げさにのけぞってみせた。「どうしてですか？」

「どうしてって、そりゃあ……」そこまでしゃべったところで石崎は口籠もった。

「賃貸契約を結んだのは本人でしょう？　その本人が行方不明だからといって、早々に部屋を引き払うのはどうかと思います。だって、ひょっこり戻ってくるかもしれないじゃないですか。そもそも、独り暮らしだったとはいえ、残された荷物をすべて老人ホームの一室に収納するなんてことが可能でしょうか」

武史の口から矢継ぎ早に繰り出される疑問に、石崎の顔はみるみる白くなっていった。カウンターに置かれた手の指先がぴくぴくと震えている。

やがて、すみませんっ、と彼は頭を下げた。

「私は嘘をついていました。最初から本当のことをいえばよかったんですが、信じてもらえるかどうか自信がなくて、仕方なく嘘を……。本当に申し訳ございません。何もかも正直に申し上げます。じつは末永奈々恵さんは、八か月ほど前に自殺しているんです」

石崎が俯《うつむ》いたまま、狼狽《ろうばい》した口調で発するのを聞き、真世はどんな反応を示せばいいのかわから なかった。何も知らない人間ならば仰天するか、あるいは意味がわからずに当惑する局面だろうが、真世は誰よりも事情を了解している。

石崎さん、と武史が冷めた声で呼びかけた。

「それはどういう意味ですか？　自殺したというのは何かの比喩《ひゆ》でしょうか。我々にもわかるように説明していただけると助かりますが」

大したものだ、と真世は叔父の演技力に感心した。ふつうなら驚いたふりをしてしまうところだが、それではリアリティがないとわかっているのだ。

「はい、御説明いたします。うまく話せるかどうかわかりませんし、信用してもらえないかもしれませんけど、すべて本当のことです」石崎が顔を上げた。すっかり紅潮している。

「その前に口を潤わせたほうがいいんじゃないですか」武史は冷蔵庫からビールを出してくると、石崎の前にタンブラーを置き、ゆっくりと注いだ。「気持ちも落ち着かせたほうがいい」

「はい、そうさせていただきます。本当に申し訳ありません」

ちびちびとビールを口に含みながら石崎は話し始めた。その内容の半分は真世が承知していたものだったが、残りの半分は全く予想していないものだった。末永久子が軽度認知障害を示し始めているというのは、後者の代表だ。

「日によって、というか、その時々によって症状が全然違うんです。ものすごくしっかりと考えながら話しておられると思ったら、突然、何もかも忘れてしまったようになったりします。奈々恵さんの自殺を受け入れられないのも、病気のせいかなと思ったりするんですが、その話をする時の末永さんはとても落ち着いていて、おっしゃってることも筋が通っていたりするんです」

山村洋子という古い知人からの手紙を読んだのは、末永久子の頭脳が明晰《めいせき》だった時のようだ。東京で奈々恵らしき女性を目撃したと書かれているのを読み、本人かどうかを確かめてほしいと石崎に頼んだらしい。

「正直なところ、私自身、奈々恵さんが生きているとは思っていません。でも末永さんの気持ちを考えると何もしないというのも気が引けて……。だから山村さんからの情報が、単なる他人の空似だったってことなら、その証拠だけでも持ち帰れたらと思ったわけなんです」

「石崎さん、末永さんのことを大事に思っていらっしゃるんですね」真世は率直な感想を口にした。

「いやあ、そういうわけでは……。ただ、少し気になっていることはあります」

「どんなことですか」

「他人様《ひと》の事情なので明かすのは心苦しいのですが、末永さんは経済的に行き詰まりつつあると思われます。時折頼まれて近所のＡＴＭでお金を下ろすのですが、余裕があるとはいえない状況なんです」

「そうなんですか？　でも高級老人ホームに入居したぐらいなのだから、ある程度の資金があったんじゃないんですか」

「そうなのですが、末永さんの場合、突発的な事情により、大金が必要になったんです」

「突発的な事情って？」

「賠償金です」

石崎の口から出たのは意外な言葉だった。

「奈々恵さんが住んでいた部屋のオーナーが、末永さんに賠償請求をしたそうなんです。事故物件っていうんでしょうか。入居者が自殺したとなれば、その部屋はなかなか借り手がつかないし、運良く見つかったとしても、賃料をずいぶんと下げなきゃいけないそうですね。そこでオーナーが、損した分を取り戻そうと訴えたというわけです。末永さんから正確な金額を聞いたわけではありませんが、なんだかんだで一千万円近くかかったんじゃないかとみんなはいっています」

「ああ、そういうことかあ」

真世自身はまだ扱ったことはないが、事故物件になってしまった賃貸用の部屋をリフォームしたい、という話はよく聞く。賠償請求される側としてはたまったものではないだろうが、予定していた賃料が入らなくなってしまった家主側の辛《つら》さもわかる。

「もし末永さんが施設の利用料を払えなくなったらどうなるんですか」真世は訊いた。

「大変心苦しいんですが、その場合は施設から退去していただくしかありません。そういう契約になっていますから」

「末永さんは現在、軽度認知障害を抱えているわけですよね」武史が確認した。「本格的に認知症になった場合も退去ですか」

「今の部屋からは出ていただくことになります。その代わりに、当施設の隣にある介護棟に入っていただきます。入居時の契約で、そうなっているんです。ただしそれも利用料を支払っていただけることが前提です」

事態の深刻さが真世にもはっきりと見えてきた。今のままでは、末永久子は認知症になった状態で放り出されるおそれさえあるのだ。

「末永さんが経済的に逼迫《ひっぱく》しつつあるというのはわかりました。それが奈々恵さんの死とどう関係しているんですか」武史が質問した。

「先程、奈々恵さんの荷物は末永さんの部屋にあるといいましたが、じつは荷物だけではないんです」

「といいますと？」

「奈々恵さん名義の預金通帳や印鑑、カード類なんかも末永さんの部屋にあります。しかもそれらの解約手続きをしておられません。それどころか奈々恵さんの死亡をまだ銀行には知らせていない様子で……」

「じゃあ口座は凍結されず、そのままになっているんですか」

武史の問いに、そうです、と石崎は答えた。

「末永さんから伺った話によれば、預金残高はかなりの高額のようです。たぶん今後の末永さんの生活費を補ってあまりあると思われます」

「それなら悩む必要はないじゃないですか。奈々恵さんは亡くなっているんだから、末永さんには相続する権利がある。ふつうは親の遺産を子が相続しますが、逆になったって法律的には何の問題もない」

「おっしゃる通りですが、末永さんにその意思がないのが問題なんです」

「その意思とは？」

「末永さんは、奈々恵さんがまだ生きていると思っておられます。相続するということは、娘の死を受け入れるのと同じです。だから頑として相続を拒んでおられるんです。奈々恵さんの預金通帳なんかにはまるで関心がない様子で、仏壇の抽斗に無造作に放り込んだままです」

そういうことか。真世は目眩《めまい》がしそうになった。どうやら問題は思った以上に複雑らしい。さすがの武史も困惑の色を浮かべている。

つまり、と武史はいった。「末永さんに奈々恵さんの遺産を相続させるためにも、娘の死を受け入れさせる必要があるというわけですね」

そうなんです、と石崎は頷いた。

「だから、山村さんが見かけた女性は他人の空似、単なるそっくりさんだったという証拠がほしかったんです」

「しかし、それがあったとしても、末永さんが奈々恵さんの死を受け入れるとはかぎらないんじゃないですか」

真世の問いに、おっしゃる通りです、と石崎は力のない笑みを浮かべた。

「今回は納得させられたとしても、これからもきっと同じようなことがあるでしょう。そのたびに根気よく付き合うしかないと思っています。でもあの方の場合、それでいいような気もするんです」

「どうしてですか」

「こんなことをいうのも何なのですが、末永さんに万一のことがあっても、おそらく看取《みと》る人はいないんじゃないかと思います。面会に来る方もいらっしゃいませんし」

「そうなんですか」

「それならいっそのこと、どこかで娘が生きていると思っていたほうが、まだ孤独じゃなくて幸せなのかもしれないなんて、そんなふうに思うわけです」石崎は遠くを見る目をして呟いた後、はっと息を呑《の》む顔になった。「すみません。余計なことをべらべらとしゃべってしまいました。お二人には関係のない話でしたね」

「大変ですね、老人ホームでのお仕事って」

「そうですが、楽しいことだってあります。ちょっとしたイベントでお年寄りたちが喜んでいるのを見たら、嬉《うれ》しくなりますし」

ああそうだ、といって石崎はショルダーバッグから一枚のパンフレットを出してきた。

「来月、秋祭りをするんです。結構大々的なもので、去年も大いに盛り上がりました。とはいえ今回は演《だ》し物《もの》が足りなくて、少し焦っているんですけどね」

武史は神妙な顔でパンフレットを受け取った。「このたびはお力になれず、申し訳ありませんでした」

「いえ、話を聞いていただけただけで胸のつかえが少し取れたように思います。お付き合いくださり、ありがとうございました」

石崎はスツールから立ち上がると丁寧に頭を下げた。

6

石崎が店から出ていき、ドアが完全に閉じるのを見届けてから、真世は深々とため息をついた。

「あー、疲れた」

黒ビールが注がれたままのタンブラーを引き寄せた。クリーミーだった泡は、殆ど消えてしまっている。それでもひと口飲むと、程よい刺激が香ばしさと共に喉を通過した。

「どうにか、石崎氏は納得させられたようだな」

「助かったよ。あの様子だと、もうここへ来ることはないんじゃないかな」

「おそらくそうだろう。しかし問題が解決したといえるだろうか」

「えっ、どういうこと?」

武史は答えずにカウンターの奥にあるドアを開け、どうぞ、といった。

やがてそこから出てきた人物を見て、真世は黒ビールを噴きそうになった。硬い表情をした上松和美――末永奈々恵だったからだ。

「上松さんっ」真世は声のトーンを上げた。最初に会った時からこう呼んでいるので今更変えられないし、その必要もない。

どういうこと、と武史に目を向けた。「石崎氏のこと、上松さんには知らせないでおこうといってたじゃない」

「あれから考え直した。やはり知らせておくべきだと思ってね。それなら我々が説明するより、自分の目と耳で確認してもらったほうがいい」

「だったらそのことを私にも教えてくれたらいいじゃない」

「真世に教えたら、奈々恵さんの耳を意識して言動が不自然になるおそれがある。いいじゃないか、こうして種明かしをしてやったんだから」

「それはそうだけど……」

何となく釈然としない。大人扱いされていない気がした。

「それで、どうでしたか」武史が末永奈々恵に訊いた。「石崎氏の話を聞いて、何か気になったことはありますか」

末永奈々恵は首を傾げた。

「意外でした。母がまだ私の死を受け入れていなかったなんて。お葬式までやったというのに……」

「人間の脳というのは不可解です。その時は疑問に思わなかったことに後になってから引っ掛かるというのは、よくあります。特にお母さんの場合、病気で記憶が曖昧になることもあるようなので、より問題が複雑化している可能性がある」

「その点も予想外でした。あの人が認知症だなんて……」

「その言葉を使うのは、まだ早いでしょう」武史は小さく首を横に振った。「話を聞いたかぎりでは軽度認知障害と呼ばれる段階だと思います。健常者と全く変わらない思考活動が可能な場合も多いと聞きます。ただ、認知症に移行することも考えたほうがいいかもしれない」

「あの人にふさわしい晩年だと思います。何でも意のままになると思い、人の気持ちも考えずに好き勝手に生きてきたけれど、最後は認知症になって自分が誰なのかもわからなくなって死んでいく――あの人らしいといえば、あの人らしいです」

「石崎氏の話によれば、経済的な問題も発生しているようです。賃貸マンションのオーナーから賠償請求されたというのは、あなたとしても予想外だったんじゃないですか」

「あの話には少し驚かされました。でも考えれば当然のことですよね。店子《たなこ》に部屋で自殺されるなんて、家主にしてみれば災難でしかない。私も上松さんも、そこまで考えなかったのは迂闊《うかつ》でした。ただ石崎さんがいってらしたけれど、その補償額を支払ったとしても十分に見合うだけのお金を、私は自分の口座に残しておいたんですけど……」

「自分の口座というのは、末永奈々恵さん名義の口座ですね」

武史が確認すると、そうですと末永奈々恵は答えた。

「上松和美さんの口座から現金を引き出して、末永奈々恵の口座に入金しました。どちらも銀行の窓口で手続きをしました。いずれの場合でも身分証を求められましたけど、怪しまれることはありませんでした」

それはそうだろう、と真世は思った。彼女は上松和美であり、末永奈々恵でもあるのだ。顔写真付きの本物の身分証を堂々と使える。

「しかしせっかくあなたが用意した資金を、お母さんは相続していないようです」武史がいった。

「それについてはどう思いますか」

「どう思うかと訊かれても……」末永奈々恵は肩をすくめた。「何とも答えようがありません。真実はどうあれ、末永奈々恵という人間はこの世から消えたんです。少なくとも役所の書類上ではそうなっています。相続しないのはあの人の勝手だけれど、ほかの人に迷惑がかからなければいいなと思います」

「それに関しては憂慮せざるをえませんね。石崎氏の口ぶりでは、末永さん自身の預貯金は時間の問題で底をつくようです。やがては月々の支払いができなくなる」

「そうなれば、さすがにあの人も相続するんじゃないでしょうか。プライドの高い人だから、支払いを滞納したり借金するなんて、論外のはずです」

「でもその前に症状が進行し、認知症と診断されたら話は厄介ですよ。相続の手続きができなくなります」

「どうしてですか。その時には、誰かが代わりに手続きしてくれるんじゃないですか」

「それは無理です」武史は言下に否定した。「たとえ認知症であっても、末永さんが正式な相続人である以上、彼女の意見を無視して手続きすることなど誰にもできません。唯一の方法は代理人を立てることですが、認知症と診断される前に済ませておく必要があります。もちろん、それにも本人の同意が必要です」

「いずれにしても末永さんが認知症になる前に手を打たなきゃいけないってこと？」

真世の質問に、そうだ、と武史は答えた。

「そうしないと、せっかく奈々恵さんが残した遺産が宙に浮いてしまうことになる」

末永奈々恵は顔をしかめた。

「こんなことなら、上松さんが自殺する前に父の口座にお金を振り込んでおけばよかった。父が入金に気づいて私に連絡を取ろうとしたら話が面倒になると思ってやめておいたんですけど……」

「口座は凍結されていないんだから、今からお母さんの口座に振り込んだらどうですか」真世は訊いた。

「残念ながら、通帳も印鑑も私の手元にありません」

「仮にあったとしても、本人が手続きをするのはまずい」武史がいった。「いつかは銀行も末永奈々恵さんの死亡に気づく。遡って記録を調べたら、本人の死後に振り込みがあったことに不審を抱くだろう。どの店でどんな人間が手続きしたかを確認するに違いない。店内の防犯カメラに本人の姿が映っていたりしたら大騒ぎになる」

冷静な口調に真世は苛立ちを覚えたが、武史のいう通りなので反論できなかった。

「だったらインターネット・バンキングを使うのは？　手続きをしたのが誰なのかはわからない」

「無理です。取引をするにはパスワード生成機が必要です」末永奈々恵がいった。

「それもお母さんのところにあるんですか」

「そのはずです」

真世は頭を掻《か》いた。「じゃあ、打つ手はないってこと？」

「いや、ひとつだけ方法がある」

そういいながら武史が手に取ったのは、石崎が置いていったパンフレットだった。

7

控え室に現れたのは、眼鏡をかけた小柄な中年女性だった。彼女は真世たちを見て、深々とお辞儀をした。胸に『坂田』と記されたネームプレートを付けている。

「施設長の坂田です。このたびはわざわざ遠いところまでお越しくださり、ありがとうございます。石崎から話を聞いた時には、そんな奇特な方もいらっしゃるんだなあと驚きました」

いやいや、と鷹揚《おうよう》に手を横に振ったのは武史だ。黒のタキシード姿だった。

「近々、あるイベント会場でショーを披露することになっているのですが、何しろ久しぶりなので、助手と呼吸が合うかどうかなども含めて、本番同様のリハーサルをしておきたかったんです。老人ホームでの慰問公演というのは、予行演習としてベストです。失礼ながらお客様は御高齢者ばかりで、こちらが多少ミスをしても気づかれる心配がありませんしね」

「御謙遜を。石崎から伺いましたけど、若い頃にはアメリカで御活躍されていたこともあったとか。――そうなんでしょ？」脇に控えていた石崎に同意を求めた。

はい、と彼は返事をした。

「今回のお話を神尾さんからいただいた後、インターネットで調べて、びっくりしました。ラスベガスのステージに立たれたこともあるそうで、ステージネームはサムライ――」

「そこまでにしておきましょう」武史が右手を出し、石崎を制した。「大昔の話です」

はあ、と石崎は当惑している。地雷を踏みかけたことに気づいていないのだろう。

「とにかく、そんな方のショーを間近で見られるなんて、本当にありがたいことです」施設長がとりなすようにいった。

「どうか、それ以上はおっしゃらないでください。プレッシャーになりますので。私はともかく、助手の二人は本日がデビューですから」

「あら、そうなんですか」施設長は真世たちを見た。

よろしくお願いします、と真世は頭を下げた。

こちらこそ、と応じてから施設長は腕時計を確かめた。

「では、あまり時間もありませんし、お邪魔になっては申し訳ないので、このへんで退散いたします。後は客席で拝見させていただきますね」

「どうぞ、楽しんでください」武史は会釈して、部屋を出ていく坂田施設長を見送った。ドアが閉まると振り返り、「施設長、なかなか御機嫌のようだ」と笑みを浮かべた。

「そりゃあそうですよ」石崎が声を裏返した。「演し物が足りなくて困っていましたから、まさに渡りに船です。マジックショーなんて久しぶりだし、おまけに交通費以外に出演料がいらないなんて、うちにとっては夢みたいな話です。神尾さんからお話を伺った時には、すぐには信じられませんでした」

「大げさな」武史は小さく身体を揺すった。

「そういっていただけると少し気が楽になります。では私も失礼します。あとはよろしくお願いいたします」

「そういっていただけると少し気が楽になります。「さっきもいいましたが、うちとしては格好の予行演習なんです。どうかお気になさらず」

「はい、任せてください」

石崎が出ていくと武史は改めて真世たちに目を向けてきた。「二人とも、準備と覚悟は整ったか?」

真世は隣にいる末永奈々恵と顔を見合わせた。真っ赤なチャイナドレス姿の彼女は、感染症対策のマスクを付けている。石崎に素顔を見せるわけにはいかないからだ。だがその目が不安げに泳いでいるのはわかった。きっと自分も同じだろうと真世は思った。

「どうなんだ?」武史が重ねて訊いてきた。

「準備は何とか」真世はいった。「でも覚悟はできてない」

武史はしかめっ面をした。

「腹をくくれ。それなりに練習したんだから自分を信じろ」

「そういわれてもなあ」

「あなたも大丈夫ですね」武史は末永奈々恵に訊いた。

「不安ですけど、ここまで来たからにはじたばたしません」

「その意気です」

真世は傍らに置かれた姿見に目をやった。ゴスロリのワンピースに身を包んだ自分の姿を見て、心が折れそうになる。この格好で人前に出ろというのか。

末永奈々恵の預金を末永久子の口座に移すには、インターネット・バンキングを使うしかなかった。だがそのためには久子の部屋にあるパスワード生成機が必要だ。いかにしてそれに近づくか。解決策として武史が出してきたアイデアが、施設の秋祭りにマジシャンチームとして乗り込むというものだった。

「俺たちが怪しまれることなく施設に立ち入るには、これ以外に方法はない。どうしても嫌だというのなら、代替案を出してみろ」

武史にそういわれたが、対抗できる案など思いつかなかった。しかも末永奈々恵が、彼のアイデアに乗り気を示した。面白そうだからやってみたいというのだった。

武史が石崎に連絡すると、話はとんとん拍子に進んでいった。そうなるともう後戻りはできない。週末は、武史が用意したレンタルスタジオで猛特訓することになった。

ノックの音がしてドアが開き、女性スタッフが顔を覗かせた。「チーム神尾の皆様、そろそろよろしいでしょうか」

「我々はいつでも」武史が答え、立ち上がった。「さあ、ではトランプガールズたち、いざ出陣だ。おっと、その前に仮面を付け忘れるな」

武史にいわれ、真世は椅子の上に置いた仮面を手にした。

舞台の袖で待機していると、これを聞けば誰もがマジックや手品を思い浮かべるという曲が流れ始めた。『オリーブの首飾り』というタイトルは、今回初めて知った。松旭斎《しょうきょくさい》すみえという女性奇術師が一九七五年頃から使い始め、それが日本の手品業界に広まったのだという。いわば定番の曲なのだが、アメリカ帰りの武史が使用すると聞き、真世は意外な気がした。凡庸すぎるとは思わないのか。

「真世は大衆芸能というものがわかっていない。それは演者だけでなく観客も一緒になって盛り上げていくものだ。だからBGMも観客が乗れるものでなければならない。ましてや今回の客は高齢者たちだ。わかりにくいものは御法度。その点、『オリーブの首飾り』を流しておけば、何ひとつ説明しなくても、観客たちは我々をマジシャンだと思い、これから手品が始まるのだと了解してくれる。こんなに便利なものを使わない手はない」

訳知り顔で語られ、はあそうですか、と相槌《あいづち》を打つしかなかった。

その定番の音楽が流れる中、真世たちは舞台に出ていった。舞台といっても、高い壇が設けられているわけではない。ホールにはパイプ椅子が並べられ、施設の入居者たちが座っている。

武史がマジックを披露し始めた。まずは空間から次々に花を出すマジックだ。花がいっぱいになると真世たちが受け取り、花束にまとめて観客たちにプレゼントするという手順だ。よく見ると安っぽい造花なのだが、雰囲気に乗せられ、客たちは喜んでくれる。

花を出し尽くすと武史は両手を広げて観客たちに正対した。

「こんにちは、『ヴィラ・コンシード』の皆様。このたびは我々のショーのためにお集まりくださり、まことにありがとうございます。私がマジシャンの神尾武史です。そして助手を務めますのは、トランプガールズのハートとダイヤです」

武史から紹介され、真世と末永奈々恵は派手な衣装で愛想笑いをふりまく。それぞれトランプのハートとダイヤのマークを形取った仮面を付けているが、これがなければ恥ずかしさにとても耐えられないだろう。トランプガールズというネーミングもいかがなものかと思うが、「年寄りが相手の場合はベタが一番いい」と武史に自信たっぷりにいわれると反論できなかった。

拍手を浴びながら真世は客席を見渡した。末永久子の位置は袖にいる時に確認済みだった。白髪を奇麗にまとめた上品そうな老婦人だ。顔つきも穏やかで、娘を意のままに操ろうとした鬼親には見えなかった。彼女は今、ダイヤの仮面を付けてステージに立っている女性が自分の娘だとは、夢にも思っていないだろう。

その末永奈々恵は、にこやかに手を振っていた。その目が母親の姿を捉えていないはずがなかったが、表情に変化はないようだった。

「では皆様、短い時間ではございますが、不思議なマジックの世界をお楽しみください」

武史の言葉と共に、再び『オリーブの首飾り』の音量が大きくなった。

いくつかのマジックを披露した後、「ではこのあたりで、お客様にも参加していただきましょう」と武史はいった。「トランプガールズのハート君とダイヤ君、お手伝いしてくださる方を選んでくれたまえ」

真世は予め目を付けておいた観客たちに声をかけた。三人目は末永久子だった。

「あらあら、私なんて結構。ほかの人を選んでちょうだい」

「そんなことをおっしゃらず、是非」真世は促した。

「そうよ、末永さん。せっかくだから出ていきなさいよ」

幸い、周りの老人たちが後押ししてくれた。それでようやく末永久子も、それじゃあまあ、と腰を上げた。

舞台では武史が五つの風船を用意して待っていた。風船の色はすべて違っていて、赤青黄黒白とある。

「この風船の一つに、本日の格言が入っています」武史がいった。「引き当てた方には素敵なプレゼントを差し上げます。好きな色の風船を選んでください。前の方から順番にどうぞ」

一番目の老婦人が赤色といった。武史は赤色の風船を手にし、もう一方の手に持った針を突き刺した。風船は割れたが中からは何も出てこない。

「残念ながら外れのようです。次の方、どうぞ」

二番目は男性だった。彼は白色を選んだ。武史が風船を割ったが、やはり外れだった。

三番目も男性で黄色の風船を選んだ。四番目の女性は黒色を選んだ。しかしどちらも中は空っぽだった。

最後が末永久子だった。無論たまたまではなく、そうなるように真世と末永奈々恵が老人たちを誘導したのだ。しかし老人たちに、誘導されたという意識はないはずだった。

末永久子は風船を選ばなかった。すでに青色しか残っていないからだ。

武史は青色の風船を手にし、上下に振った。すると、からからと乾いた音が鳴った。

「おや、何か入っているみたいですよ」

彼が右手を近づけると、風船は激しく破裂した。ひらひらと何かが舞い落ちた。折り畳まれた紙片のようだ。

「こんなものが入っていました」武史は拾い上げ、末永久子に渡した。「どうぞ、御自分でお確かめになってください」

末永久子は紙を広げた。その目が大きく見開かれた。

「何と書いてありましたか」武史が訊いた。「ほかの方にも見せてあげてください」

末永久子は広げた紙を客席に向けていった。『残り物には福がある』です」

おおっ、と歓声が上がった。

「最後に残った風船に当たりくじが入っていましたから、まさに予言通りになりましたね。おめでとうございます。お名前を伺ってもよろしいですか」

「はい、末永です」

「末永さん、これからもお元気でいてくださいい。参加してくださったほかの皆様も御協力ありがとうございました。皆様、拍手をお願いいたします」

観客たちが手を叩《たた》く中、舞台に上がった老人たちは自分たちの席へと引き上げていった。

「おっと大事なことを忘れていました。末永さんにプレゼントを差し上げないと。トランプガールズのダイヤ君、末永さんを席までお送りしたら例のプレゼントをよろしく」

ダイヤこと末永奈々恵は戸惑っている。プレゼントの意味がわからないからだろう。真世も聞いていなかった。すると武史がいった。

「プレゼントとはトランプガールズによるマッサージです。ダイヤ君、末永さんの肩をお揉《も》みするように」

あははは、と場内に笑いが起きた。末永久子も笑っている。

「ダイヤ君、何をしているんだ？　さあ、早く。末永さんがお待ちだ」

武史に促され、末永奈々恵は末永久子の肩を揉み始めた。

「末永さん、いかがですか？」武史が訊いた。

「ええ、とっても気持ちがいいです」

「それはよかった。ところで皆さん、『残り物には福がある』の意味は、余ったものや人が残したものの中には思いがけず良いものがある、ということですが、それは人生についてもいえます。長く生きてこられた皆さんは、これからの人生を単なる残り物だと思ってはいませんか。そんなことはありません。その残り物にこそ、人生最良の楽しみがあるかもしれません。どうかその日が来ることを期待して、これからも元気にお過ごしください」

武史の言葉に、会場に拍手が鳴り響いた。

8

1009号室のボタンを押した。弱々しい声で返事があり、ドアが開いた。末永久子の小さな顔が覗いた。真世たちを見て、あら、と彼女はいった。「あなたは、ええと……」

「こんにちは。先程はお手伝いしていただき、ありがとうございました」真世は笑顔で挨拶した。トランプガールズの衣装を着たままだった。

末永久子は不安げに視線を彷徨わせていたが、やがて頬を緩めた。

「手品の人たちね。黒い服を着た男性と一緒に出ていたわ」

「そうです。楽しんでいただけましたか」

末永久子は少し間を置き、気まずそうに顔をしかめた。

「ごめんなさい。どんな手品だったかしら」

「風船を……」

ああ、と末永久子は手を叩いた。

「そうそう。男の人が奇麗な風船を割ったら、中から手紙が出てきたのよ。それで……」末永久子は頬に手を当てた。「その後、どうしたのだったかしら」

どうやら記憶が曖昧になっているようだ。今日はあまり脳の調子が良くないのかもしれない。

「末永さんにプレゼントを差し上げることになったんです。それでお迎えにあがった次第です」

「お迎え？」

「はい。別の場所にプレゼントを御用意してあります。ダイヤが御案内しますので、一緒に行ってくださいますか。私はお留守番をしておきます」

「なあに、プレゼントって？」

「それは見てのお楽しみです」

「へえ、何をいただけるのかしら」末永久子は嬉しそうに出てきた。

真世はダイヤの仮面を付けた末永奈々恵と目を合わせた。彼女は二度瞬きした。小さな動きだが、覚悟を決めた合図のように見えた。

二人が去っていくのを見送った後、真世は部屋に入った。

間取りは機能的でコンパクトだった。そのくせ短い廊下にも幅をもたせてあるのは、身体が不自由になった時のことを考えてのものだろう。

室内を見回したが、無駄な家具類は全くなかった。収納はクロゼットだけで済ませるようにしてあるのだ。

テレビの横に小さな仏壇があった。写真立てが二つ並んでいる。一方には末永奈々恵の写真が入っていた。

奈々恵さんの預金通帳なんかにはまるで関心がない様子で、仏壇の抽斗に無造作に放り込んだまま――石崎の言葉を思い出しながら仏壇の抽斗を開けたら、本当に通帳が入っていた。

さらに探ってみると、印鑑やカードだけでなくインターネット・バンキングで使用するパスワード生成機も出てきた。

真世は持参してきたノートパソコンを起動させ、銀行のサイトにアクセスした。ログインするためのパスワードなどは末永奈々恵から教えてもらっている。

すべての作業を終えたところで時計を見た。部屋に入ってから十分少々しか経っていなかった。

武史に電話をかけ、作業が終わったことを伝えた。

「御苦労、よくやった。だけど、奈々恵さんにはまだ連絡するな」

「どうして？」

「今、二人は敷地内の花壇にいて、並んで花を見下ろしている」

この口ぶりから察すると、武史は二人の様子を窺っているらしい。

「それで？」

「こんな機会は、おそらく今後二度とない。あと五、六分待て」

「わかった」

電話を切り、真世は窓から外を見下ろした。すると花壇のそばにいる二人の姿が確認できた。何かを話しているようだが、もちろん声が届いたりはしない。

こんな機会は、おそらく今後二度とない――武史のいいたいことはよくわかった。あの二人は母娘《おやこ》だが、そのことに母は気づいておらず、娘は正体を隠している。

時計を見て、六分が経過したことを確かめてから末永奈々恵のスマートフォンに電話をかけた。すぐに繋がり、はい、という声が聞こえた。

「神尾です。こちらの作業は無事に完了しました」

「わかりました。これから戻ります」末永奈々恵は落ち着いた声で答えた。

真世は部屋の前で二人を待った。間もなく彼女たちが戻ってきた。末永久子はニコニコしている。首に花柄のスカーフを巻いていた。

「これを貰ったんです。嬉しいわ」指先でスカーフに触れ、末永久子は満足そうにいった。

「素敵ですね。すっごくお似合いです」

「そう？　よかった」

「じゃあ末永さん、私たちはこれで失礼します」末永奈々恵がいった。

「ああ、そうなの。残念ね。またいつでも来てちょうだいね」

真世たちは手を振り、歩きだした。横目でちらりと末永奈々恵を見た。仮面を付けたままだったが、その目が充血しているのはよくわかった。

9

奈々恵が自宅に着いたのは午後八時を少し過ぎた頃だった。神尾真世たちから食事に誘われたが、今日は疲れたのでといって辞退した。実際、身体が重かったし、食欲もなかった。部屋着に替える気力もなく、ソファに倒れ込んだ。

いろいろなことがあった一日だった。まさか自分がマジックショーの助手をする日が来るとは夢にも思わなかった。話を聞いた時には冗談ではないと思ったが、神尾の説明を聞くうちに、問題を解決するにはこれしかないと思った。

だが本音をいえば、久子に会ってみたかった。正体を明かすことなく会えると聞き、心が動いた。老人ホームで久子の姿を見た時には、胸にこみ上げてくるものがあった。その感慨がどこから来るのか、奈々恵自身にもわからなかった。

第一印象は、小さくなったな、というものだった。腰が少し曲がり、猫背気味になったせいか、一回りほど縮んだように見えた。何より変わったのはオーラが消えていることだ。あれほど奈々恵に恐怖を植え付けた圧迫感が、まるでなくなっていた。

マジックショーの間も、奈々恵は久子から目を離せなかった。老いた母は少女のようにはしゃいでいた。邪気とは縁遠い表情をしていた。

突然肩揉みをさせられたのには戸惑った。神尾武史のアドリブは、母への最後のスキンシップをさせてやろうという配慮だろう。何十年ぶりかに触れた母親の身体は細かった。力を入れすぎたら折れてしまいそうだった。

　神尾真世がインターネット・バンキングを使って振込手続きをする間に、久子にプレゼントを渡した。花柄のスカーフは奈々恵が選んだものだった。首に巻いてやったら久子は目を輝かせて喜んだ。トランプガールズのダイヤが自分の娘だとは気づいていない様子だった。

　その後、二人で敷地内を散歩した。久子は花が見たいといった。毎日眺める花壇があるというので、そこへ行った。

「私が生まれた家でも、庭でたくさんの花を育てていたのよ。母が好きだったから。私も水やりとか草抜きとか手伝ったわ」久子はいった。

「お母さんと仲がよかったんですね」

「そう。でもね、あまり母とは遊べなかったの。家には祖母がいたし、父の弟も住んでいて、その人たちの世話もしなきゃいけなかったから。しかも私の上に兄が二人いたわ。母なんて、朝から晩まで働き通し。まるでみんなの小間使いだった。そんなふうだったから早死にしちゃってね。そうしたら兄からいわれたの。久子、早く大きくなって母さんの代わりをやれって。女って損だと思ったわ。だからもし自分に娘ができたら、こんな思いだけは絶対にさせたくないと思った」

　奈々恵が初めて聞く話だった。もしやこちらの正体に気づいているのかと思ったが、久子の表情を窺うかぎり、その可能性は皆無に思えた。

　その後もいろいろな話をした。

　久子は奈々恵がよく知っている母とはまるで人が違っていた。素直で穏やかになり、人を見下すこともなくなっていた。多分に病気のせいでもあるのだろうが、この人の本来の性格はこうなのではないかと思うと、彼女の心を歪《ゆが》めてしまったと思われる「何か」に対して強い憎しみを覚えた。その「何か」がなければ、自分たち母娘の人生は、もっと別の形をなしていたはずなのだ。

やがて神尾真世から作業が終わったという電話が入った。そろそろ行きましょう、と奈々恵は久子にいいながら手を差し伸べた。彼女がしゃがんでいたからだ。

久子は躊躇《ためら》いなく手を握ってきた。そして、あら、といった。

「とても柔らかい手。それに温かいわ。何だか、ほっとする」

ありがとうございます、と奈々恵はいった。声が震えそうになるのを懸命に堪《こら》えた。

10

戸倉昌夫《とくらまさお》は中肉中背で、少し顔の大きい男性だった。既製品だと思われるスーツがよく似合っていた。年齢は五十歳より少し手前か。

差し出された通帳を開き、戸倉は目を丸くした。「五千万円ですか……」

「私たちも最近気づいたんです」坂田香代子がいった。「それを見ればおわかりだと思いますけど、末永奈々恵さんの口座からインターネットで振り込まれたようなんです。一日一千万円ずつ、五日間連続で」

戸倉は口を半開きにして顔を上げた。「叔母が手続きをしたんですか」

坂田香代子は首を傾げた。

「わかりませんけど、それしか考えられません。だって手続きは末永さんにしかできないはずですから」

「本人はどういってるんですか」

「それが、覚えていない、と」

「ええー、そんなことって……」戸倉は釈然としない顔で改めて通帳に目を落としている。

戸惑うのも無理はない、と石崎は横で聞いていて思った。じつのところ石崎たちも、末永久子にインターネット・バンキングを扱えたとは思えないのだ。ログインするだけでも、いくつかの認証をクリアする必要がある。

何者かが末永久子の代わりに手続きをした。そう考えるのが妥当だった。ではそれは誰か。振り込まれた日付を見て思いついたのは、秋祭りの直後だということだ。

そこまで考えを巡らせた時、石崎には一つだけ可能性が思い当たった。しかしその想像を口には出せなかった。あまりに馬鹿げているからだ。死んだはずの人間が、秋祭りの日にここを訪れていたことになる。

「それで御相談なんですけど、末永久子さんは近い将来認知症になるおそれがありますし、こんな大金を管理するのは無理だと思うので、成年後見制度の利用を考えていただけないでしょうか」

坂田香代子の言葉に戸倉は目を丸くした。「成年後見制度?」

「判断能力の衰えた方に代わって、支援する人を家庭裁判所が選び、財産管理や生活のサポートをする制度です。その支援する人を後見人と呼びます」

「それはどういう人が選ばれるんですか」

「わかりませんけど、本人とは利害関係のない人が選ばれます。後見人に選ばれると、預貯金の収支や、後見人として行った活動などを家庭裁判所に報告することが求められます。もちろん無償ではなく、活動の程度によって報酬が決定されます」

「それをしないとどうなるんですか」

「末永さんが認知症になった場合、誰も財産の管理をしないことになります。末永さんに判断能力がないことにつけ込み、委任状を作って無断で預金を我が物にしようとする輩《やから》が現れないともかぎりません」

戸倉は眉間に皺を寄せた。「それはまずいな」

「財産をきちんと管理する人がいさえすれば、預金から引き落とされるのは当施設の利用料程度でしょうから、こういう言い方は不謹慎ですけど、末永さんの御存命中に預金が底をつくことはないと思われます。残ったお金はスムーズに遺産相続人のところへ移されるでしょう」

戸倉の顔にふっと変化が現れた。相続人というのが自分だと思い出したのかもしれない。

通帳に大金が振り込まれていることに気づいた坂田香代子がすぐにいいだしたのが、成年後見制度についてだった。末永久子が認知症になる前に手を打つ必要があった。調べたところ、末永久子の二人の兄は亡くなっていたが、次兄に息子がいた。それが戸倉昌夫だった。成年後見制度の申し立ては、四親等以内の親族なら可能だ。

「そういうことなら考えてみようかな……」戸倉は眉の横を掻いた。

「それがいいと思います。よろしくお願いいたします」坂田香代子が頭を下げた。隣で石崎も彼女に倣《なら》った。

事務所を出ると、石崎は駐車場に向かった。久しぶりにワゴン車を洗おうと思ったからだ。その途中、ふと見ると花壇のそばにあるベンチに末永久子の姿があった。最近、彼女はよくあの場所にいる。石崎が近づいてみると、末永久子は居眠りをしていた。その首には花柄のスカーフが巻かれていた。

査定する女

1

真世《まよ》が目的の店舗に着いたのは、午後二時より少し前だった。店は大型オフィスビルの広々とした一階オープンスペースの奥にあった。緩やかなカーブを描いた壁面にガラス窓が並んでおり、巨大なオブジェといった趣がある。

イタリアの高級家具メーカー『バルバロックス』の東京直営店だ。先月リニューアルオープンしたばかりで、真世が訪れるのも今日が初めてだった。顔見知りの担当者も異動になっており、今日は自分自身の挨拶を兼ねての来店でもあった。

そろそろかなと思った時、すぐ前の路肩に一台の黒いステーションワゴンが止まった。スライドドアが開き、ひとりの男性が降りてきた。身長は百八十センチ前後で、引き締まった体形をしている。年齢は四十歳前後か。白いシャツの上からツイードのジャケットを羽織り、ボトムがジーンズというのは、腹の出た中年男性には真似《まね》のできない着こなしだ。

男性を降ろしたステーションワゴンは発進し、ゆっくりと去っていく。タクシーでもハイヤーでもない。どこかで待機し、彼に呼ばれればすぐにこの場所に戻ってくるのだろう。いわゆる役員車両というやつだ。

「少しお待たせしましたか？」栗塚正章《くりづかまさあき》は微笑《ほほえ》みながら大股で真世に近づいてきた。

とんでもない、と真世は手を小さく振った。

「私も、たった今着いたところです。わざわざ御足労いただきありがとうございます」

栗塚が店の入り口に目を向けた。「この店ですね」

「はい。御希望の品が見つかるといいのですが」

「どうでしょうね。おまえの好みは変わっていると、友人たちからよくいわれるんです」栗塚は苦笑しながら肩をすくめた。

ガラスの自動ドアをくぐり、店内に足を踏み入れた。

広々とした空間に、シックな色合いのソファやテーブルが並んでいた。このメーカーの製品にカラフルなものは少ない。長く使用されることを前提にしているので、落ち着きがあって飽きがこない点が重視されているのだ。

真世は栗塚の部屋を思い浮かべた。ここにある家具を並べるとすれば、どんな内装がふさわしいだろうか。いくつかアイデアはあるが、固めるには材料が足りない。

真世の勤める文光《ぶんこう》不動産リフォーム部に電話があったのは昨日の朝だ。部屋のリフォームを考えているので相談したいという用件だった。応対した上司は、真世に出向くよう指示した。電話の主が、「できれば女性の建築士がいい」といったからだ。

「場所は南青山《みなみあおやま》だ。期待できるんじゃないか」上司の目は、必ず仕事を取ってこいよ、と威圧的に語っていた。このところ大きな受注がなく、部署全体のノルマ達成が厳しくなっているのだ。

会社を出る前に相手の部屋の間取りを調べ、上司の勘が当たっていたことを確認した。百平米以上ある物件だった。築年数は三十年と古いが、大規模修繕を一流の業者が手がけたばかりで、耐震構造にも全く問題がなさそうだ。資産価値は十分にあると見た。

その部屋の住人が栗塚だった。2LDKの部屋で独り暮らしをしていた。

「三年前に中古で買ったんですけど、その時は特に何もしなかったんです。長期の海外出張が多くて、自宅なんてどうでもいいと思っていましたから。でも今後はしばらく国内にいることになったので、改めて部屋を眺めてみたら、いろいろと気に食わない点が目についちゃって。内装が古臭いとかね」

栗塚の言葉は真世にも頷《うなず》けるものだった。たしかに壁紙のデザインは一昔前のものだし、照明は非効率的だ。キッチンの使い勝手もよくない。少し考えただけで、提案できることはいくらでも思いついた。

特にこだわりたいのはリビングルームだ、と栗塚はいった。

「一番長くいる場所だと思いますからね。じつは置きたいソファがあるんです。知人の家にあったものですが、デザインが素晴らしいだけじゃなく、座り心地も最高でした。何とか手に入らないかと思っているんですが」

栗塚はスマートフォンの画像を見せてくれた。曲線を生かしたデザインが特徴的なソファが映っていた。

「自分なりに調べたところ、『バルバロックス』というメーカーの製品らしいということまではわかったんです。ところが最近のカタログには載っていなくて」

「『バルバロックス』なら、よく存じております。お客様に提案させていただくことも多いです。もしよろしければショールームを御覧になりませんか。そのソファはなくても、似た雰囲気のものなら見つかるかもしれません」

「ショールームね。それは悪くない考えだ」栗塚は乗り気になってくれた。「じゃあ、いつ行きますか？」

あまりに素早い対応に真世のほうが狼狽《うろた》えた。「私はいつでも……」

「だったら明日はどうでしょう？　善は急げといいますからね」

「明日ですね。承知いたしました」真世は大慌てでビジネス手帳を開いた。

そういうわけで、今日、二人でこの店に来ることになったのだ。

「例のソファはやっぱりないのかな」店内を少し眺めた後、栗塚が呟《つぶや》いた。

「尋ねてみましょう」

スタッフに声をかけようと真世が周りに顔を巡らせると、ひとりの女性が近づいてくるところだった。その顔を見て、はっとした。よく知っている人物だったからだ。あれっ、と声を発していた。

先方も気づいた様子で、驚きの色が混じった微笑みを向けてきた。「こんにちは」

「あの、ええと、美菜《みな》さんですよね」

「はい。あなたはたしか真世さん……ですよね。マスターの御親戚の……」

「姪《めい》です。えー、ここで働いておられたんですか」

「前は横浜にいたんですけど、先月、こちらに異動になりました」彼女はポケットから名刺を出してきた。

真世も慌ててバッグを開け、名刺を取り出した。

相手の名刺には、『バルバロックス東京　インテリアコンサルタント　陣内美菜』とあった。武史《たけし》からいろいろと噂《うわさ》は聞いているが、職業は知らなかった。

「お知り合いですか」栗塚が訊《き》いてきた。

はい、と真世は答えた。

「叔父《おじ》が恵比寿《えびす》でバーを経営しているんですけど、そこによく来てくださいます」

へえ、と栗塚は興味深そうな目を陣内《じんない》美菜に向けている。

「真世さん、建築士だったんですね」陣内美菜が名刺から顔を上げた。

「今はリフォームを担当しています。今日はお客様にソファを見ていただこうと思い、お連れしたんです」

「ああ、なるほど」陣内美菜は栗塚に視線を移した。「どういったソファをお望みでしょうか」

「じつは、御希望の品というのがあるんです」真世はスマートフォンを操作し、例のソファの画像を陣内美菜に見せた。「これなんですけど」

陣内美菜は真剣な眼差《まなざ》しで画面を凝視した後、ああ、と小さな声を漏らした。

「少々お待ちください」彼女は脇に抱えていたタブレットを手際よく操作した後、気まずそうな顔を真世たちに向けてきた。「申し訳ございません。その商品は三年前に廃番になっていますね。もう製造していないようです」

「やっぱり……」真世は栗塚を見た。「残念ですけど、そういうことらしいです」

栗塚は、ため息をついた。

「作ってないいんじゃ仕方ないですね。諦めるとしましょう」

「後継品はないんですか」真世は陣内美菜に訊いた。

「それなら、こちらにございます」

陣内美菜に案内され、真世たちは店の奥へと進んだ。

そこに並んでいたのは、一見したところ、栗塚が探していた物とはまるで雰囲気の違うソファだった。特徴的だった曲線はなく、硬質な印象に変わっていた。

「これが後継品ですか？」栗塚も同じ思いらしく、不思議そうな顔をした。

「以前のデザインだと、二人並んで座った時、少し狭い感じがするという声があったようです。あっちのほうがよかったとおっしゃるお客様も多いんですけど、モデルチェンジは本社の方針らしくて……」陣内美菜は気まずそうにいった。

「そうかあ。僕は独り暮らしだから、二人並んで座るなんてことはないんだけどな」栗塚は、やはり以前のモデルに未練があるようだ。

「曲線的なデザインがお好みということでしたら、別の製品でイメージの近い物がいくつかございます。御覧になられますか」

「うん、見せてもらおうかな」

「では、こちらへどうぞ。段差がございますので、お足元に御注意ください」

広い店内を移動しつつ、陣内美菜は様々な製品を真世と栗塚に紹介してくれた。デザインや素材、カスタマイズの可否などを時折タブレットで確認しながら説明する姿には、この道のプロだという自信が溢《あふ》れている。

そして何より、やはりとびきりの美人だった。

『トラップハンド』に現れる時、彼女は大抵男性と一緒だ。しかも毎回相手が違っている。節操がないという見方もできるが、それだけ次々に誘われるのは、彼女自身に魅力がある証拠だ。

途中、欧米人と思われる中年男性が、陣内美菜に声をかけてきた。パンフレットを手に、何やら尋ねている。陣内美菜は笑顔で応対した。発せられる英会話は、じつに流暢《りゅうちょう》だ。この人ならいくらでも仕事が見つかるんだろうな、と真世は思った。それなのに玉の輿《こし》を目指して婚活に精を出しているというのだから、人間は不思議な生き物だ。

「これで一通り御案内できたと思います」店内を一周した後、陣内美菜がいった。「いかがだったでしょうか」

「大変参考になりました」栗塚はいった。「いろいろとあるんですね。目移りしてしまって、正直なところ迷ってしまいます。少し考えさせてもらってもいいですか」真世に尋ねてきた。

「もちろんです。ゆっくりとお考えになってください」

栗塚は陣内美菜のほうを向いた。

「家具選びがこんなに楽しかったのは初めてです。あなたのおかげです。どうもありがとうございました」

「いえ、お役に立てたならいいんですけど」

「しっかり考えて、近いうちに答えを出します」栗塚は振り返った。「では神尾《かみお》さん、行きましょうか」

はい、と答えてから真世は陣内美菜を見た。「また『トラップハンド』でね」

ええ、と陣内美菜も頬を緩めて頷いた。

店の外に出ると、「大変有意義な時間でした」と栗塚はいった。

「そういっていただけると、お連れした甲斐《かい》がございます」

「ソファもよかったけれど、あの女性の接客が素晴らしかった。御主人が羨ましい」

「御主人？」真世は栗塚の顔を見つめ、瞬《まばた》きした。「あの……違いますけど」

「違う？　何がですか」

「御主人なんていません。彼女、独身です」

えっ、と栗塚は目を丸くした。

「そうでしたか。あれだけの人が独り身とは意外です」

「結婚願望はあると聞いたことがありますけど……」

アタックしたらどうですか、とはいえなかった。相手は大事なクライアントなのだ。冷やかすなんて言語道断だ。

気がつくとステーションワゴンが路肩に止まっていた。栗塚が呼んだらしい。

「では神尾さん、また連絡します」

「はい。その時までには内装のアイデアを御提案できるようにしておきます」

よろしく、といって栗塚はステーションワゴンに向かって歩きだした。

彼が乗り込むと、スライドドアが閉まった。真世は道路脇に立ち、クルマが発進し、遠ざかっていくのを見送った。頭の中ではリフォーム案をあれこれと展開させている。予算は三千万ほど、と聞き出していた。久しぶりの大きな仕事だ。ほかのリフォーム業者に当たっているかどうかは不明だが、何としてでも受注しなければ、と気合いを入れた。

ステーションワゴンが角を曲がって見えなくなった時、バッグの中でスマートフォンが着信を告げた。

液晶画面を見ると、ついさっき別れたばかりの陣内美菜からだった。

2

入り口のドアを開けると、カウンターの一番奥に、ベレー帽を被《かぶ》った男性客が座っていた。ほかに客はいないようだ。八時前という時間帯を考えれば、こんなものか。

こんばんは、と挨拶しながら真世は入っていった。

カウンターの向こうにいる武史が、片方の眉を動かした。「ひとりか？」

待ち合わせ、と真世はいった。「相手は意外な人物」

「ほう、男か」

「違います」

ふん、と武史は鼻を鳴らした。「だろうな」

「何だよ、だろうなって」

「深い意味はない。で、何を飲む？」

「バーボンのソーダ割り」

「銘柄は？」

「えーと、『ジャックダニエル』かな」

武史は眉をひそめた。「バーボンといわなかったか」

「いったけど」

ははは、と隣から乾いた笑い声が聞こえた。ベレー帽の男性客だ。鬢《びん》の白さから推測すると、歳《とし》は還暦前後か。

「お嬢さん、『ジャックダニエル』はバーボンではないよ。テネシーウイスキーだ。スローガンは、『スコッチでもない、バーボンでもない、ジャックダニエルだ』というものでね」男性は視線を武史に移した。「テネシーでショーに出たことは？」

「ナッシュビルで何度か」

「ほほお、それは大したものだ」

「恐れ入ります」武史は男性に頭を下げてから、真世のほうを向いた。「『ワイルドターキー』でいいか」

「いいよ」

隣で男性が大きく頷く気配があった。「正式なケンタッキー・ストレートバーボンだ」

何だ、このおやじ——真世は腹の中で毒づく。今までに見かけたことはない。武史がアメリカでショーに出ていたことは知っているようだ。

武史がタンブラーを真世の前に置いた直後、ドアの開く音が聞こえた。陣内美菜が顔をしかめながら入ってきた。

「ごめんなさい。こっちからお願いしたのに遅れちゃって……」

「気にしないで。私が少し早く着いちゃっただけだから」

電話でやりとりをしたことで、どちらも口調がくだけたものになっていた。そのやりとりの中身は、仕事には全く無関係なものだった。

いや、まるで関係がないということはないか——栗塚正章の顔を思い浮かべた。

「たしかに意外な組み合わせだ」武史が真世と陣内美菜を交互に眺めてきた。

「でしょ？　いきさつは、今度ゆっくり話してあげる」

「別に話してくれなくても結構だ。——御注文は？」武史は陣内美菜に訊いた。

「じゃあ、『アードベッグ』のハイボールを」

「かしこまりました」

『アードベッグ』は特徴のあるスコッチだ。ベレー帽おやじがまた何か蘊蓄《うんちく》をたれなきゃいいがと真世は思ったが、こちらのやりとりを聞いていなかったのか、ここでは絡んでこなかった。

「今日はびっくりしましたね」陣内美菜が改めていった。敬語なのは、自分のほうが年下だと踏んでいるからに違いない。お互いの年齢は確認していないが、おそらくそうだろうと真世も思っている。悔しいが。

「でも、おかげでいろいろなソファをじっくりと見られてよかった。栗塚さんも喜んでおられたし」

「それなら私も嬉《うれ》しいです」

武史がタンブラーを陣内美菜の前に置いた。「何かおつまみでも？」

「今はとりあえずいい」真世がいった。「密談したいから、こっちに来ないで」

「いわれなくても聞き耳を立てる趣味はない」

武史はベレー帽おやじの前に戻っていく。その横顔を見ながら真世は、うそをつけ、といいたかった。興味を抱いたなら、聞き耳を立てるどころか、盗聴器を使うことさえ厭《いと》わないくせに。

「まずは乾杯しません？」陣内美菜がタンブラーを持ち上げた。「お互いのビジネスがうまくいくことを祈って」

「ああ、いいですねえ」真世もタンブラーを手にし、かちんと合わせた。

ウイスキーをひとくち飲んでから、陣内美菜が真剣な目を向けてきた。

「それで、もう一度確認したいんですけど、あの方、間違いなく独身なんですね」

「独り暮らしだというのは確実」真世は慎重に答えた。「たぶん独身だと思うんだけどな。奥さんと別居しているという感じではないし、子供がいる様子もなかったし」

「ソファに二人で座ることはないって、おっしゃってましたもんねえ」

そうそう、と真世は同意する。やはり陣内美菜はよく聞いている。あの台詞《せりふ》に、彼女の婚活アンテナが反応したのだろう。

「どんな仕事をしているのか、聞きました？」

「そこまではまだ」真世は首を横に振った。「でも何らかの企業に勤めているんだと思う。長期の海外出張が多かったけれど、今後はしばらく国内で仕事をするって話だったから」

「海外出張か……」陣内美菜は思案顔をした。「彼女、いるのかな」

「問題は、それだよねえ。海外から帰ってきたばかりだとすれば、いないと考えるのが妥当だと思うんだけど」真世は首を捻《ひね》った。「少なくとも部屋を見たかぎりでは、女の気配はなかったな」

陣内美菜の目が、きらりと光った。「部屋、見たんですね？」

「見たよ。だってリフォームするんだから部屋を見なきゃ仕事にならないもん」

「どんな部屋でした？　場所は？　広さは？」矢継ぎ早に訊いてくる。

「南青山。2LDKで広さは百平米以上。築三十年だけど、あれなら二億円は下らないな」

陣内美菜の唇が、におくえん、と動いた。

「リフォームって、いくらぐらいかかるんですか」

「そりゃあ、やりようによるよ。予算はインテリアを別にして二千五百万、と栗塚さんはおっしゃってたけど」

「うちのソファやテーブルを揃《そろ》えたら最低でも二百万円はかかります」

「そうだよね。だから総額は三千万円ぐらいを考えてるみたい」

「三千万か」陣内美菜はハイボールを口にした。「仕事、何だろう……」

真剣な目で思案する表情は、ショールームにいた時とはまるで違っていた。落ち着いた雰囲気は消え、代わりに獲物を狙う女豹《めひょう》の気配を漂わせている。

「ひとつ、いい情報があるんだけど」真世はいった。

「何ですか？」

「栗塚さんのほうも、美菜さんのことが気になったみたいだよ」

陣内美菜の顔が、ぱっと輝いた。「マジで？」

「だって褒めてたもの」

真世は、栗塚が陣内美菜について発した言葉をそのまま伝えた。

だが陣内美菜は嬉しそうな顔はせず、眉間に皺《しわ》を寄せた。

「独り身とは意外って、どういうことだろ？　所帯じみて見えたのかな」

「そうではないと思う。御主人が羨ましいっていったんだよ。あんな素敵な女性に、これまでいい相手が見つからなかったなんて意外だってことだと思う」

「そうなのかな……」陣内美菜は首を傾《かし》げるが、気分は良さそうだ。

御馳走《ごちそう》様、という声が真世の耳に入ってきた。ベレー帽おやじが立ち上がるところだった。またどうぞ、と武史が応じている。

ベレー帽おやじは真世を見て、お先に、といった。真世は黙って会釈を返した。

「お知り合い？」陣内美菜が小声で尋ねてきた。

全然、と真世は答えた。

ベレー帽おやじが出ていくと、「あの方、二週間ぐらい前にも来ておられました」と陣内美菜がいった。「私たちの様子を窺《うかが》っているみたいだったので、気になったんです」

「私たちって？」

だから、といってから陣内美菜は少し気まずそうな顔で、「私と……その時一緒にいた男性です」と続けた。

「ああ……デートしてたわけね」

「デートじゃなく、査定です」陣内美菜は、心外だとばかりにいった。「相手は自称外科医でした。婚活アプリで知り合って、誘われたので食事に行きました。その後、こちらに連れてきました。もちろんマスターにチェックしてもらうためです。そうしたらその男性がトイレに入っている間に、あれはニセ医師だからやめたほうがいいってマスターが教えてくれたんです。びっくりしました。だって私、厚労省のホームページで、その人の名前を確認しておいたんですよ。ちゃんと医師として登録してありました。年齢も合ってるみたいだったし」

「あれはなかなか巧妙でしたね」会話が聞こえたらしく武史がいった。「たぶん自分と同年齢の医師の名前を調べ、なりすましていたんでしょう」

「どうしてニセだとわかったの？」

「大したことじゃない。彼と少し雑談を交わした。十五年前に海外で流行した伝染病についてだ。当時の厚労大臣が誰だったかという話になったが、彼は覚えていなかった。しかしそんなはずはないんだ。十五年前というのは彼が医師免許を取得した年だ。そして免許証には厚労大臣の名前が大きく記されている。本物なら覚えていないわけがない」

「そういうことか……」

元マジシャンだけに人を騙《だま》すのは十八番《おはこ》だが、人の嘘《うそ》を見抜くのもうまい。陣内美菜が当てにする気持ちはよくわかった。

「その男性とは別れたわけね」真世は陣内美菜に尋ねた。

「別れるも何も、まだ付き合ってなかったですから。もちろん、それ以来連絡は取っていません」

「それならよかった」

そんなことがあったのなら、ますます栗塚のことが気になるだろう。

「今日の時点では、私が提供できる情報はこんなところかな」真世はタンブラーを手にした。「何しろ私にしても、栗塚さんとは昨日会ったばかりだからね」

「ありがとうございます。すっごく参考になりました」陣内美菜は胸の前で手を合わせた。

「で、どうするの？　栗塚さんにコンタクトを取るってことなら協力するけど」

陣内美菜は少し考える顔つきをしてから首を横に振った。

「いえ、すぐには動かないでおきます。また会う機会があるかもしれないし」

「そうだよね。栗塚さんが『バルバロックス』のソファにしたいとおっしゃったら、改めてショールームにお連れするわけだからね」

「そうなることを祈っています」陣内美菜はハイボールを飲み干した。「じゃあ、私はこれで失礼します」

「えっ、行っちゃうの？　もう少し飲もうよ」

「この後、英会話のレッスンがあるんです。お酒臭いと失礼なので」陣内美菜は財布から一万円札を出した。「これ、置いていきますね」

「それじゃあ、多すぎるよ」

「私からお誘いしたんだから当然です。貴重な情報もいただいたし。――じゃあマスター、またよろしく」

ありがとうございました、と武史が応えた。

陣内美菜が出ていくのを真世が見送っていると、「彼女は近々、新たな相手を連れてくるようだな」と武史がいった。

「聞き耳を立てる趣味はないっていってたくせに、やっぱり聞いてたんだね」

「聞こえてきたんだから仕方がない。耳栓でもしてろというのか」

「まあいいや。で、どう思う？」

「今度は怪しげな人物ではなさそうだな」

「出会い系で知り合ったとかじゃなく、私のお客さんだからね。でもそれだけにハードルが高いかも」

　武史は首を傾げた。「というと？」

「あの年齢で独身ってことは、結婚には興味がないのかもしれない。あるいはすでに離婚経験があって、もう懲りてるとか。だとしたら、美菜さんが言い寄っても、簡単には落ちないかも」

「ふん、それなら大丈夫だ」武史は鼻をぴくつかせた。「その心配はない」

「どうしてわかるの？　栗塚さんに会ったこともないくせに」

「少し考えればわかる。その男性が美菜さんを既婚者だと思ったというのは嘘だ。それほど気になったのなら、彼女の左手を見ていたはずだ。指輪をしているかどうか、確認しないわけがない」

　そういわれればそうだ、と真世も納得した。

「じゃあ、どうしてあんなことをいったの？」

「決まっている。彼女のことを気に入ったとアピールしたかったからだ。そして作戦通り、その思いは美菜さんに伝えられた。恋のキューピッドを気取りたがっている三十路《みそじ》の建築士によって」武史は真世を指差してきた。

「私を利用したというわけ？」

「そんなに不本意そうな顔をすることはないだろう。自分だって楽しんでいるんだから」

「それはまあ、二人が結ばれたならいいなと思うけど……」

「美菜さんがどんな男性を連れてくるか、楽しみに待っているとしよう。どうか良い人間であってくれと祈るよ。そろそろ俺も査定に付き合うのは疲れてきたからな」武史は黒ビールの栓を開け、瓶のまま飲み始めた。

3

老年期にさしかかった夫妻の相談内容は、十五年ほど前に購入したソファのカバーを交換できないか、というものだった。もちろん可能です、と美菜は答えた。タブレットを使って購入履歴を調べたところ、記録が残っていた。古いタイプなのでソファ自体は製造していないが、カバーの新規製作には応じている。

「だったらお願いしようか」夫が妻と顔を見合わせてから美菜を見た。「買い替えることも考えたんだけど、予算の問題があるんでね。それとも、全部張り替えるとなれば、費用は買い替えと変わらないのかな？」

「そんなことはないと思います。大体の予算を出してみますね」

電卓で計算したところ、布製カバーなら百万円程度で済むことが判明した。同じものを新たに購入するとなれば二百万円以上かかる。美菜がそのように説明すると夫妻の気持ちは固まったようだ。

カバーの材質と色を選んでもらい、注文書を作成した。夫妻は満足そうな笑みを浮かべている。身なりを見ても、生活に余裕があるのは間違いない。リタイア組だろうが、年金だけを頼りにしている庶民とは別種の人間だ。この仕事に就いて、改めて知ったことがある。本物のセレブは見栄《みえ》を張らない。だからソファが古くなった場合でも、カバーの張り替えで問題を解決する。合理的でもあるのだ。

この夫妻は、どのようにして財を築いたのだろうか。子供がいるとすれば何歳ぐらいか。うちの息子が独身なんだが一度会ってもらえないか、なんてことをいってはくれないか。

あれこれと妄想をしていたら、注文書の作成に手間取ってしまった。記載ミスがないことを確認してから夫妻に渡した。

ありがとう、と礼を述べ、二人は店を後にした。その後ろ姿を入り口から見送り、美菜は吐息を漏らす。現実は妄想通りにはいかない。

その時だった。一台のステーションワゴンが道路脇に止まるのが見えた。後部ドアが開き、ひとりの男性が降りてくる。その顔を見て、はっとした。栗塚だった。真っ直《す》ぐにこちらに向かって歩いてくる。

美菜は胸の高鳴りを覚えつつ、呼吸を整えた。彼が神尾真世に連れられてきたのは昨日だ。今日、ひとりで来たというのは、どういうことだろう。様々な可能性が頭を駆け巡るが、動揺していて考えがまとまらない。

そのうちに栗塚は自動ドアをくぐり、入ってきた。すぐ目の前に美菜が立っていたのが意外だったのか、少し驚いた顔をした後、笑みを見せた。「やあ、昨日はどうも」

「いらっしゃいませ、栗塚様。その後、いかがでしょうか」

「申し訳ないんだけど、ソファについてはもう少し時間をください。それに考えがまとまったら、神尾さんと一緒に改めて来店させてもらいます。彼女を差し置くわけにはいきませんから」

「さようでございますか。承知いたしました」

「では一体何のために来たのか、と思うでしょうね。じつは、あなたに用があるんです」栗塚は上着の内側からスマートフォンを出してきた。「ランチにお誘いしてもいいですか。あなたに応じる気がないなら、そのようにおっしゃってください。二度とこのようなことはいたしません。でももし少しでも可能性があるのなら、このスマホであなたの番号に電話をかけていただけるとありがたいです」

美菜は驚き、栗塚の顔を見返した。「ランチ……ですか」

「いきなりディナーにお誘いするほど自信家じゃありません」栗塚は目を細めた。「いかがでしょうか。麻布十番《あざぶじゆうばん》に、知り合いが経営している洋食屋があります。そこのカツレツが絶品なんですが」

こんなふうにいわれ、急にそのカツレツが食べたくなった。それ以前に、この申し出を断る理由がなかった。

私なんかでよければ、といってスマートフォンを受け取っていた。

夜、美菜が部屋にいると早速電話がかかってきた。「せっかちなので我慢できなかったんです」と栗塚はいった。さらに、次の水曜日はどうだろうかと尋ねてきた。水曜が『バルバロックス』の定休日だということを調べ、提案してきたと思われた。

空いています、といいかけて美菜は呑《の》み込んだ。ひとつの企《たくら》みが浮かんだからだ。

「すみません、その日、昼間は予定が入っているんです」

「あっ、そうでしたか。それは残念。じゃあ、ええと……」

あの、と美菜はいった。「夜なら空いてますけど」

「えっ？　夜？」少し間を置いてから、「お誘いしても構いませんか」と栗塚が訊いた。

「空いているといったのは私のほうです」

「じゃあ、そうしましょう」栗塚の声のトーンが上がった。「ディナーということで」

時間と場所を決め、電話を終えた。頬が少し熱くなっている。こんな気分になったのは久しぶりだ。

婚活アプリやサイトで出会った相手とメッセージをやりとりしても、猜疑心《さいぎしん》が頭から離れず、気持ちが高揚することなんてなかった。

カレンダーを見た。水曜日にはどの服を着ようか。あれこれと考えを巡らせ始めた。

今の仕事に就いた時、チャンスだと思った。高級ソファの購入を検討するからには、それなりの収入が必要だ。つまり、理想の結婚相手との出会いが増えるに違いないと期待したのだ。

しかし働き始めるとすぐに、その期待は的外れだったと気づいた。店を訪れる客に、独身男性など殆《ほとん》どいなかった。多くは女性客であり、男性が現れたとしても、夫婦連れやカップルの片割れだった。考えてみれば当然で、独身男性が高級ソファを求めるケースなど少ないのだ。

仕方なくインターネットに出会いを求めるが、これはと思う相手はなかなか見つからなかった。自分の要求が高すぎることはわかっている。年収は最低でも二千万円で、年齢差は十五歳以内――これだけで数ががくんと減ってしまう。それでも全くいないわけではなく、何人かとは実際に会ってみた。ところが詳しく話を聞いてみると、収入に関して過大申告しているケースが大半だった。「過去に二千万円稼いだことがある」や「目標が二千万円」というのはまだいいほうで、「こちらの申告を信じる女性がいるとは思わなかった」と開き直る輩《やから》もいた。

年収だけでなく、プロフィールがまるっきりでたらめ、ということも多い。二週間前に会った自称外科医もそうだ。少し前になるが、青年実業家を気取った男に、危うく怪しげなクスリをのまされそうになったこともある。その時は『トラップハンド』の神尾に助けてもらったのだ。以来、神尾の眼力を頼りにしている。あの人物と出会っていなかったら、何度騙されていたかわからない。

このままでは人間不信に陥りそうだと思っていた時に現れたのが栗塚だった。今度こそ幸運の女神が微笑んでくれますように、と祈らずにはいられなかった。

4

麻布十番の洋食屋は、細い坂道の途中にあった。民家を改築したような小さな店で、事前に地図を送ってもらわなかったら、辿《たど》り着けなかったかもしれない。

店に入ると奥のテーブルに栗塚の姿があった。美菜を見て、彼は立ち上がった。細身のジャケット姿だった。下は黒のカットソーだ。

「今日はありがとうございます」栗塚が改まった口調でいった。

「いいえ、こちらこそ」

「陣内さん、お酒はお飲みになるんですよね。もしよければシャンパンなどはいかがですか」

「はい、いただきます」

栗塚はウェイターを呼び、グラスのシャンパンを二つ注文した。

「この店には、よくいらっしゃるんですか」

「よく、というほどでもないですけど、年に何度かは。海外からの顧客を連れてくると喜ばれます」

「どんなお仕事をされているんですか」美菜は、今日一番知りたいことを尋ねた。

栗塚は懐から名刺を出してきた。そこに記されていたのは、まるで知らない企業名だった。彼の肩書きは専務取締役となっていた。

「胡散《うさん》臭い会社だと思っておられますね?」栗塚が顔を覗《のぞ》き込んできた。

「そんなことはありません」あわてて首を振った。

「ふつうの人は知らなくて当然です。ひと言でいえばコンピュータ関連です」

「ＩＴ企業？」

「まあ、そうです」栗塚は白い歯を覗かせた。

やはり、という思いで美菜は相手を見つめた。

「お仕事の内容は、私なんかが聞いてもわからないでしょうね。難しすぎて」

「さあ、それはどうでしょうか。メタバースという言葉は御存じでしょうか」

「メタバース……その言葉は時々目にするような気がしますけど」

「簡単に説明するとインターネット上に構築した仮想空間のことです。特殊なゴーグルを付けてバーチャルリアリティの世界を体験する、というのをテレビなどで見たことはありませんか」

「ああ、それなら」美菜は頷き、手を叩《たた》いた。「３Ｄのゲームで使われてますよね」

「あれもメタバースの一種です。今、うちの社ではメタバースをビジネスに生かすことに取り組んでいます。たとえばバーチャルショップです。お客さんは仮想空間上の店舗を訪れ、そこに並んでいる商品を自由に見られます。わからないことがあれば店員に質問できます。その店員は、実際の店員のアバター、つまり仮想空間上に存在する分身です。これならわざわざ遠いところへ買い物に出かける必要がありません」

「へえ、面白そう」

「観光旅行も可能です。仮想空間上に世界の都市や絶景スポットを再現するんです。気軽に旅行体験ができる上、実際の旅行に比べてはるかに旅費が少なくて済みます。病気の方、身体《からだ》の不自由な方でも世界一周ができます。現在、航空会社と協同で開発を進めているところなんです」

「素敵ですね」美菜は率直な感想を述べた。

「ほかにもビジネスへの活用は無限に考えられます。メタバースは極めて将来性のある技術だと我々は確信しています」

我々、という言い方から、社の代表者と自認している響きが感じられた。

ウェイターがシャンパンを運んできた。

「では本日はよろしくお願いします」栗塚がグラスを取った。

はい、と美菜もグラスを掲げ、口に運んだ。香り豊かで喉越しのいいシャンパンだった。あるいは浮いた気分がそう錯覚させているのか。

「何か苦手なものはありますか」メニューを広げ、栗塚が訊いてきた。「逆に、どうしてもこれだけは食べておきたい、というものがあるのなら教えてください」

「苦手なものはありません。お料理はお任せします」

「わかりました」

栗塚は再びウェイターを呼び、注文を始めた。タコとセロリのマリネ、花ズッキーニのガーリック焼き、ロールキャベツ、カツレツという組み合わせだ。

「その時点でお腹《なか》に余裕があれば、ハヤシライスを頼みましょう」栗塚はメニューを閉じ、ウェイターに渡した。何気ない仕草に付け焼き刃でない余裕が感じられた。

職業を知る、という本日最大の目的は果たせている。会社の概要については、帰ってからじっくりと公式サイトをチェックすればいい。あと確認すべきなのは、資産、経歴、そして家族だ。

「栗塚さん、御趣味は何ですか」

すると栗塚は少し顔をしかめた。「僕が一番苦手な質問です」

「そうなんですか。どうして？」

「これといった趣味がないからです。あれこれと手を出すんですが、趣味といえるほど夢中になったものがありません。たとえばゴルフですが、やれといわれればそこそこのスコアで回る自信はあります。でも大好きかと訊かれると、そうでもない。少なくとも自分から誘うことはありません。それでは趣味とはいえませんよね」

「じゃあ休みの日はどんなふうに過ごしておられるんですか」

栗塚は、うーん、と唸《うな》った。

「その日によって違います。映画を見に行くこともあるし、部屋で本を読むことも……。でも映画にしろ読書にしろ、趣味ってほどじゃないな」

「長いお休みの時は？　夏は避暑地の別荘に行くとか？」

美菜の問いに栗塚は噴き出した。

「別荘なんか持っていません。買ったらどうだとよく勧められるんですけど、ナンセンスだと思っています」

「どうしてですか？」

「だって無駄じゃないですか。利用するのは、たぶん年に数回です。そのためだけに何千万や何億といったお金を払う人の気が知れない。そのお金を宿泊費に回せば、高級ホテルに何泊もできます」そういった後、栗塚は何かに気づいた顔になった。「もしかして、陣内さんは別荘に憧れを持っておられるんですか。だとすれば、失言だったかな」

いいえ、と美菜は小さく手を振った。

「『バルバロックス』にいらっしゃるお客様には別荘をお持ちの方が多いので、もしかしたら栗塚さんもそうなのかなと思っただけです。私自身には別荘への憧れなんてありません。栗塚さんのおっしゃったこと、もっともだと思います」

「それならよかった」栗塚は安堵《あんど》の笑みを浮かべた。

短いやりとりの中で、美菜はまた一つ目的を果たしていた。彼の口ぶりから察すると、別荘を買うだけの財力はあるようだ。

料理が運ばれてきた。まずはタコとセロリのマリネだ。さっぱりとしていて美味《おい》しく、シャンパンが進んだ。続いて花ズッキーニのガーリック焼きが運ばれてきた時には、グラスが空になっていた。

「次はどうしましょうか」すかさず栗塚が尋ねてきた。「この後はロールキャベツとカツレツです。軽めの赤ワインとか」

「お任せします」

女性の扱いも上手だ。これだけの人物だから、今までに付き合った女性は一人や二人ではないだろう。だが浮気性でないのなら、それは加点要素と捉えていいだろう。

ロールキャベツは優しい味で、赤ワインとの相性も抜群だ。しかし食べることに没頭するわけにはいかない。

「栗塚さん、御出身はどちらですか」

「札幌です。大学進学を機に上京して、そのままこちらで就職しました」

「今の会社に？」

栗塚は首を横に振った。

「通信事業の会社です。そこで知り合った仲間と独立して、今の会社を作ったんです。十年ぐらい前です」

だからこの若さで専務なのか、と美菜は納得した。

カツレツが運ばれてきた。肉は軟らかく、ソースには庶民的な香りがあった。ついワインを飲むペースが速くなるが、酔っている場合ではない。

「札幌にお帰りになることはあるんですか」

「年に一度か二度……ですかね。両親がいますから」

「御両親は何を？」

「父が老骨に鞭《むち》打って歯医者を続けています。そろそろやめたらどうだといってるんですが、自分を当てにしている患者さんがいるかぎりは続けるとか」

開業医ということは、子供の頃から経済的には恵まれていたと考えていいだろう。

「御きょうだいは？」

「姉がいます。道内の和菓子屋に嫁ぎました」

「そうなんですか」

小姑《こじゅうと》が一人ぐらいいるのは仕方のないことだ。それに結婚しているのなら問題ないだろう。むしろ両親の老後を考えた場合、責任を分担できる存在がいるのはありがたい。

栗塚が、くすくすと笑いだした。

「どうかしました？」美菜は訊いた。

「いや、失礼。リサーチの結果が気になったんです。どう評価されているのかな、と」

「ああ……ごめんなさい」美菜はフォークとナイフを持ったまま小さく頭を下げた。どうやら目的がばれていたようだ。

「謝る必要なんてありません。当然のことだと思います。むしろ興味を持っていただいて光栄です。だから陣内さん、今度は僕のほうから、あなたについて質問させてもらってもいいでしょうか」

美菜は相手の顔を見つめ、身を固くした。「ええ、どうぞ、何でも……」

栗塚は苦笑した。

「そんなに緊張しないでください。では出身地から。どちらですか」

「生まれたのは神戸です」

ほお、と栗塚は口をすぼめた。「そのわりには関西弁が全く出ませんね」

「父の仕事の関係で、いろいろな土地に移り住んだからです。神戸生まれといっても、記憶はありません」

「両親は今、どちらに？」

「父は他界しました。母は兄夫婦とトロントで暮らしています」

「カナダで？」栗塚は目を見張った。

「兄が仕事で向こうに行っている間にカナダ人の彼女ができて、結婚してそのまま永住することにしたんです。バードウォッチングが趣味なので、最高だといっていました」

「それはいい。ではあなたの趣味を教えてもらえますか」

「趣味……ですか。じつは私もこれといったものはないんです。強いていえば料理かな。でも得意なわけではありません。好きなだけです」

趣味は料理――男性が最も喜ぶ答えだと思っている。この台詞をいいたくて料理教室に通った。

「それは素晴らしいですね。でも申し訳ないのですが、そっちの方面ではお付き合いできそうにない。料理に関しては、食べるほう専門で」そういって栗塚はカツレツの最後の一切れを口に入れた。

「いいんじゃないでしょうか。私も食べるのは大好きです」

「何か共通の趣味を見つけたいですね。そのことについて話し、盛り上がれるようなものがあれば、食事がさらに楽しくなります」

「それはそうだろうと思いますけど、どんなものがいいですか？」

「一緒に楽しめるものですから、スポーツとかゲームでしょうか。あるいは陶芸とか。いや、もう少し手軽なものがいいかな。音楽はそれぞれの好みがあるから映画鑑賞とか……でもさっき映画は趣味じゃないと白状しちゃったからな」

栗塚の呟きを聞いているうちに美菜の頭に閃《ひらめ》くものがあった。

「演劇はどうですか？」

「演劇？」

「舞台劇です。ミュージカルとか」

栗塚はナイフとフォークを置き、背筋をぴんと伸ばした。「それは考えなかったな」

「よくないですか」

「とんでもない」栗塚は顔を左右に振った。「意表をつかれました。まるで頭になかった。でも、いいかもしれない。演劇ね。そういえば以前、メタバースに舞台劇の発想を取り入れたらどうだろう、という意見が出たことがありました。舞台も映像と同じで架空の世界だけれど、映像と違い、観客は舞台の世界に入っていくことができるでしょう。飛び入り参加で役者になれる。ユーザーがアバターとして参加できるメタバースに似ています。うん、それはいい。陣内さん、演劇がお好きなんですか？」

「たまに観《み》に行きます」

「だったら今度、是非行きましょう。どこでどんな演劇をしているか、調べておきます」

「よろしくお願いします。気に入っていただけたならよかったです」

「グッドアイデアです」栗塚は親指を立てた。

カツレツを食べ終える頃には、十分に満腹していた。ハヤシライスを食べたかったが、諦めた。デザートも断念した。

「さて、この後はどうしましょうか。お疲れのようでしたら、今夜はここまでということでも結構ですが」会計を終えると栗塚が訊いてきた。

「疲れてはいません。もしよろしければ、一軒付き合っていただけます？　恵比寿に素敵なバーがあるんですけど」

「神尾さんとの話に出てきたバーですね。もちろんお付き合いいたします」栗塚は嬉しそうにいった。

まさか断られることはないだろうとは思ったが、美菜は安堵した。『トラップハンド』に連れていきたかったから、ランチをディナーに変更してもらったのだ。

店に行くと客はおらず、神尾がカウンターの中でグラスを磨いていた。美菜たちを見て、いらっしゃいませ、と笑いかけてきた。

「こちらがマスターの神尾さん。真世さんの叔父さんです」美菜は栗塚に神尾を紹介した。さらに神尾に、栗塚が神尾真世の顧客であることを話した。それはそれは、どうもどうも、と両者の表情が一気に和んだ。

美菜は神尾に目配せする。いつものように査定に協力してちょうだい、という合図だ。神尾は表情を変えないが、了解してくれた手応えがあった。

「さて、いかがいたしましょうか」神尾が訊いてくる。

「私は『アードベッグ』のハイボールを」

「じゃあ、僕も同じものを」

かしこまりました、と神尾が頷いた。

「栗塚さん、クルマはお持ちですか」美菜は新たな質問を投げた。栗塚が本物のセレブかどうかを神尾に判定してもらうためには、できるだけたくさんの材料を集める必要がある。

「いいえ、持っていません。移動には公共交通機関かタクシー、あるいは会社のクルマを使うようにしています。プライベートでの使用も、ある程度認められていますので」

「運転はされないんですか」

「免許証は持っていますが、自分ではめったに乗りません。駐車できる場所を探すのが面倒だし、時間の無駄だと思うので。事故も怖いですしね」

お待たせしました、といって神尾がハイボールの入ったタンブラーを美菜たちの前に置いた。

それに、と栗塚がタンブラーに手を伸ばした。「クルマで出かけたらお酒が飲めません」

「そうですね」美菜も微笑んでタンブラーを取った。

今時の青年実業家らしいな、と思った。セレブになっても、クルマなんかには興味が向かないのだ。

この後、学生時代に取り組んだスポーツの話などをした。栗塚は高校時代まではテニスをしていたようだ。大学ではボランティア活動に精を出していたという。それについて彼は、「告白すると就職試験対策でした」と明かした。「ボランティアをしていたというだけで、面接でポイントが加算されると聞いたことがあったので。たぶん都市伝説だったと思いますけど」

ハイボールを二杯飲んだところで美菜は化粧室に入った。用を足す以外に目的があった。スマートフォンで栗塚の会社を検索したのだ。

IT企業だけあって、公式サイトのデザインは洒落《しゃれ》ていた。業務内容にメタバースという文字が入っていた。内容は難しくてよくわからない。しかし事業は活況を呈しているという印象は受けた。会社概要によれば、栗塚が話していたように設立は十年前だった。

席に戻ると、「では僕もちょっと失礼して」と栗塚が立ち上がり、化粧室に消えた。

マスター、と美菜は小声で神尾を呼んだ。「どう思う?」

すると神尾は眉根を寄せ、黙ったまま小さくかぶりを振った。

「えっ、だめなの?　どうして?」

「真世が困るでしょうね」

「真世さんが?　どうして?」

「彼の部屋のリフォーム・プランをいろいろと練っているようですが、根本的に考え直すことになるだろうと思うからです。独り暮らし向けから新婚カップル向けに」

「えっ、それはつまり……」一気に顔が熱くなった。

神尾は、にやりと笑った。

「やりましたね。本物です。あなたがトイレに入っている間、彼はスマートフォンでスケジュールをチェックしていました。明日、人間ドックを受けるようですが、場所は会員制の高級医療施設です。たしか年会費は数十万円のはずです。また、夜は航空会社の役員と打ち合わせらしい」

「航空会社……そういえばそんな話を彼もしていました」

「かなり多忙な人です。それでもあなたと会う時間を捻出しているわけですから、大いに見込みがあるといえるでしょう。めったなことでは見つからない大魚です。逃がしてはいけません」

わかりました、と美菜は神尾の目を見つめて答えた。

5

幕間《まくあい》を挟んで舞台に登場したのは、ヒロイン役の俳優だった。星空を背景に、踊り、歌っている。歌詞の内容は、心の迷いを表したものだ。イギリスの田舎町で教師をしている彼女は今、選択を迫られている。愛する恋人と共にアメリカに向かうか、自分を慕う子供たちと共に町に残るか、だ。子供たちの中には目が不自由な少女もいて、ヒロインが支えてやらねば日々の生活にさえ困ってしまう。そして明日はいよいよ出発の日だ。恋人とはイギリス・サウサンプトン港で会うことになっている。そこから出航する船でアメリカに向かうつもりなのだが、その船はあのタイタニック号だった。

よく練られた脚本だった。観客は、その有名な豪華客船が沈没することは知っているが、舞台の登場人物たちはもちろん知らない。やきもきするのは芝居を観ている観客ばかりなり、というわけだ。

結局ヒロインは港には行かないのだが、タイタニック号の事故を知り、愕然《がくぜん》とする。その衝撃は、その後、彼女の心に影を落とし続ける。人生の岐路で重大な決断をしたわけだが、その選択が正しかったのかどうか、ずっと判断できないでいた。命拾いしたから正しかった、というふうには考えられないのだ。

約三時間半の舞台劇が終わり、美菜と栗塚が劇場から吐き出されたのは午後八時過ぎだった。

「なかなか楽しかった」栗塚の顔は少し紅潮していた。「僕は満足しました」

「わりと面白かったですね」

「場所を移して、ゆっくりと語り合うとしましょう」

栗塚が予約していた銀座のダイニングバーで食事をすることになった。

「最後、あんなふうになるとは意外でした」栗塚がワイングラス片手にいった。「まさか恋人が生きていたとはね。愛する人を巻き添えにせずに済んだ、という思いだけが彼を支え続けていたなんて、じつに感動的でした」

「私は神父の言葉が印象的でした。タイタニックに乗らなかった人たちは、自分は命拾いしたと思っているようだが、乗客の顔ぶれが変わっていたら船長の判断も変わり、事故は起きなかったかもしれない、という言葉です。あれには、はっとしました。人生における選択の意味を考えさせられます。違う道を選んでいたらどうなっていたかなんて、誰にもわからないということです」

「たしかにあの台詞は目から鱗《うろこ》でした。一筋縄ではいかない手強《てごわ》いストーリー、じつによかったです。役者たちの演技も素晴らしかった」

演技は、といってから美菜は首を捻った。「それはどうでしょう」

栗塚が意外そうに瞬きした。「不満でしたか」

「ヒロインの演技が少し大げさすぎたとは思いません？　前半の展開を観ていれば、後半にはかなりテンションを上げるべき局面が訪れるだろうと予想できました。ああいう場合は、もう少し感情表現を抑えたほうがよかったんじゃないでしょうか。案の定、終盤ではお客さんたちは少しくたびれて、緊張感が薄れていたように感じました」

ああ、と栗塚は合点した表情で美菜の顔を眺めてきた。

「そういわれればそうだったかもしれない。僕にしても、後半は神経が少し麻痺《まひ》していたような気がします。いや、さすがですね。僕なんかとは視点のレベルが違う」

「ごめんなさい、偉そうな口をきいてしまいました」

「いやいや、勉強になります」

店を出ると午後十時半になっていた。送っていきます、と栗塚がいった。今夜はこれでお開きにしようということらしい。

「いえ、こちらで結構です。今夜はありがとうございました。とても楽しかったです」

「僕もです。またお誘いしても構いませんか」

「もちろんです。お待ちしています」

タクシーの空車が来たので、栗塚が手を上げて止めてくれた。美菜は乗り込み、車内から彼に向かって手を振った。

タクシーが動きだしてから、恵比寿へ、と運転手に告げた。

『トラップハンド』のドアを開けると、カウンター席に二人の客が座っていた。奥にいるベレー帽を被った男性は、前に神尾真世と来た時にもいた。手前にいるのは四十歳前後の女性で、美菜は見たことがなかった。離れて座っているところを見ると、男性の連れではないようだ。

いらっしゃいませ、と神尾が挨拶してきた。「お一人ですか?」

「ついさっきまで、彼と一緒だったんです。お芝居を観てきました」

「いかがでしたか?」

「まあまあよく出来た舞台でした。退屈はしなかったです」

神尾は意味ありげな視線を向けてきた。

「査定の結果をお尋ねしているんですよ。あなたが彼と会う目的はそれでしょう?」

「それなら、ほぼ結果は出ています。先日、マスターがおっしゃった通りだと思います」

神尾が顔を寄せてきた。「本物だったでしょう?」

「紛れもなく」

神尾は大きく頷いた。「とっておきのグラッパがあります。私の奢《おご》りです」

「是非いただきます」

神尾が背を向けた時、入り口のドアが開いた。入ってきたのは神尾真世だった。彼女は美菜に気づくと、驚きと喜びの混じった表情を浮かべて近づいてきた。「ひとり?」

「そうです」

「私もひとり。飲み会が中途半端な時間にお開きになっちゃって」

「ちょうどよかったです。報告したいことがあるので」

「それは栗塚さんのこと？」

美菜が顔をゆっくりと上下させると神尾真世は目を大きく開いた。

「そういうことなら、じっくりと聞かせてもらわなきゃ。ああ、ちょっと待って。その前にお手洗い。――叔父さん、美菜さんが何を注文したか知らないけど、私にも同じものをちょうだい」そういい放ち、化粧室に向かった。

神尾が渋面を作り、舌打ちした。

「入ってくるなりトイレとは品のないやつだ。せめて一旦席についたらどうなんだ」

「まあ、いいじゃないですか」

「あいつにもグラッパを振る舞わなきゃいけないのか。何だか納得できないな」

やがて洗面所のドアが開き、神尾真世が出てきた。それと同時に入り口のドアも開き、誰かが入ってきた。もう少しで二人はぶつかるところだった。

だが次の瞬間、美菜は悲鳴をあげそうになっていた。入ってきた人間が黒い覆面を被っていたからだ。

「Freeze!」覆面の男が大声を発した。動くな、と英語でいったのだ。さらに男は続けた。（声を出すなっ。逆らったら殺すっ）

その手にナイフが握られているのを見て、美菜は総毛立った。

男は、すぐそばにいた神尾真世の腕を摑《つか》み、引き寄せた。さらにナイフを彼女の首に突きつけた。

彼女は顔を引きつらせるばかりで、声を出せずにいる。

「Calm down」神尾が右手を男のほうに出した。落ち着け、という意味だ。（話を聞こう。君の目的は何だ？）流暢に英語で尋ねた。その声は少し上ずっていたが、口調は穏やかだ。相手を興奮させてはいけないという配慮からに違いなかった。

男が神尾のほうを向いた。（金を出せ）

（金だな。もちろん出すよ。だから手荒な真似はするな）神尾は下から手提げ金庫を出してきて、カウンターに置いた。（さあ、これをやろう）

「Open」男がいった。

神尾は金庫の蓋を開けた。一万円札が何枚か入っているのが見えた。取れ、と男が神尾真世に命じた。彼女は金庫に手を伸ばした。その身体はがくがくと震えている。

（さあ、目的は果たせただろ？　女性を放してやってくれ）神尾がいった。

覆面の男は首を振った。

（この女は連れていく。店を出た途端に通報されたらかなわない。無事に逃げのびたら、そこで解放する。それまでに警察に追われているとわかったら、殺す）

（通報なんかはしない。ほかの者たちにも通報させない。約束する。だから彼女を放してやってくれ）

（だめだ。そんな言葉は信用できない）覆面の男は神尾真世の首筋にナイフの先端を向けたまま、後ろに下がっていった。神尾真世の顔面は蒼白《そうはく》だ。

この緊迫した状況の中、美菜は奇妙な感覚に襲われていた。なぜか血が騒ぎ始めている。動くべきではない、じっとしていなければならないと頭ではわかっているのに、正体不明の衝動が湧き上がってくる。

「Wait!」ついに美菜は言葉を発していた。待て、といったのだ。なぜこんなことをするのか、自分でもわからない。

覆面男の目が自分に向いたのを見て、美菜は全身が凍り付きそうになった。次の言葉など、とても出てこない。なぜ声などかけてしまったのか。後悔するが、すでに遅い。

ところが、口が勝手に動いた。

(彼女を放しなさい。代わりに私が行きます)

何をいってるのだ、と自分で自分に問うた。頭がおかしくなったのか。

「それはいけない」日本語が耳に飛び込んできた。神尾だった。彼はカウンターの中で、かぶりを振った。「あなたは黙っていてください。彼を興奮させたくない」

(何の話をしている?)覆面の男が大声を出した。(英語で話せ)

(私が代わりになるといってるんです)美菜はスツールから下り、男に近づいた。

(待て、近づくな)男が手で制してきた。(おまえのバッグを寄越《よこ》せ)

美菜は自分のショルダーバッグに目を落とした。(これを?)

(そうだ。そのバッグだ。そのまま、ゆっくりと寄越せ。変な真似をするな)

男の言葉を聞き、美菜は先程から抱き続けている違和感の正体に気づいた。そして、なぜ自分の身体が妙な具合に反応してしまうのかにも合点がいった。

もしかして、と思った。同時に、いやそんなわけがない、とも思った。

(何をしている？　早くしろっ)覆面の男が怒鳴った。

美菜はショルダーバッグに、ゆっくりと右手を入れた。そして男のほうを向いた。

（そこまでよ。彼女を放しなさい）

（何だって？）

美菜は男を睨《にら》みつけた。アドレナリンが出て、全身の血が騒いでいる。そのくせ頭の中には冷静な部分もあった。なぜこんなことになっているのか、事情はさっぱりわからない。しかし今は自分のすべきことをしなければ――本能がそう命じている。

（ＭＰＤ捜査官の陣内よ）美菜は男に向かっていった。（このバッグの中に拳銃を持っています。抵抗はやめなさい）

ＭＰＤは『Metropolitan Police Department』の略で警視庁のことだったはず、と頭の片隅で考えながらしゃべっていた。

神尾が驚いた表情を向けてきた。英語のできる彼は、なぜ美菜がこんなことをいいだしたのか、わからないのだろう。だが美菜にしても、うまく説明する自信がなかった。

（嘘をいうなっ）男が喚《わめ》いた。

（だったら試してみる？　その女性を少しでも傷つけたなら、私は引き金を引く）美菜は冷静な口調を保つよう心がけた。

（下がれ。それ以上、近づくな）

（彼女を放しなさいといってるの。これはあなたのためでもある。私がバッグから銃を取り出す前なら、報告書には何とでも書ける。悪質な冗談だったということにしてあげてもいい。でも銃を出したなら、そういうわけにはいかない。日本の警察官は、迂闊《うかつ》には銃を振りかざせないの。侍が易々《やすやす》と刀を抜かないのと同じ。もし銃を出したなら、その理由を長々と報告書にしなきゃいけない。目の前でナイフを持った男が女性を傷つけようとしていたから、と書くしかない。そうなればあなたは犯罪者。傷害未遂？　下手をしたら殺人未遂かな。どっちにしても警察から追われることになる。さあ、どうする？　私はどちらでもいいわよ）ふだん使うことのない難しい英単語が、すらすら出てきた。無論、それには理由がある。

覆面の男の目が泳いだ。不安の気配を全身から発している。

男は神尾真世の身体を突き飛ばした。彼女が小さな悲鳴をあげた直後、男はドアを開け、外へと飛び出していった。

神尾がスマートフォンを手にした。警察に通報する気だろう。ところが彼が操作を始める前に、「お待ちくださいっ」と声を響かせた者がいた。奥に座っていたベレー帽の男性だった。なぜか彼は満面の笑みを美菜に向けてきた。そして両手を持ち上げたかと思うと、ぱんぱんぱんと叩き始めた。そのリズムは次第に速くなり、拍手となった。

彼だけではなかった。この店で初めて見る中年の女性客も同じように手を叩いている。

「何ですか？　一体どういうことです？」神尾が少し震えた声で訊いた。彼がこれほど狼狽《ろうばい》するのを、美菜は見たことがなかった。

ベレー帽の男性が拍手をやめ、真顔になって深々と頭を下げた。

「まずは謝ります。大変、申し訳ありませんでした。陣内さんにはもちろんのこと、神尾マスターにも迷惑をおかけしました。何より、姪御さんにお詫《わ》びせねばなりませんな。すみませんでした」

「なぜあなたが謝るんですか。どういうことです？」神尾が重ねて尋ねる。

「どこから説明していいのかわかりませんが、まずは種明かしをいたしましょう。今の強盗騒ぎはフエイクです。覆面を被っていたのは、私が雇った役者です」

「役者？」神尾が眉根を寄せた。まだ納得できない顔だ。

だが美菜は、まるで予想外というわけではなかった。途中から、何かがおかしいと感じていたのだ。

「私はこういう者です」ベレー帽の男性が名刺を出してきて、美菜と神尾に渡した。そこには『カブト・エージェンシー　代表　プロデューサー　大瀬逸郎』とあった。

美菜は、はっとした。『カブト・エージェンシー』という名称には見覚えがあった。同時に、この人物とは、はるか以前にも会っていたことを思いだした。

「あなたはニューヨークのスタジオで……」

大瀬《おおせ》は、にやりと笑った。

「思い出していただけたようですね。お久しぶりです。あれからもう三年になります」

「どうしてここに？」

「休暇と仕事を兼ねて、帰国しているんです。この店に来たのは、たまたまです。かつてアメリカを舞台に活躍していたマジシャンが経営している店だと聞き、興味本位で覗きに来ました。すると偶然にも、あなたを見かけたというわけです。あなたのほうは、まるで気づいていない様子でしたが」

「ごめんなさい。すっかり忘れていました」

「それは当然でしょう。あなたは見られる側で、こちらは見る側だった。立場が違う」

お話の途中ですが、と神尾が口が挟んできた。「部外者にもわかるように説明していただけますか」

失礼、と大瀬が小さく顎を引いた。

「私はアメリカで演劇関連の仕事をしています。特にアジア人タレントのキャスティングを請け負うことが多いです。三年前、ある新作ミュージカルの企画が立ち上がった時、日本人の女性俳優を探してほしいという依頼を受けました。しかもできれば無名なほうがいいと。そこで人脈を生かし、何人かを集めてオーディションをしました。最終的に三人に絞ったところで演出家の意見を聞き、ある俳優に決まったわけですが、私は別の候補者が気になっていました。その女性俳優の演技は繊細さにやや欠けるが、人の心に訴えかける何かがあり、何より予測不能という点が魅力的でした。いつか使ってみたい、そう強く思いました。すると間もなく機会が訪れたのです。台本を読めば、イメージがその女性にぴったりでした。オーディションもカメラテストも必要ないと思った。私は早速、その女性に会おうとしました。ところがどうしても彼女に連絡が取れません。どうやら日本に帰ってしまったようです。仕方なく別の役者で間に合わせたわけですが、ずっと心残りでした。ところが久しぶりに帰国して、意外な場所でその女性俳優に巡り会った。それが陣内美菜さん、あなただったというわけです」

大瀬の話を聞き、数週間前のことを思い出した。自称外科医と会っていた夜だ。視線を感じていたのは錯覚ではなかったのだ。

「美菜さん、あなたはアメリカで役者を？」神尾が尋ねてきた。

「形だけです。自称役者といってもいいぐらい」美菜は力なく笑った。「名前のある役をもらったことなんて、殆どありません。二十五歳まで挑戦して、それでだめなら自分には才能がないと諦め、日本に帰ると決めていました」

「そう簡単に自分に見切りをつけてはいけない」大瀬が美菜を見つめていった。「アメリカには無限にチャンスがある」

「わかっています。でもそのチャンスを摑もうとする人間は、その千倍います」

「たったの千倍だ。そんなものに怖《お》じ気《け》づいてはいけない」大瀬は上着の内ポケットに手を入れると何かを出してきた。一枚の写真だった。それを見て、美菜は息を吞んだ。三年前のオーディションの時に提出したものだった。「この頃は、あなただって怖いもの知らずだったはずです」

「私はだめでした」美菜は、ゆらゆらと頭を振った。「だから帰ってきたんです。そんな私に、どうしてこんな真似を？」

「本題はここからです」大瀬は写真をしまうと美菜に近づいてきて、ぎょろりと目を開いた。「じつは一件、大きな企画があります。日本人女性が重要な役どころで、キャスティングを任されています。そこで誰に依頼するか頭を悩ませていたのですが、ここであなたを見て、閃きました。これ以上の適任者はいない、と」

「私に？　まさか……」美菜は愕然とし、狼狽えた。「お芝居なんて、もう何年もしていません」

「わかっています。どんなに切れ味鋭い刃物も、手入れを怠れば錆《さ》びついてしまうものですからね。だからテストをする必要があった」

「テスト……」

「それが先程の強盗事件です。突然刃物を持った覆面男が乱入し、人質を取る。その状況で、あなたがどう反応するのかを確かめたかった。しかし単なるアクシデントへの対応力だけを見たかったわけではありません。途中からあなたも、仕掛けに気づいたのではないですか」

「変だと思いました。だって、かつて似たようなシチュエーションを経験していたからです。覆面男の台詞も全く同じで……」

「あの時でしょう?」大瀬が強い口調でいった。「三年前、あなたが受けたオーディションでの芝居が、さっきのシチュエーションでした。町外れの小さな食堂に突然覆面姿の強盗が乱入してきて、人質を取って金を要求する——。よく思い出しましたね」

「忘れるはずがありません。でも頭は混乱していました。芝居と全く同じ状況が現実に起きるなんてことはあり得ませんし。現実なのか芝居なのかわからないまま、身体が反応していたんです。考えるよりも先に台詞が口から出ていました」

「じつに見事でした。舞台役者には演技力以外にいろいろな素養が求められますが、最も大切なのは、突発的な事態が生じた時でも咄嗟《とっさ》に対応できる度胸と判断力だと私は考えています。あれほど切迫した状況の中、あの演技をやり遂げた胆力には敬意を表します。あなたの刃物は少しも錆びついていない。それは私が保証します。つまりあなたはテストに合格したのです」大瀬は片手を胸に当て、じっと美菜を見つめてきた。「そこであなたにお願いしたい。是非、私と一緒にアメリカに行きませんか。そして演出家たちに会っていただきたい。あなたを推薦したいのです」

突然の申し出に美菜は目眩《めまい》がしそうだった。これは夢か幻か。あるいはまだまだ芝居が続いているのか。だとすれば、ここから先、どんな演技をすればいいのか——。

「ちょっと待ってください」神尾がいった。「するとあなたは美菜さんの役者としての力をテストするために、こんな茶番劇を仕掛けたというのですか」

「茶番劇という表現には抵抗を覚えますが、まあ、そういうことです。事前に御相談しなかったことは謝ります。迫真性を求めるには仕方がなかった」

「冗談じゃないっ」神尾が珍しく色をなした。「私の店で何てことをしてくれるんだ。さっきの犯人役が持っていたナイフは本物だった。怪我人《けが》が出たら、どうする気だったんです？　下手をしたら営業停止になってしまう」

「姪御さんが入ってこられたのは誤算でした。人質になるのは彼女の予定だったのです」大瀬は中年女性を指した。「ところが姪御さんが犯人役と鉢合わせしてしまった。犯人役としては、すぐ近くにいる姪御さんを人質にしないのは不自然だと思ったようです。打ち明けますと、私も焦っていました」

神尾は顔を歪《ゆが》め、天を仰いだ。

「何てことだ。前もって相談してくれていれば、もっといいアイデアを出せたのに」

「申し訳ない。今もいいましたが、迫真性を重視してしまった」

「そんなものを損ねない方法などいくらでもある」神尾は悔しそうな顔をした後、ふっと息を吐いた。

「しかしなぜ、今夜美菜さんが来るとわかったんですか」

それは美菜も不思議に思っていることだった。

「簡単なことです。チャンスが訪れるのを辛抱強く待っていたのですよ。いずれこの店に来るだろうと思ってね」

それはつまり、といって神尾が美菜のほうを向いた。「彼女の行動をずっと見張っていたということですか」

「ほかに方法がありませんでした。そういう依頼に応えてくれる業者もいますからね」

美菜は、ぎょっとした。「探偵を？　私、ずっと見張られていたんですか？」

「目的を果たすためには、手段を選んでいられませんでした。ただし、あなたのプライバシーを侵害する気はありません。あくまでも行き先を把握したかっただけです。ただ、今夜のデートコースは私を勇気づけました。あなたは芝居に関心をなくしたわけではないらしい、とわかったのでね」

美菜は相手から顔をそむけた。「舞台に未練があって、観に行ったわけではありません」

「しかし避けているわけでもない。それが重要だったのです。いかがですか、陣内さん。私と一緒にアメリカに行っていただけませんか」

「そんなことを急にいわれても……。私はもう別の世界で生きています。新たな居場所を見つけたんです。今さら芝居だなんて……」

「無論、すぐに答えを出せとはいいません。一週間、待ちましょう。あなたの人生ですから、慎重にお考えになってください。ただ一つだけいっておきます。さっきもいいましたがアメリカには無限のチャンスがある。しかし挑戦しない人間にチャンスは来ない」大瀬の言葉が店内に響き、やがて消えた。

では、といって大瀬は財布から一万円札を出し、カウンターに置いた。

「我々はこれで失礼します。いい返事を待っています」中年女性に目で合図をした後、二人で店を出ていった。

彼等を見送った後も美菜は呆然《ぼうぜん》と立ち尽くしていた。頭の中を嵐が吹き荒れている。すべてが引っかき回され、思考がまとまりそうにない。

マスター、と呼びかけた。弱々しい声になった。「私、どうしたらいいと思います？」

ふうーっと神尾は長い息を吐き出した。

「それを決められるのはあなた自身だけです」

発せられたのは、真っ当な言葉だった。だがそれだけに冷淡に聞こえた。

ただ、と彼は続けた。

「私の経験からいわせてもらうなら、日本人がアメリカでエンターテイナーとして成功するのは至難の業です。たとえ一時脚光を浴びたとしても、翌日にはすべてのライトが消えているかもしれない。そういう世界です」

「そうですよね……」

「それにあなたは、ついに見つけたのではなかったですか。査定に合格した男性を」神尾が笑顔を向けてきた。

「ええ、そうでした」美菜も頬を緩めた。迂闊なことに栗塚のことが頭から消えていた。

「グラッパをどうぞ」神尾が透明な液体の入ったグラスを美菜の前に置いた。

グラスを口に運ぶ前に神尾真世を見ると、彼女はカウンターの隅で放心したようにぐったりとしていた。まだショックから立ち直れないようだ。

おいっ、と神尾が彼女に声をかけた。

ふにゃあ、という声を神尾真世は漏らした。

「なんて声を出してるんだ。しっかりしろ。ほら、気付け薬だ。おまえも飲め」そういって神尾はグラッパのグラスを彼女の頬に押し当てた。

6

新製品のソファについて説明していたら、年配の女性客の顔がみるみる険しくなった。

「あなた、私の話を聞いてた？　布張りがいいといったでしょ。それなのに、どうしてわざわざ革張りを勧めるわけ？　そりゃあ、そっちのほうがお高いんでしょうけど、こちらにはこちらの都合というものがあるの」

「あっ、申し訳ございません。失念しておりました。布張りの商品でしたら、こちらのほうにございます」

美菜はあわてて場所を移動したが、女性客の機嫌はますます悪くなった。

「何よ、これ。ローソファじゃないの。こんなものを仕事用の応接室に置けるわけないでしょ。あなた、私を馬鹿にしてるの？」

「いえ、決してそういうわけでは……。すみません、うっかりしておりました。仕事用の応接室に置かれるのでしたね。それでええと、革張りで……」

「布張りっ。何度いったらわかるの？」

女性客の剣幕が聞こえたのか、フロアマネージャーがやってきた。「お客様、どうかなさいましたでしょうか？」

「どうもこうもないわよ。もう少しまともなスタッフを置いたらどうなの」

「御無礼がございましたのなら、お詫びいたします。後ほど、しっかりと注意しておきます。では、私が御案内いたします」フロアマネージャーは美菜のほうを振り返り、「オフィスに戻ってて」と小声でいった。美菜は客に一礼し、その場から離れた。

歩きながら落ち込んだ。叱責されて当然のひどい接客だった。全く仕事に集中できていない。

理由はわかっている。大瀬の話が頭から離れないのだ。

再びアメリカに渡り、役者に挑戦——思いがけない話だ。自分にはもう縁のない世界だと割り切ったつもりだった。それなのに、やはり心が乱されていることに苛立《いらだ》ちを覚えた。せっかく封印してきたものを無断でこじあけた大瀬を恨めしく思った。

美菜の心は遠い昔に飛ぶ。父の転勤で、八歳の時からアメリカで生活した。最初は言葉で苦労したが、慣れると友達もできて、毎日が楽しくなった。

衝撃的な出会いは十歳の時にあった。両親に連れられ、ブロードウェイでミュージカルを観た。幕が上がるなり、心をわしづかみにされた。歌と音楽に圧倒され、役者たちの演技に感動し、華やかさに陶酔した。人間をこれほど幸福な気持ちにさせる芸術があることを知り、気づけば涙を流していた。

子供心に確信した。自分にとっての約束の場所はここだ、いつか自分はここに戻ってくる、それが運命なのだと思った。

親には反対された。芸能界で成功するのは難しい。ましてや自分はマイノリティだ。母からは、「ブロードウェイでは『ミス・サイゴン』だけをやっているわけじゃないのよ」といわれた。父は、「オペラの『蝶々《ちょうちょう》夫人』でさえ、西洋人が演じる」といった。

それでも夢を捨てられなかったが、十五歳の時、家族で帰国することになった。自分だけ残ると美菜はいい張ったが、聞き入れられるわけがなかった。

日本の高校に通い、日本の大学に進学した。その間、ずっと葛藤があった。日本での生活は悪くなかったし、マイノリティ扱いされないというのは、想像以上に快適だった。だが芝居への情熱は消えなかった。いくつかの小さな劇団に所属し、演劇を学んだ。大きな舞台に立つことはなかったが、演じる歓《よろこ》びを知った。やがて湧き上がってくるのは、アメリカで頂点を目指すことだ。

最後の勝負に出たのは二十歳になる直前の冬だ。大学を退学し、家出同然の形でアメリカに渡った。様々なアルバイトをしながら俳優の道を目指した。数えきれないほどオーディションを受けた。だがまともな役を貰《もら》ったことなどめったにない。たまに台詞のある役を貰えたとしても、政治的な理由があったり、ダイバーシティ採用の一環であることが殆どだ。多くの場合は単なるお飾りとしてだった。

最後にオーディションを受けたのは二十五歳の時だ。それまでとは比較にならないほどの大役だった。何しろ主人公である娘の、友人であり運転手兼ボディガードという設定なのだ。テストに使用されたのは、旅の途中で暴漢に襲われるが、度胸と機転で追い払うというシーンだった。そう、まさに『トラップハンド』で繰り広げられたやりとりだ。

あのオーディションに落ちた時、これで終わりにしようと決心した。翌日には帰国の途についていた。

あれから三年、何もかも忘れたつもりでいたのに――。

美菜を回想から現実に引き戻したのはメッセージの着信音だった。あわててスマートフォンを取り出した。栗塚からだった。『今夜、会えませんか?』とあった。

待ち合わせの場所は日本橋《にほんばし》にあるフレンチレストランだった。入り口で栗塚の名をいうと個室に案内された。

「急に呼びだしてすみませんでした」栗塚は頭を下げて詫びた。

「私のほうは大丈夫です。栗塚さんこそ、お忙しいんじゃないんですか」

「もちろん、それなりに多忙です。暇だからお声がけした、というわけではありません。どうしてもあなたにお会いしたくて時間を作りました」いつもより少し口調が硬い。

「何か急用でも？」

「急用……というのとは少し違います。まあ、まずは食事を楽しみましょう」栗塚はギャルソンを呼んだ。

シャンパンで乾杯し、食事を始めた。最初の料理はサワラを使ったマリネだった。

「先日観た芝居についてネットで調べてみたんです」栗塚が話し始めた。「驚きました。有名な評論家のコメントを読むと、あなたと全く同じことを指摘していたんです。ヒロイン役の俳優の演技にメリハリがないのが残念だ、と。前半、もっと抑えた芝居をしていれば、さらによかったとありました。すごいなあと感心しました。あなたの芝居に対する審美眼はプロ並みということです」

「そんな……たまたまです」

いきなり芝居の話か、と美菜は憂鬱になる。今は避けたい話題だった。

「告白しますとね、観劇の間、僕は時々あなたの横顔を眺めていたんです。特に他意はありません。好きな女性が隣にいるんだから、見たくなるのが当然でしょう?」栗塚は臆面もなくいった。「そして期待しました。あなたも視線に気づいて、こっちを向いてくれるんじゃないかとね。でもあなたの目は舞台に釘付《くぎ》けになっていました」

「ごめんなさい。全然気づきませんでした」

栗塚は笑顔で首を振った。

「あなたが謝る必要なんてありません。観劇を趣味にするからには、これぐらい集中しなきゃいけないんだなと反省した次第です」

「じゃあ、もっと別の趣味を探しましょうか」

美菜の提案に、とんでもないと栗塚は目を見張った。

「せっかく始めたんですから、もう少し勉強したいと思います。次はミュージカルにしませんか。調べたところ、日本の劇団がブロードウェイの作品をいくつか上演しているみたいですね。御覧になったことはありますか」

「いえ、日本ではありません」

美菜の答えに栗塚の眉が動いた。「本場で観たということですか？」

「子供の頃に何度か……。大昔の話です」

余計なことをいってしまったかな、と後悔した。

「そうだったんですか。あなたのお気に入りは何ですか？」

さあ、と美菜は首を傾げた。

「今もいいましたように昔のことなんです。だからよく覚えてなくて……。強いてあげれば『シカゴ』……でしょうか」

「ははあ、『シカゴ』ですか」栗塚はスマートフォンの操作を始めた。「これですね？」そういった直後、ジャズの名曲が流れ始めた。

途端に美菜の瞼《まぶた》にゴージャスなダンスが浮かんだ。日本人俳優が主役を演じると聞いた時には、どれほど嫉妬したことか――。

栗塚はスマートフォンを操作し、曲を止めた。「たしかに素敵な音楽だ」

美菜はグラスに手を伸ばし、シャンパンを流し込んだ。頭に浮かんだイメージを吹き消したかった。

「僕もニューヨークには何度か行ってるんですけど、残念ながらミュージカルを観たことはありません。じつは一度だけ機会はあったんです。チケットを貰ったんですが、一緒に行く相手がいなくて、結局人に譲りました。人気作品だったそうですが」

「何という作品ですか」

「何だったかな。モルモンがどうとかってタイトルだったと思うんですが」

美菜の脳内で小さな火花が散った。「『ブック・オブ・モルモン』?」

「ああ、たぶんそれです」

「あのチケットを譲ったんですかっ」思わず声のトーンを上げた。

「はあ……。いけませんか?」

「だって私なんか、たった一つの席を確保するのにどれだけ苦労したか――」自分の口調が熱を帯びていることに気づき、美菜は空咳《からせき》をした。「ごめんなさい……」

栗塚がしげしげと眺めてきた。

「やっぱりあなたは、かなりの観劇マニアみたいですね」

「そういうわけじゃないんですけど……」そろそろ話題を変えようと思った。「ところで、ニューヨークへは観光で？」

「仕事です。観光旅行なんて、何年もしてないなあ。だから国内でさえ、行ったことのない場所がたくさんあります」

「札幌へは？　帰省する予定はないんですか」

「札幌……ですか」なぜか栗塚は改まった表情になった。「その話題は、もう少し後に出す予定だったんですがね」

「どうしてですか」

「じつは来週、帰ろうと思っています。両親に報告したいことがありまして。ただ、その報告ができるかどうかは、まだわかりません。できないとなれば帰省も中止します」

意味がわからず、美菜は首を傾げた。

栗塚が徐《おもむろ》に何かを出してきて、美菜の前に置いた。四角いケースだった。それを見た瞬間、美菜の心臓が跳ねた。ケースの中に何が入っているのかは明白だった。

開けてみてください、と栗塚がいった。

美菜はおそるおそる腕を伸ばし、ケースを手に取った。蓋を開ける指が震えた。

姿を現したのは、大粒のダイヤが載った指輪だった。リングにも小さなダイヤがびっしりと並んでいる。

「単刀直入にいいます。僕との結婚を考えていただけないでしょうか」

あまりにストレートな問いかけに、美菜は軽い目眩を覚えた。

こういう日が来ることを、どれほど待ち望んだことだろう。理想の相手からプロポーズされる瞬間を想像しては、目を輝かせていた。アメリカで俳優になる夢を諦めた時から、自分が幸せになるにはこの道しかないと思って生きてきた。

「今日、答えを聞こうとは思っていません」栗塚が真剣な表情でいった。「でも早ければ助かります。今もいいましたように、来週には帰省したいので」

「わかりました。たぶん、そんなにお待たせすることはないと思います」

じつのところ気持ちは決まっていた。すぐに答えないのは単なる演出だ。

「そうですか。では、ひとまずその指輪はお預かりいたします。じつをいうと、宝飾店から特別に借りたものなんです。あなたのサイズがわかれば、正式に注文します」

「ありがとうございます」

美菜は蓋を閉じ、ケースを栗塚に返した。

「シャンパンのおかわりを頼みませんか。もう一度乾杯したいので」

「ええ、賛成です」

栗塚がギャルソンを呼び、シャンパンを注文した。

「旅行の話に戻しましょう」栗塚がいった。「どこか行きたいところはありますか」

「それはいろいろと……。栗塚さんはどうなんですか。お仕事とは関係なく、行きたいところってありますか?」

「どうかなあ。でも、あなたとなら行きたいところがあります。ブロードウェイです」

「ああ……」美菜は苦笑した。またしてもその話に戻ってしまうのか。

「素敵だろうなあ。色とりどりの光に彩られた夜のタイムズスクエアを二人で歩くんです。そしてブロードウェイへと入っていく。やがて劇場が次々と目の前に現れる。あなたのお気に入りは『シカゴ』でしたね。一番いい席のチケットを確保しましょう。劇場に入っていくと、観客席には高級なシートが並んでいる。階段をゆっくりと下り、特等席へと向かいます。席についた我々は舞台を見上げ、幕が上がるのをじっと待つ」

栗塚の語りに誘発され、美菜の脳裏に華やかな映像が蘇《よみがえ》ってきた。夢と憧れのブロードウェイ。一体何度通ったことだろう。

「そして、ゆっくりと幕が上がる。舞台でどんな演技が繰り広げられるのか、今の僕は知らない。でもきっと素晴らしいパフォーマンスに違いない。音楽も、きっと魅力的だ。僕たちは引き込まれ、時間を忘れる」

栗塚の言葉に、魅力的なんてものじゃない、と美菜は心で反論した。オープニングは名曲、『All That Jazz』だ。照明を浴び、女性たちが磨き抜かれたダンスを披露する。振り付けのすべてが計算し尽くされていて、動きの一つ一つに強いメッセージが込められている。それを観客席から息を呑んで見つめる——。

違う、と呟いた。

「えっ、何ですか」栗塚が訊いた。「どうかされましたか?」

違う、と美菜は繰り返した。

「私のいる場所は観客席なんかじゃない」

7

真世が『トラップハンド』に入っていくと、武史はスマートフォンで電話をしていた。

「……そうですか、それは何より。……ええ、もちろん期待しています。あなたのことだから心配無用でしょうが、うまくいくことを心から祈っています。……はい、ではまた」電話を切り、冷めた顔を真世に向けてきた。「ずいぶんと早い御来店だな。まだ七時にもなっていない」

「栗塚さんと待ち合わせ。急遽《きゅうきょ》話したいことがあるって。リフォームのことだと思うけど、何だろう?」

武史は興味なさそうに肩をすくめた。「さあな」

「栗塚さんといえば、聞いた? 美菜さんのこと。アメリカに行っちゃったんだって」

「知っている。今、本人と話していたところだ」そういって武史はスマートフォンをひらひらさせた。

「住む場所が決まったらしい。今日から早速ボイストレーニングだとか」

「そうなんだ。でも驚いたよね。私、栗塚さんとの仲がうまくいってるみたいだから、アメリカ行きの話は断るんだとばかり思ってた」

だが武史は無反応だ。表情を変えることなく棚の酒をチェックしている。無視されたようで、真世はむっとした。

その時、入り口のドアが開いた。にこやかな笑みを浮かべて栗塚が入ってきた。「やあ、どうも」と挨拶してくる。「急にすみませんでした」

真世はスツールから下りた。「お待ちしておりました」

「噂の主の御登場だな」武史がいった。

真世は振り向き、睨みつけた。「余計なことをいわないで」

「何ですか、噂というのは？」栗塚がスツールに腰掛けた。

「何でもありません。気になさらなくて結構です」真世はあわてて作り笑いを浮かべた。

「もしかすると」栗塚が唇を舐《な》めてから続けた。「僕がフラれた件でしょうか。陣内美菜さんに」

真世は息を止め、口元を手で覆った。

ふふっと栗塚は笑った。

「どうやら図星のようですね」そういって武史を見上げた。「種明かしは、まだしていないんですね？」

「君が来てからのほうがいいと思ってね」

「なるほど」

二人のやりとりを聞き、真世は眉をひそめた。種明かしとはどういうことか。武史が栗塚に対して、「君」呼ばわりしたことも引っ掛かった。

「何それ？　どういう意味？」真世は二人を交互に見た。

武史が腕組みをし、見下ろしてきた。

「先日、ここで繰り広げられた芝居のことは、もちろん覚えてるな？　真世は覆面男に脅されて失神していたが、記憶は飛んでないか？」

「忘れるわけないでしょ」真世は口を尖《とが》らせた。「それに、失神なんてしてないから。ちょっと呆然としちゃっただけで。あの時の芝居がどうかしたわけ？」

「大瀬逸郎《いつろう》氏がアメリカを主戦場にしているプロデューサーだということは、じつは前から知っていた。俺が向こうで仕事をしている時、何度か会っている。店に来てくれたのも、その縁からだ」

「やっぱりそうだったんだ。初めてここで会った時、そんなふうに感じたもの。でもあの芝居の時には、そうはいわなかったよね」

「いろいろと事情があったんだ。それについて今から説明してやろう。あの夜に大瀬氏が話したことは概《おおむ》ね事実だ。この店で美菜さんに気づいた彼は、何とかしてアメリカに連れ帰り、演出家に会わせたいと思った。そこで当然彼は俺に相談した。初めは半ば冗談でいっているだけだろうと思ったんだが、あまりに真剣なので聞き流しているわけにもいかなくなった。わかりました、できるかぎり協力しましょうといったところ、提案されたのが例の芝居作戦だ。結果は真世も知っている通り、大成功を収めた。美菜さんの魅力が錆びついていないことを大瀬氏は確認できたというわけだ。飛び入りで芝居に参加することになった真世にとっては、まさにドッキリ企画だっただろうけどな」

「そんな呑気《のんき》なもんじゃないよ。ひどい目に遭った。トラウマになりそう」

末《いま》だにナイフの類いを見ると無意識に目を閉じてしまうほどだ。

「あの時に聞いたと思うが、人質になるのは別の女性のはずだった。いきなり配役が変わったので、強盗役の役者も焦ったそうだ。俺も、どうなることかと内心はらはらした」

「そういうことだったのか。でもあの時叔父さんは、自分も芝居だとは知らなかったように振る舞ってたよね。どうして？」

「それには理由がある。美菜さんに対するテストは、まだ終わってなかったからだ」

「大瀬氏から相談を受けた時、俺はひとつ釘を刺した。美菜さんを演劇に復帰させるためには、大きなハードルがあると。それが何かは真世にもわかるはずだ」

「どういうこと？」

そういわれれば、思いつくことは一つしかない。

「もしかして、玉の輿？」

「その通り。彼女の玉の輿願望は半端じゃないからな。その話を聞いた大瀬氏は、それは問題だといった。金持ちの男性と結婚して幸せを摑もうなんていう安易な思想の持ち主では、アメリカの厳しいエンタテインメントの世界を生き抜いていけない、というわけだ。そこで第二のテストだ。玉の輿への道と俳優復帰への道、彼女がどちらを選ぶかを見極めることにした」

「玉の輿への道？」そういいながら真世は隣に目をやり、栗塚がにやにやしていることに気づいた。

「えーっ、まさか……」

「その、まさか、です」栗塚が頭を下げた。「ようやく僕の話になりましたね」

「美菜さんのことを好きになったというのは、お芝居だったんですか」

「じつはそうなんです。騙して申し訳ありませんでした」

「えっ、でも、栗塚さんが美菜さんと出会ったのは、私が『バルバロックス』に案内したからで……」そこまでしゃべってから、はっとした。「違う。『バルバロックス』に行くことになったのは、栗塚さん拘《こだわ》りのソファを見つけるためだった。ということは……」ゆっくりと栗塚に目を向けた。

「もしかしてそのお芝居は、リフォームをしたいっていう電話をうちの会社にかけてきた時から始まってます？」

「すみません」栗塚は再び頭を下げた。「心苦しかったです」

「そんな……」真世は言葉が出ない。

「彼を責めるな」武史が横からいった。「彼は元役者で、大瀬氏から頼まれ、指示通りに動いたにすぎない。そして筋書きを考えたのは俺だ。真世を利用することにしたのは、出会いにマッチング・アプリなんかを使ったんじゃ、美菜さんの信用を得るのに手間がかかると思ったからだ。その点、知り合いの紹介となれば安心感が違う」

真世は両手をカウンターに置き、武史を睨んだ。

「だったら私にも打ち明けてくれたらよかったじゃない。喜んで協力してたよ」

「そうかもしれないが、その場合、一点だけ大きな不安要素があった」武史は人差し指を立てた。

「真世の演技力だ」

「失礼ね、私だって芝居ぐらいは——」

「美菜さんは芝居のプロだぞ」武史は冷徹な声でいった。「真世の言動を不自然だと思われたら計画は台無しになる。あれでよかったんだ」

「じゃあ、あの部屋をリフォームしようって話は……」

ない、と武史が即答した。

「あの部屋は、海外赴任中の知り合いの持ち物だ。電話で事情を話し、使わせてもらった。しかし悲観するな。帰国し、リフォームを検討する気になったら、俺に連絡してくれることになっている」

「何だよ、それ。あーあ、久しぶりに大きな仕事だと思ったのに」真世は頰杖《ほおづえ》をつきかけたところで動きを止め、栗塚のほうを向いた。「でも、もし美菜さんが玉の輿への道を選んでたらどうする気だったんですか」

「いや、その可能性はないって神尾さんが……」

真世は武史を見上げた。「どうしてそんなことがいいきれるの？」

「美菜さんのことをずっと見ていればわかる。彼女は男性を査定しているつもりでいたようだが、じつのところ彼女が査定していたのは自分の将来像についてだった。将来ではなく、今の彼女を正当に評価してくれる機会があるのなら、逃すわけがないと思った」

その言葉を咀嚼《そしやく》した後、真世は訊いた。「自分が査定されるのも嫌じゃないってこと？」

「自信があるのなら、そうあるべきだ。男なんかを査定している場合じゃない。特に、ああいう才能ある女性はな」そういって武史はパチンと指を鳴らした。次の瞬間、その指には写真が挟まれていた。陣内美菜がオーディション用に撮ったと思われる写真だった。

初出
トラップハンド　光文社文庫読者プレゼント企画　二〇二一年
リノベの女　『Ｊミステリー２０２２　ＳＰＲＩＮＧ』二〇二二年四月　光文社文庫刊
マボロシの女　『Ｊミステリー２０２２　ＦＡＬＬ』二〇二二年十月　光文社文庫刊
相続人を宿す女　『Ｊミステリー２０２３　ＳＰＲＩＮＧ』二〇二三年四月　光文社文庫刊
続・リノベの女　書下ろし
査定する女　書下ろし

東野圭吾（ひがしの・けいご）

1958年大阪府生まれ。大阪府立大学工学部電気工学科卒。'85年『放課後』で第31回江戸川乱歩賞受賞。'99年『秘密』で第52回日本推理作家協会賞受賞。2006年『容疑者Xの献身』で第134回直木賞、第6回本格ミステリ大賞、'12年『ナミヤ雑貨店の奇蹟』で第7回中央公論文芸賞、'13年『夢幻花』で第26回柴田錬三郎賞、'14年『祈りの幕が下りる時』で第48回吉川英治文学賞、'19年に第1回野間出版文化賞、'23年に第71回菊池寛賞を受賞。海外での評価も高く、'12年に『容疑者Xの献身』がエドガー賞最優秀小説賞、'19年に『新参者』が英国推理作家協会のダガー賞の翻訳部門にノミネートされている。多彩な作品を長年にわたり発表し、その功績により、'23年に紫綬褒章を受章。近著は『あなたが誰かを殺した』。

ブラック・ショーマンと覚醒《かくせい》する女《おんな》たち

2024年1月30日　初版1刷発行
2024年3月30日　　　2刷発行

著　者　東野圭吾《ひがしのけいご》
発行者　三宅貴久
発行所　株式会社 光文社
〒112-8011　東京都文京区音羽1-16-6
電話　編　集　部　03-5395-8254
　　　書籍販売部　03-5395-8116
　　　業　務　部　03-5395-8125
URL　光　文　社　https://www.kobunsha.com/

組　版　萩原印刷
印刷所　萩原印刷
製本所　ナショナル製本

ISBN978-4-334-10182-4

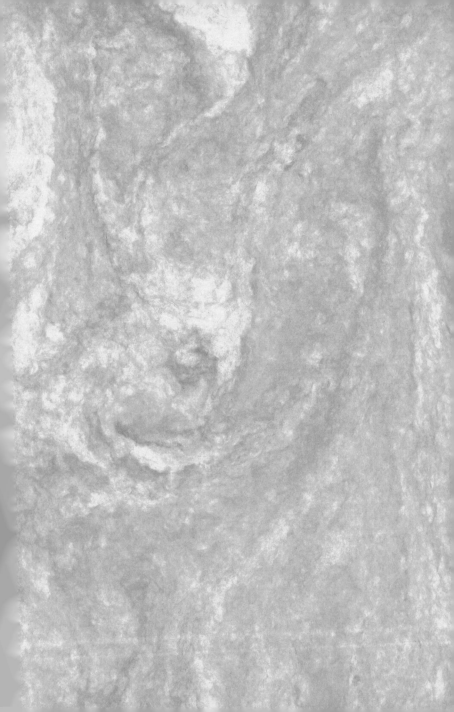